ULLSTEIN

Das Buch

Fakten, Fakten, Fakten aus dem hindernisreichen Alltagsleben präsentiert Harald Schmidt wöchentlich für die Info-Elite unseres Landes in seiner *Focus*-Kolumne: Man wird zum Essen eingeladen und soll am Ende noch Kuchen mit nach Hause nehmen. Man will in Belgien Steuern sparen und muß dann zur Strafe tatsächlich auch in Belgien wohnen. Rentner am Fensterbrett sind eine Gefahr für die Intimsphäre. Der Automat im Parkhaus nimmt keinen noch so korrekt eingeführten Zwanzigmarkschein an. Und selbst ein diskreter Mann wie Harald Schmidt outet sich öffentlich als Heterosexueller ...
Die große weite Welt und die Berliner Republik – gesehen durch die messerscharfe Schmidtsche Brille.

Der Autor

Harald Schmidt, geboren 1957, ist Kabarettist und Gastgeber der täglichen »Harald Schmidt Show« in SAT.1.

Harald Schmidt

Warum und wohin?

Gesammelte Notizen aus dem beschädigten Leben

Ullstein

Besuchen Sie uns im Internet:
www.ullstein-taschenbuch.de

Umwelthinweis:
Dieses Buch wurde auf chlor- und säurefreiem Papier gedruckt.

Die im vorliegenden Doppelband abgedruckten Texte erschienen als Kolumnen in der Zeitschrift *Focus*.

Ullstein Verlag
Ullstein ist ein Verlag des Verlagshauses Ullstein Heyne List GmbH & Co. KG.
4. Auflage 2003

Umschlagkonzept: Lohmüller Werbeagentur GmbH & Co. KG, Berlin
Umschlaggestaltung: Thomas Jarzina, Köln
Titelabbildung: action press, Hamburg
Satz: hanseatenSatz-bremen, Bremen
Druck und Bindung: Clausen & Bosse, Leck
Printed in Germany
ISBN 3-548-36339-3

Inhalt

Warum?

Ermutigung

In Zeiten allgemeiner Depression, mangelnder Aufbruchsstimmung und eher beängstigenden Zukunftsaussichten (mehr Floskeln wollte ich gleich zu Anfang nicht unterbringen), in solchen Zeiten sollte sich doch manch einer die Frage stellen: Warum schreibe nicht auch ich Kolumnen?
Dem Fragenden könnte geantwortet werden:
»Sorge Dich nicht, schreibe.« Es ist noch einfacher, als Du glaubst.
Wichtigste Voraussetzung: Disziplin.
Allwöchentlich naht der Abgabetermin, denn natürlich wollen Sie nicht für die Schublade oder einfach so für sich schreiben, Ihre Kolumne soll gegen Tophonorar in der erfolgreichsten Presseneueinführung der letzten hundert Jahre einer blitzgescheiten und enorm kaufkräftigen Infoelite den Weg in eine triumphale Zukunft weisen! Zu dick, zu unbescheiden? O.K., Sie Versager. Dann bestellen Sie doch weiterhin Ihre Tageszeitung während des Urlaubs ab. Für alle anderen folgt jetzt ein Crashkurs zum Thema: »Kolumnisten – Die Millionäre der Zukunft«.
Hier sind die zehn goldenen Regeln:

1. Kein Thema ist zu armselig, um nicht auf zwei DIN-A4-Seiten ausgewalzt zu werden. Je dünner der Inhalt, desto bombastischer sollten die Überschriften ausfallen (Ende des Universums, Menschheit ade ...).

2. Finger weg von Fachgebieten. Hier könnte man Ihnen auf die Schliche kommen. Bringen Sie Nobelpreisthemen in einem »menschlichen Zusammenhang« (Mutti und die Atombombe).

3. Ab und zu mal ein cooles Zitat einstreuen, à la »seriousness of purpose and lightness of touch« (C. P. Scott, Manchester Guardian). Heißt soviel wie: Auch beim Thema WK II schön locker bleiben.

4. Profitieren Sie von anderen. Einen gründlich recherchierten Artikel im Nachrichtenmagazin A garnieren Sie mit Kalauern, vertreten sodann die Gegenposition, und fertig ist die Kolumne für Nachrichtenmagazin B.

5. Alle fünfzehn Artikel einmal William Safire erwähnen.

6. Zappeln lassen. Nicht verraten, wer das ist.

7. Keine Anbiederung. Überlassen Sie Themen wie Massenarbeitslosigkeit, Subventionsabbau und Steuervorteile für Reiche ehrgeizigen Ressortleitern in der Lokalpresse. Ihr Motto sei: Aut sint ut sunt, aut non sint (je größer der Sozialabbau, desto wichtiger die Weißweintemperatur).

8. Überraschen Sie mit stilistischen Finessen. Stellen Sie ungezwungene Bezüge her zwischen Papst Clemens VIII (1758–69) und dem aktuellen Benzinpreis.

9. Verschleiern Sie Ihren tatsächlichen Bildungsstand (soweit möglich).

10. Sollte Ihnen mal wirklich absolut gar nichts einfallen, beginnen Sie Ihren Text mit dem Satz »Nicht umsonst gilt Beharrlichkeit als das Ideal der Jesuiten«.

11. Kündigen Sie zehn Punkte an und bringen Sie elf. Ihre Gegner werden staunen.

Kleiner Millionärsratgeber

Weit verbreitet ist der Irrglaube, viel Geld zu verdienen sei schwierig. Hat man erst einmal genügend zusammengerafft, dann fangen die Probleme so richtig an. Wohin mit der Penunze? Wie schütze ich mein Vermögen vor Inflation, Finanzamt und Verwandtschaft?

Hat die klassische Drittelung von Immobilie, Aktie und Festgeld noch ihre Gültigkeit? Die folgenden Seiten mögen kleine Anregungen sein, zumal das letzte Hemd durchaus Taschen haben kann, die schöne Tradition der Grabbeigabe in unserem Kulturkreis jedoch leider etwas aus der Mode gekommen ist.

Kleine Immobilienkunde

Wer abends in den Keller geht, um ein schönes Fläschchen gleich im Stehen zu trinken und ein zweites für die Lieben nach oben zu holen, der denkt sich seit einiger Zeit: Ei, was liegt denn hier im Keller? Die Zinsen sind's, so sehr, daß sie fast schon auf Grundwasser stoßen. Ein Narr, wer sich da nicht fünf- oder zehnjährig bindet, zumindest an eine Hypothekenbank seines Vertrauens. Nachdem er von der Blutgruppe bis zur Magenspiegelung alle Unterlagen beigebracht hat, darf er so niedrige Zinsen zahlen, daß sie mit bloßem Auge kaum zu sehen sind, und nach 33,3 Jahren nennt er die Immobilie stolz sein eigen.

Um den Immobilienteil in unseren Zeitungen besser verstehen zu können, sollen an dieser Stelle die häufigsten Begriffe und ihre wahre Bedeutung geklärt oder zumindest einer Klärung nahegebracht werden. Da wäre zunächst einmal die Formulierung *Für Liebhaber.* Sie verrät uns: Wenn Sie undichte Fenster, ein feuchtes Kellergewölbe, wurmstichige Wendeltreppen, Schimmel in den Ecken und eine angerostete Badewanne auf Schnörkelfüßchen für unverzichtbare Bestandteile des Zauberschlößchens halten, nach dem Sie schon immer gesucht haben, womöglich noch mit romantisch verwildertem Garten (erfordert Vollzeitgärtner mit Vietcongerfahrung), dann: Zugreifen! Vielleicht stehen Sie auch eher auf eine Eigentumswohnung, *teilsaniert und individuell geschnitten.* In diesem Fall ist im Hausflur das Treppengeländer grundiert, und das war's. Dafür hat in der individuell geschnittenen Wohnung der Vorbesitzer in der Abstellkammer eine Gästedusche installiert, die Küche mit einer Schlafempore bestückt und einen begehbaren Schrank gezimmert, der durch simple Herausnahme zweier Bretter je nach Bedarf als Kinderzimmer oder Tiefgarage genutzt werden kann. Die Schlafempore (»da steckt tierisch Arbeit drin«) würde er übrigens gern mitnehmen für den Wintergarten in seinem neuen Haus, für Zwanzigtausend extra (»nicht mal die Materialkosten«) läßt er sie aber auch drin, obwohl's ihm schwerfällt. Wir wischen eine Träne aus dem Auge und stoßen auf das Wort *Maisonetteverdächtig.* Hier ziehen Sie am besten gleich mit Ihrem Orthopäden ein, denn an der höchsten Stelle dieser Wohnung können Sie maximal auf allen vieren krabbeln. Der Hinweis *Nur noch wenige Wohnungen frei* signalisiert ein Zwölffamilienhaus mit gnadenlos überzogenen Quadratmeterpreisen, die einzelnen Wohnungen (38 bis 71 qm) lassen sich nicht mal mit Waffengewalt losschlagen. Bevor Sie eine Wohnung unter dem Begriff *Für den Studentenfilius* kaufen, ist es günstiger, den Sohn in einer Hotelsuite einzuquartieren. Verkäufern, die ihr trautes Heim als *Schnäppchen!* ankündigen, sei an dieser Stelle empfohlen: Nachts anzünden und der Versicherung melden. Ansonsten sei auf den demnächst erscheinenden Beitrag hingewiesen: Wie ich beim Neubau total viel Geld sparte, weil ich nach Feierabend mit meinem Schwager alles selbst gemacht habe (bevor er vom Gerüst fiel)!

Schon wieder Superbörsenjahr

Unglaublich! Wer in diesem Jahr noch arbeiten geht, ist selbst schuld. An unseren Börsen, da sind sich die Experten einig, läßt sich Geld wie Heu verdienen. 2700 Pünktchen für den DAX sind sozusagen Normalzustand. Außer zur Jahresmitte. Da liegt der faule DAX bei 2400 Punkten in der Sonne und blinzelt zum Dollar hoch, der dann garantiert bei 1,60 liegt. Außer, es treten unvorhersehbare Ereignisse auf. Oder ein. Wenn's um den Dollar geht, ruft übrigens der Schalker Finanzexperte Olaf Thon bei Uli Hoeneß in München an. Viele kannten Thon bisher nur als Fußballkapitän, doch in WELT am SONNTAG verriet er jetzt: »Für Zahlen bin ich geboren.«

Der passionierte Skat- und Schafskopfspieler ist ein ausgebuffter Finanzprofi. »Vorsicht bei Immobilien im Osten«, warnt der clevere Spielmacher, der traumwandlerisch sicher Rentenfonds von Pfandbriefen unterscheiden kann.

Leider wissen wir nicht, was O. Thon über die Volksaktie der Telekom an der Börse denkt.

Der Einstandspreis von 30 Mark war immerhin deutlich günstiger als ein Ortsgespräch zu Neujahr.

Kleiner Tip am Rande: Bei AT&T, eine US-Telekom, kam es zu einem deutlichen Kursanstieg, nachdem die Entlassung von 40 000 Mitarbeitern bekanntgegeben wurde. »Zeit aufbringen«, rät Deutschlands letzter Straßenfußballer speziell im Hinblick auf die US-Börsen.

Fast alle Börsenexperten haben einen sensationellen Tip parat: Daimler, VW, BMW und Siemens! Sie empfehlen den Kauf dieser bisher kaum bekannten Nebenmarken. Wer noch riskanter spielen will, der wagt sich gar an Familienbetriebe wie VEBA und Lufthansa. Letzte Instanz ist selbstverständlich der FAZ-Wirtschaftsteil. Hier wird geradezu Insiderwissen preisgegeben: »Über den Erfolg entscheidet ... natürlich auch der Kaufs- und Verkaufszeitpunkt.« Und: »Titelauswahl und Timing bleiben Trumpf.« Ja, das klingt kompliziert, ist aber ganz einfach: Wenn Sie zum richtigen Zeitpunkt die richtigen Aktien kaufen und verkaufen, dann klingelingeling! Außerdem wird empfohlen »Unternehmen und Management eingehend zu untersuchen«. Die Herren Schrempp, Piëch und Sommer warten schon. Ruf doch mal an!

Hosen runter, DAX rauf

Wir Besserverdiener sind verunsichert. Fällt der Deutsche Aktienindex (DAX) wirklich bald auf 1300 Punkte, um dann für zwei Jahre noch mal auf 2500 hochzugehen, bevor er bis zum Jahr 2005 auf mindestens 400 Punkte fällt? Und sind wir dann zu Hause oder gerade in Luxemburg, wo Theo jetzt endgültig alles dicht machen will?

In solchen schwierigen Zeiten, in denen kettenrauchende, pommesmampfende Bulgaren in New York den dicken Larry machen, ist es unbezahlbar, in heimatlichen Gefilden ein Finanzgenie mit breiten Hosenträgern zu kennen und als Sparer seine mühsam gerafften Kohlen von einem Team »ausgebuffter, hochspezialisierter Profis« (Selbsteinschätzung) in Sekundenbruchteilen vervielfachen zu lassen.

Staunend vernimmt der Laie, daß gerade in »japanischen Baskets« Renditen zwischen dreißig und vierundsechzig (»nageln Sie mich da nicht fest«) Prozent fast schon gesetzlich garantiert sind. Zudem verfügt Mr. Triple-A über Spezialwissen, das dem gemeinen Wirtschaftsteilleser leider fehlt. Krachen zum Beispiel Standardwerte wie Daimler oder Siemens innerhalb weniger Tage bombastisch nach unten, analysiert unser Börsenprofi blitzartig einen »Abwärtstrend, der vermutlich noch weitergeht«. Wenn dagegen selbst der lahmste Optionsschein zehn Mark pro Tag zulegt, wird in Fachkreisen gerne von »sehr guten Gewinnchancen« gesprochen. Daraus lernen wir: Wenn der Banker dreimal klingelt, boomt die Börse sowieso (Fachausdruck: »Hausse«). In Zeiten erfrischender Vermögenshalbierung (Fachausdruck: »Lief leider bißchen dumm«) bleibt das Telefon erstaunlich stumm. Dann will auch der Banker »erst mal abwarten, was New York macht«, denn leider hat man von der deutschen Filiale aus »keinen Einfluß auf den Dollar«.

Überhaupt kann nur ein maßgeschneidertes Finanzkonzept

erarbeitet werden, wenn der Kunde wichtige Daten wie Blutgruppe, Leberwerte und sexuelle Neigungen dem Bankcomputer anvertraut. Auf unverschämte Kundenfragen wie »Was ist denn mit Festverzinslichen in Peseten oder Lire?« reagiert der künftige Weltbankpräsident mitleidig bis geschockt. Sicher, da gäbe es schon mal so um die elf Prozent, aber dieses »waaahnsinnige Kursrisiko, gerade in diesen Ländern«. Warum nicht statt dessen einen hochinteressanten Fonds aus dem eigenen Haus, Rendite unklar, aber in jedem Fall sehr zu empfehlen? Wahrscheinlich hat der nette Bankangestellte »seine« Ersparnisse ähnlich investiert, vielleicht sogar im Großherzogtum, denn wie sonst wäre die Ansichtskarte der dortigen Kollegen zu erklären: »Deine schwarzen Zahlen hier lassen uns rot werden?«

Börsenwahnsinn

Jeder kennt Theo Waigel. Alle haben gelernt, wer Ron Sommer ist. Doch am Nikolaustag '96 hat der deutsche Kleinsparer seinen natürlichen Feind kennengelernt: Alan Greenspan, Chef der amerikanischen Notenbank Fed.

Gerade als es so richtig knallte an den deutschen Börsen, als der gute alte DAX über die 2900-Marke kletterte, als BMW an einem Tag um 68 Punkte nach oben raste, als die BASF und Hœchst explodierten, als n-tv Börsenjunkie Friedhelm Busch schrie: »Die Allianz geht auf die 3000 zu«, da faselte dieser Herr Greenspan im fernen New York irgendwas von höheren Zinsen, Luftblasen und »Platzen der Seifenblase«.

Von da an ging's bergab. Um sage und schreibe vier Prozent raste der DAX nach unten. Selig die Telekom-Aktionäre, denn diese Aktie hat striktes Bewegungsverbot, weder nach oben noch nach unten.

Rrrrrums, machte es bei VEBA, obwohl der Konzern just an diesem Tag ein Rekordergebnis gemeldet und Dividendenerhöhung in Aussicht gestellt hatte. Macht nix, Panik muß sein. Zwischen sieben und neun Prozent bewegten sich die Lieblinge der Saison, die Chemiewerte, im freien Fall nach unten. Der schlimmste Börsentag »seit dem Putsch gegen Gorbi«.

Doch als sich der erste Rauch verzog, als Friedhelm Busch wieder Luft bekam (O-Ton am 2900-Donnerstag: »Warum bin ich nicht in Spanien?«), da konnte man beruhigt feststellen: abgestürzt, aber auf welchem Niveau! Alpinistisch gesprochen mußten sich die Börsianer auf dem Gipfelgrat zum Everest einige hundert Meter zurück begeben, während die Festgeldsklaven und Sparbuchopfer sich seit Jahren freuen, daß im Hunsrück die Wanderwege schneefrei sind. Allein in den letzten 52 Wochen hat der DAX über 23 Prozent zugelegt. Diese Steigerung bieten nicht einmal anonyme Geldvermittler mit Briefkasten auf den Cayman-Inseln an.

Oder nach Professor Pi mal Daumen: Wer am Jahresanfang gute, alte deutsche Standardwerte gekauft hat (Daimler, BASF, VEBA) hat aber ganz locker mindestens 25 Prozent gewonnen. Haßobjekte wie die Siemens-Aktie bestätigen als Ausnahme diese Regel. Vor allem Fondsbesitzer werden sich freuen zu hören, daß »viele institutionelle Anleger den Börsenboom regelrecht verschlafen haben«.
Doch schon am folgenden Montag waren fast alle Verluste wieder aufgeholt durch ein Börsenphänomen, das mir bis heute niemand richtig erklären konnte: steigende Arbeitslosenzahlen in den USA. Wieso?

T-Aktie

Schon immer haben einzelne Buchstaben in unserer Gesellschaft eine hervorragende Rolle gespielt. Zum Beispiel das H. Es machte uns mit so unterschiedlichen Dingen wie H-Milch und H-Bombe vertraut, wer möchte noch O-Saft oder F-Wörter missen. Auch S-Klasse, B-Filme und C-Waffen gehören zu unserem multikulturellen Alltag, ebenso wie U-Haft und E-Musik. Stellt nicht der G-Punkt das I-Tüpfelchen im Leben moderner Frauen dar, oder hat uns der V-Mann im R-Gespräch falsch unterrichtet?
Nun scheint es, als müsse die Geschichte des T neu geschrieben werden. Zwar waren T-Shirts und T-Bone-Steak allgemein geschätzte Kulturgüter, doch neuerdings lauert uns immer und überall die T-Aktie auf. Und das kurz vor Ende der D-Mark. Für Aktionäre ist die T-Aktie ein echtes Leckerli. Zwar weiß keiner, was sie kosten soll (auf jeden Fall billiger als ein Klinsmann-Trikot), dafür steht die Dividende schon fest: 60 Pfennig bzw. 1,20 DM in den nächsten beiden Jahren. Beim Kauf von 200 Millionen T-Aktien (von mir telefonisch am 10. Oktober reserviert) sind das garantierte 360 Mio. Die nimmt man doch mit. Kleiner Börsenkurs am Rande: Dividende ist das, was es bei Daimler Benz '96 nicht gibt.
Und weiter geht's: Wer seine T-Aktie drei Jahre lang nicht verkauft, bekommt für je 10 Aktien eine Treue-Aktie geschenkt. Ähnliches kennen wir von den Bonuspunkten auf der Cornflakespackung. Super für uns Verbraucher: Ende nächsten Jahres verliert die Telekom ihr Telefonmonopol! Natürlich kaufen wir uns vom bei der Konkurrenz gesparten Geld dann neue T-Aktien. Kriegt die eigentlich auch Manfred Krug, oder nimmt der noch Geld?

P. S.: Sollte übrigens die geplante Gewinnbesteuerung bei Aktienverkauf außerhalb der 6-Monatsfrist tatsächlich kommen, empfehlen Insider Aktien der Deutschen Bank. Seit Jahren garantiert gewinnfrei.

T-Day

Es war neblig an jenem 18. November 1996, als an den alliierten Börsen der T-Day begann. An diesem Montag endlich würde das deutsche Volk vom größten Werbefeldzug befreit werden, den es je in seiner Geschichte zu erdulden hatte.
Im Gegensatz zu vergleichbaren Operationen in der Vergangenheit kam T-Day nicht überraschend und an unerwarteter Stelle. Seit Monaten hatten die einen mitgeteilt, wann und wo sie gestürmt werden konnten, und die anderen hatten sich in lange Listen eintragen lassen, um bei der ersten gelungenen Fusion von Sommerschlußverkauf und Generalmobilmachung mit dabei zu sein. Volkssturm im Zeitalter des Communication Highway. Für mich begann T-Day mit dem Abhören der Radiosender. Würde es Verletzte geben? Hatten alle begriffen, wie es geht, oder stürmten fehlgeleitete Kleinsparer persönlich in die Börsen? War die Deutsche Bank gewappnet, eventuell am ersten Tag der Notierung von der Telekom überflügelt zu werden? Um zehn Uhr bei n-tv reingeschaut, wo der fesche Friedhelm Busch heute noch fescher war als sonst (blauer Zweireiher mit Silberknöpfen, Einstecktüchlein).
Dann hieß es warten auf 11.30 Uhr, auf die erste Taxe. 31/34 DM, irgendwie nicht so aufregend, aber Herr Busch war beruhigt, weil bei diesem Kurs nicht gleich alle wieder ihre 100 Aktien verkaufen und 300 Mark Sensationsgewinn einstreichen. Um 12.27 Uhr schließlich erfahren wir von Kursmakler Ralf Brauburger den ersten Kurs der T-Aktie: 33,20 DM. Wahnsinn! Irre! Super! Here we are! I persönlich go essen, weil es meine Aktien an diesem T-Day ziemlich gebeutelt hat. Mahlzeit!

P. S.: War das wirklich Postminister Wolfgang Bötsch in Frankfurt, oder war es Manfred Krug mit Brille?

Legale Sparpaket-Tricks

Wer dieser Tage durch die Alleen wandelt oder sich in unseren Parks ergeht, dem können die ersten Opfer des Bonner Sparpakets nicht entgangen sein: Düster blickend saugen sie an ihren Zigaretten und starren trübe auf ihre Rottweiler und Schäferhunde. Für eine Leine reicht's nicht mehr. So manche heute Siebzehnjährige wird bald an einen Mönch aus dem »Namen der Rose« erinnern, wenn fauler Odem ihrem maroden Gebiß entweicht. Schluß mit Zahnersatz für alle Spätgeborenen ab '79. Dafür dürfen sie aber auch wieder bis 65 arbeiten, vorausgesetzt natürlich, sie finden einen Job. Wer früher in Rente gehen will, bekommt pro Jahr lebenslänglich 3,6 Prozent weniger. Wichtig für Studenten: Nur noch 3 (! i. W. drei!!!) Ausbildungsjahre werden anerkannt. Berücksichtigt man außerdem Inflation und Zinsrisiko, lohnt sich der Eintritt ins Berufsleben nur im Einzelfall.

Clever: Die Kürzung der Lohnfortzahlung im Krankheitsfall kann verhindern, wer 150 Tage pro Jahr krank ist und dafür 30 Urlaubstage anrechnen läßt. Außerdem gilt das Kündigungsschutzgesetz nur noch für Betriebe mit mindestens zehn Vollzeitbeschäftigten (Daimler, VEBA etc.: einfach den Großkonzern in viele Kleinbetriebe à 9 Mitarbeiter/Innen aufteilen. Super!).

Bei Kuren kommt künftig der olympische Gedanke voll zum Tragen: nur noch alle vier Jahre. Achtung: Wer seinen Wohnsitz rechtzeitig in die neuen Länder verlegt, zahlt pro Kurtag nur 20 statt 25 Mark dazu. Macht gesparte 105 Mark bei drei Wochen Kur, das ist schon fast ein Glas für die neue Brille, denn für die gibt's bald fast nix mehr von der Kasse.

Tip: Jetzt mal alles gründlich anschauen, dann können Sie später auf die neue Brille verzichten. Übrigens: Mütter mit Herzinfarkt haben demnächst doppelt Glück – hier bleibt die Kur so billig wie bisher.

Fazit: Eine 1945 geborene Mutter, normalsichtige Arbeitnehmerin in einem Zwei-Mann-Betrieb mit Wohnsitz in Rostock, die alle vier Jahre nach einem Herzinfarkt zur Kur geht, kann sich vor der Rente noch die Zähne richten lassen und ist ansonsten vom Sparpaket nicht betroffen. Glückwunsch!

Deutschland spart

Hier ist sie, die seit langem erwartete, tiefschürfende, brillante Analyse zur Rettung des Wirtschaftsstandorts Deutschland. Wie im Olymp der Wissenschaft üblich, habe ich durch Selbstversuch festgestellt: Der einzelne Bürger (z. B. Harald S. aus K.) möchte etwas weniger arbeiten bei übervollem Lohnausgleich! Und so geht's:

Unantastbar, meine Herren Sonderexperten, ist die Lohnfortzahlung im Krankheitsfall (Schnupfen, Unwohlsein, leichte Mattigkeit) bei gleichzeitig drastischer Senkung der Kassenbeiträge. Aufgepaßt, Kanzleramt: Um die Anhebung des Renteneintrittsalters auf 49 (Männer) und 76 Jahre (Frauen) werden wir nicht herumkommen. Ja, das ist unpopulär, aber 50 Mrd. müssen ja irgendwo herkommen. Da wir gerade beim Bimbes (pfälz. für Kohle) sind: Viele Spitzensteuersatzzahler sind irritiert durch die permanente Drohung, eben diesen Steuersatz auf 35 Prozent senken zu wollen und dafür alle »Vergünstigungen« zu streichen. Es handelt sich hier nicht um Vergünstigungen, sondern um unerläßliche Investitionsanreize in dem tierisch gefährdeten Industriestandort Deutschland, claro?

Und was genau ist mit »Steuersatz senken« gemeint? Für die wehrlose Masse der Großverdiener wären 35 Prozent eine menschenverachtende Anhebung ihres bisherigen Obolus. Jetzt mal ehrlich: Wir brauchen neue Arbeitsplätze. Ja, nur wer ja zum Gemeinplatz sagt, sichert auch einen Arbeitsplatz. Wie wäre es mit dem für Deutschland neuen Beruf des »Tüteneinpackenhelfers« an der Supermarktkasse wie bei unseren atlantischen Verbündeten? Um so sinnvoller, da die schlechtgelaunte Kassiererin bei Tengelmann demnächst durch »Selfscanning« der Kunden ersetzt werden soll. Selfscanning des Kunden ermöglicht sozusagen ein Wegbeamen der Kassiererin. Sätze wie »Sie sind schon der Dritte mit 'nem Hunderter«

werden uns fehlen. Auch der gute alte Tankwart, der vielleicht noch die Windschutzscheibe putzt, harrt der Wiedereinführung. Warum wird nicht ganz Deutschland nach dem Prinzip geführt, das neuerdings als Zauberwort überall auftaucht: Shareholder value? Viel Geld für kleine Mann, dann viel Geld für Bosse. Wenn nix, dann Bosse ab in Wüste. Für kleine Mann alles Jacke wie Hose.

P. S.: Brauchen wir Leute, die jetzt schon offen fahren?

Meine Rente

Habe ich schon erwähnt, daß ich seit Jahren keine Rentenbeiträge mehr bezahle? Das kam so: Als ich mal vor vielen, vielen Jahren am Stadttheater war, wurden mir zweiundachtzig Prozent meines Einkommens für meine Altersvorsorge gleich abgezogen. Ungefähr. Dann schritt ich hinaus in die wunderbare Welt des Freiberuflertums, begleitet von der Kollegenfrage: »Ja, und wer zahlt Deine Rentenbeiträge?« Klar, daß ich mich nach dieser cleveren Frage gleich mal erkundigte, und zwar bei einer Institution in Berlin, die glaube ich BfA heißt. Von dort bekam ich die Auskunft, daß ich »meine fünf Jahre noch nicht voll hätte«. Der Schock ist in etwa vergleichbar mit dem, welchen Menschen erleiden, die plötzlich erfahren, daß sie »zu wenig geklebt haben«. Mir fehlten drei Monate auf fünf Jahre. Auf Empfehlung habe ich die drei Monate »nachbezahlt«, ein Betrag von etwa zwoundsiebzigblumenkohl, jetzt habe ich Anspruch auf eine Mindestrente. Zusätzlich habe ich natürlich eine Zusatzversicherung bei der Bayerischen Versicherungskammer. Diese zusätzliche Zusatzversicherung hat jeder Schauspieler, falls ihm mal ein Ziegel auf den Kehlkopf fällt oder er von einem elektrischen Krankenfahrstuhl auf dem Gehweg arbeitsunfähig gefahren wird. Die zahle ich mit dem Mindestbeitrag weiter, denn das System ist echt raffiniert: Man zahlt ganz lang nur den Mindestbeitrag, aber zwischen dem 45. und dem 55. Lebensjahr zahlt man ganz schnell ganz viel ganz hohe Beiträge und kriegt dann später eine total hohe Zusatzrente.

Nun muß ich erfahren, daß fast die gesamte Alterssicherung von der brillibesetzten Hand in dem vollsanierten Mund lebt. Kein Wunder, daß da der Eckrentner stark gefordert ist. Wer allerdings glaubt, der Eckrentner steht den ganzen Tag am Eck und paßt auf, wer falsch einparkt, der irrt.

Der Eckrentner hat vielmehr fünfundvierzig Jahre gerackert,

eingezahlt und kriegt dafür eine Durchschnittsrente von etwa 1940 Mark. Wäre er allerdings mal um die Ecke gegangen zur Sparkasse, dann könnte er für seine Beiträge heute dort Millionen rausschleppen. Jetzt droht dem Eckrentner, daß sein Rentenniveau auf 22,9 Prozent gesenkt wird, dafür soll sein Eckenkel dann 64 Prozent Beiträge bezahlen. Oder so ähnlich. Ist doch logisch, daß unsere Gesellschaft da unruhig wird, wo das Sozialsystem voll am Wanken ist. Kann denn ein Girlie überhaupt Generationenvertrag buchstabieren?

Vielleicht naht die rettende Idee aus Rußland, wo Boris Jelzin kürzlich seinen sessunnsesshicksten Geburtstag feierte. Dort liegt das aktuelle Durchschnittsalter für Männer bei 58 Jahren, und Renten werden nur ab und zu mal ausbezahlt. Brächte in Deutschland mehrere Fantastillarden.

Echt legale Steuertricks

Aus einem befreundeten Nachrichtenmagazin mußten wir erfahren, daß dem Fiskus allein im Jahr 1994 105 Mrd. Mark an Steuern entgangen sind. Durch Tricks schaffen es Besserverdienende, den Spitzensteuersatz um bis zu 19 % zu senken. Bevor an dieser Stelle Neid aufkommt, sei überlegt: Sollten wir nicht dankbar sein für jeden Besserverdienenden, der überhaupt noch Steuern zahlt? Sollten wir vielleicht auf den einen Zahnarzt mit Fingern zeigen, der zweihundert Eigentumswohnungen in seiner Einkommensteuererklärung geltend macht, und die vielen Formel-1-Weltmeister ungeschoren lassen, die sich in die Schweiz absetzen? Zumal jeder auf grundehrliche Art Steuern sparen kann, wenn er einige ganz legale Tricks kennt. In beispielhafter Selbstlosigkeit seien hier die wichtigsten verraten:

1. Die Einliegerwohnung

Wer kennt sie nicht, die sinnlose Eingangstür im Untergeschoß, die mitten auf den Rasen zeigt und hinter der angeblich die Schwiegermutter wohnt. In Wirklichkeit verbirgt sich in den beiden Zimmern eine Tischtennisplatte für die Kinder sowie Muttis Bügelraum.

Merke: Das Finanzamt muß beweisen, daß die Begründung »Meine Schwiegermutter hat ein Bügeltrauma, daß nur mit zehn Stunden Tischtennis pro Tag einigermaßen in den Griff zu kriegen ist«, nicht stimmt. Risikofaktor: Sie haben gar keine Schwiegermutter.

2. Kugelschreiber in verschiedenen Farben

Unerläßlich für jeden Kleingewerbler, bei dem die Ehefrau die Buchführung macht. Taxiquittungen über 11,– oder 16,– DM? Mal mit grünem, mal mit blauem Stift? In jeder Gattin steckt ein kleiner Kujau. Mit der richtigen Farbe eine 1 davor gemacht, und Sie kriegen vom Fiskus noch was zurück (bitte nur in Notfällen eine 2 davor, bei Stadtfahrten über 200 Mark neigen unsere Finanzbeamten zu Mißtrauen).

3. Wohnsitz Monaco

Ideal: Dem Fiskus sind Steuern sozusagen ein Greuel, und die Ausländersteuer hierzulande drücken Sie aus der Portokasse ab. Vorsicht: Der Hauptwohnsitz Monte Carlo muß glaubhaft sein. Das Kilometergeld auf der täglichen Fahrt zum Arbeitsplatz in Bremen oder Wolfsburg wird sorgfältig nachgerechnet, genau wie die Pauschale für die »täglich 22stündige Abwesenheit von der Wohnung«. Tophinweis: Tankbelege sammeln!

4. Firmensitz Niederländische Antillen

Eignet sich besonders für alternative Schreinereien oder Einmannspeditionen mit einem Jahresumsatz bis zu 27 000,– Mark. Einfacher geht's nicht! Sie gründen im karibischen Inselparadies eine Firma mit klangvollem Namen wie »Sunshine production b. V.«. Diese Firma stellt die Rechnung aus, Sie selbst wiederum sind für 4,– DM monatlich bei dieser Firma angestellt. Die 4 Mark versteuern Sie ordnungsgemäß, die restlichen Milliarden holen Sie irgendwann mal mit dem Köfferchen ab. Risikofaktor: Kann manchmal schiefgehen (Graf!). Auf Kleingedrucktes achten. Dies sind nun die legalsten von vielen tollen Steuertricks, absolut wasserdicht, außer natürlich, es geht was schief. Für diesen Fall gilt der alte Trick: Alles der Frau überschreiben. Soll aber auch schon schiefgegangen sein.

P. S.: Der empfohlene Kauf von BMW, VW und Daimler hat sich doch gelohnt, oder?

Zipfel vom Mantel der Geschichte

Seit 1995 häufen sich die 50jährigen Gedenktage, die mit dem 8. Mai 1945 verbunden sind, an dem der Zweite Weltkrieg für einzelne Teile der Bevölkerung offiziell beendet war. Die große Dichte der Feierstunden, verbunden mit einer Überdosis an Filmen, Serien, Features, Diskussionen, Sonderheften, willigen Helfern und geschäftstüchtigen Vollstreckern hat auch mein Gemüt erreicht, obwohl mich bei der großen Weltpolitik sonst hauptsächlich die Frage beschäftigt: Kann man mit Franz Müntefering den Willen zur Macht haben?

Druck der Straße

Wolfgang Schäuble hat es gleich gesagt: Hätten wir damals beim NATO-Doppelbeschluß dem Druck der Straße nachgegeben, dann hätten wir heute noch die Sowjetunion und die DDR.
Irgendwie hat der sympathische Badenser das mit der Unnachgiebigkeit positiv gemeint. Aber irgendwie war es 'n Stück weit vielleicht doch 'n Fehler oder 'n Fähler. Sozialabbau, Sparpaket, Rentenkrise – so was hat's doch früher nicht gegeben, als der Russe noch wahllos in der Sowjetunion lebte und die Verwandtschaft von drüben erst ab '65 rübermachen konnte.
Deshalb spüren W. Schäuble und Freunde jetzt wieder den Druck der Straße, 350 000 nutzten den arbeitsfreien Samstag bei herrlichem Sommerwetter in Bonn zur Teilzeitrevolte. Frei nach Tucholsky wurden hier nicht nur Bahnsteigkarten gelöst, sondern man reiste auch pünktlich wieder ab. Fair geht einfach vor. Empört muß die Vermutung der FAZ zurückgewiesen werden, viele Demonstranten gegen »Sozialabbau« seien nur wegen der schlechten Verkehrsverhältnisse nicht in »ihren Mittelklasse-Wagen« gestiegen. Umweltschutz und Gemeinschaftsgefühl in »klimatisierten Autobussen« (FAZ) waren sicher wichtige Fun-Faktoren auf dem Weg nach Bonn.
Auch kann an dieser Stelle die Teilnahme von Bischöfin Jepsen aus HH nur begrüßt werden. Nicht umsonst verzeichnen die Kirchen gerade bei jüngeren Menschen einen ähnlichen Mitgliederboom wie die SPD.
Kein Wunder also, daß selbst SPD-Megastar O. Lafontaine das Traumwetter zu einem Ausflug an die Basis nutzte. Unterstützt wurde der korpulente Querdenker dabei von seiner Gattin Christa (solidarblond wie eine ladenschlußgefährdete Kassiererin) und der unvergänglichen Heidi W.-Zeul, die nach

Mururoa zum zweitenmal die Herrschenden in die Knie zwang. Wer Lafontaine an diesem Samstag in Bonn erlebt hat, dem wird klar: Wo der dicke MP auf dem Weg zur Sonne, zur Freiheit einherschreitet, dort übt die Straße keinen Druck mehr aus.

Jetzt auch offiziell: Oskar L. ist für die deutsche Politik so unverzichtbar wie Lothar Matthäus für die Nationalmannschaft.

Mein 8. Mai

Viele Prominente berichten in diesen Tagen über ihre individuelle Erinnerung an den 8. Mai. Auch ich werde diesen 8. Mai nie vergessen.
Sofort nach dem Aufwachen fühle ich mich irgendwie befreit. Von meinen Kopfschmerzen. Es hat sich also doch gelohnt, daß ich noch vor dem Schlafengehen ein Aspirin genommen habe.
Aus dem Radio tönt amerikanische Musik. Ziemlich schwarz. Sie klingt verboten, aber so geht es jetzt fast den ganzen Tag. Heute genieße ich besonders, mich zu rasieren, denn es gibt wieder Schaum und Klingen. Leider wurden sie mir nicht von einem GI zugesteckt, sondern ich habe sie in der dm-Drogerie gekauft.
Unten vor dem Haus bremst ein Jeep. Schade, keine Amis drauf, die Kaugummi und Cola verschenken, sondern nur die Frau des Sonnenstudio-Besitzers, die Brötchen holt. Die letzte Woche hatte es auch im Fernsehen in sich. Unsere gesamte Serienelite trug entweder Uniform oder Kopftuch. Waren Trümmerfrauen wirklich so sexy? Einzelne Augenzeugen (»Hitler ging fünfmal an mir vorbei. Er wirkte wie ein lebender Leichnam.«) sah ich in sechs verschiedenen Sendungen.
Ich koche echten Bohnenkaffee und gieße frische Milch über amerikanische Cornflakes. Außerdem belege ich je eine Brötchenhälfte mit ungarischer Salami und französischem Käse. Ja, es ist wieder alles zu haben, wenn man nicht vergißt, vor dem Wochenende einzukaufen. Doch ich hatte keine Zeit, denn ich verbrachte das Wochenende in Österreich, im grenznahen Vorarlberg zwischen der Schweiz und Deutschland. In einer letzten Großoffensive sollten noch einmal Millionen mitgerissen werden. Das Ergebnis steht noch aus, als ich im Schein der Notbeleuchtung diese Zeilen tippe. Aber sollte es

mir nicht gelungen sein, will man es mit Männern versuchen, die zum Teil schon 60 und älter sind. Die ARD scheint zu allem entschlossen.
Draußen vor der Tür klingelt es. Der Russe? Oder Walter Kempowski, der aus diesem Text eine Serie machen will? Es ist mein Nachbar, ich soll mein Auto wegfahren. Plötzlich fangen meine Hände an zu zittern, kalter Schweiß steht mir auf der Stirn. Klare Ursache: Seit einer halben Stunde habe ich keinen Film zum 8. Mai gesehen.
Ich krieche in meine Wohnung zurück und lege eine Kassette ein. Volkssturm, Nazis, Trümmerfrauen – langsam beruhige ich mich wieder.
So war er, mein 8. Mai.

Sorry, Jungs. Deauville complet!

Am D-Day ist kein Zimmer frei. Dies ist nicht der Titel einer leicht frivolen Militärklamotte auf SAT 1, sondern eine peinliche Mitteilung von normannischen Hotelbesitzern an kanadische Veteranen, die für den 6. Juni schon gebucht und bezahlt hatten, jetzt aber in den Luxushotels plötzlich unerwünscht sein sollen. Pourquoi ça? Am sechsten Juni 1994 jährt sich zum fünfzigsten Mal die Landung der Alliierten in der Normandie, und wer von den Teilnehmern damals heute noch lebt, der möchte es noch mal so richtig krachen lassen. Achtzigjährige Omaha-Beach-Boys wollen sich – laut Veranstalter an Fallschirmen – aus den Wolken stürzen, Entertainer Bob Hope liefert den vermutlich besten Auftritt seit dem Golfkrieg. Und nun der plötzliche Zimmermangel, der sogar höchste Kreise in Paris zu Entschädigungszahlungen bewogen haben soll. Vielleicht fürchten die Hoteliers in Deauville um ihr Image, obwohl tough guys, die mit siebzig verweht noch vom Himmel fallen, nicht unbedingt im Gegensatz zum morbiden Charme des Badeortes stehen. Oder fürchtet man um die Benimmregeln. Wie werden Mom und Dad zum Frühstück erscheinen? Zackig in Uniform (er) und mit bläulicher Betondauerwelle (sie), oder – how are you today – mit Jogginganzügen und Baseballmütze? Mon Dieu! Verbrüderungsszenen mit dem ehemaligen Feind sind nicht zu befürchten, denn die Krauts sind nicht eingeladen, obwohl, très élégant, man ja nicht den Sieg über Deutschland feiert, sondern den gegen Hitler, der ja – oft gehört als Kind bei Opas Frühschoppen – die deutschen Panzer in der Normandie stoppen ließ. Ein Fall für Professor Nolte?

Obwohl es dem spät geborenen Verfasser dieser Zeilen irgendwie ungerecht erscheint, daß wir Deutschen erst nächstes Jahr zum fünfzigsten Jahrestag des Kriegsendes kommen dürfen. Von Henryk M. Broder bis Reginald Rudorf sind sich die

Talkshowgäste einig: Ohne Deutschland kein WK zwo, und ohne 2. WK kein D-Day. Ist doch historisch einwandfrei, oder?

Vielleicht gibt es ja noch die Möglichkeit, daß die Bundeswehr sich an das Modell »Somalia« erinnert und aus humanitären Gründen mal in der Normandie vorbeischaut, etwa um Veteranen ohne Hotelzimmer mit Wohncontainern und Nahrungsabwürfen aus der Luft behilflich zu sein. Bleibt nur zu hoffen, daß das Wetter an der Kanalküste mitspielt. Wäre doch zu schade, wenn die Greise samt ihren Fallschirmen im Nebel über Sarajewo absprängen.

Reisetagebücher, ziemlich verweht

Reisen bildet. Es wäre doch wirklich schade gewesen, hätte man auf die gute, alte Binse an dieser Stelle verzichtet.

Die Texte des folgenden Kapitels habe ich aus den exotischsten Winkeln unseres Erdballs (heißa, da ist mir ein poetischer Leckerbissen geglückt!) in die Heimat gefaxt.

Mal sind es unvergeßliche persönliche Eindrücke, die ich aus Gründen, welche sich nur mir erschließen, für mitteilenswert erachtete, mal sind es aus den lokalen Tageszeitungen zusammengeschusterte Artikelchen (ist nicht gerade das die wichtigste Fähigkeit für einen Auslandskorrespondenten?). Mich jedenfalls hat es immer zutiefst befriedigt, wenn ich meinem inneren Konzelmann freien Lauf gelassen habe.

Reisen '97

Was klopft denn da an unsere Tür? Der Frühling ist's, der Lenz, nur vier kurze Wochen noch entfernt. Da heißt es aber hurtig das Ränzlein schnüren und hinaus in Gottes schöne Welt, lebewohl ade! Nun wollen wir an dieser Stelle nicht in die ewig gleichen Klagen vom bösen Pauschaltourismus und zubetonierten Stränden, von bleichen Männerwaden und grellbunten Shorts verfallen, vielmehr soll ein konstruktives Angebot unterbreitet werden, wie man wieder im ursprünglichen Sinn des Wortes reisen kann. Zwar ist auch mir der ursprüngliche Wortsinn von »reisen« unbekannt, aber ebenso wie in der guten alten Zeit, als Goethe mit der Kutsche gen Italien schaukelte und dort bequem sein Tischbein von sich streckte.

Planen wir also eine durchaus vorstellbare Reise von sagen wir Düsseldorf nach angenommen Duino, im Reiseprospekt für die gebildeten Stände angekündigt als »Von Heine zu Rilke«. Anders als die Sklaven der Leistungsgesellschaft brechen wir nicht um vier Uhr früh auf, um »in einem Rutsch durchzubrettern«, wir verlassen den »Schreibtisch des Ruhrgebiets« per Automobil gemächlich gegen elf, nach dem Frühstück. Nach etwa dreißig Kilometern bietet sich in Worringen Gelegenheit für eine erste Rast. Ein wenig in die Sonne blinzeln und versuchen, die Atmosphäre der Schlacht bei Worringen nachzuempfinden, welche bis heute prägend für das Verhältnis zwischen Köln und Düsseldorf ist. Da kann es leicht passieren, daß man sich verbummelt, und schon wird es Zeit, ein Quartier für die Nacht zu suchen. Gar zu verlockend sind da die Gasthöfe des nahen Bergischen Landes oder der ebenfalls nicht fernen Eifel. Wer keine Herberge mehr findet, kann auch mal für eine Nacht die herrliche Studentenzeit aufleben lassen. Hand aufs Herz: Wann haben Sie zum letzten Mal im Auto gepennt? Wie in Abrahams Schoß werden Sie schlum-

mern, bis Sie vom Duft frischen Kaffees, warmer Brötchen oder der Taschenlampe des Hausmeisters geweckt werden.
Die beste Himbeermarmelade (für Insider: Mmmhbeermarmelade) gibt's übrigens gleich hinter der Kirche bei Frau Ewermann. Dreimal klingeln und dann kurz ans Fenster klopfen. An guten Tagen rückt »Männchen«, wie sie alle nennen, auch zwei Gläser raus. Wichtig für diese wieder zu entdeckende Art des Reisens: Wissen, wo es das Beste von irgendwas gibt. Meistens »beim Bauern«. Oder bei Madame Lafayette in St. Odile im Elsaß, die eigentlich eine Schnellreinigung betreibt, auf Nachfrage aber listig mit den Äuglein zwinkert, sich einen Schnurrbart anklebt und Spaghetti à la Meuse kocht (Zwiebeln, zwei Jahre alte Butter, mundgeblasener Parmesan und einen Schuß Menthe à l'Eau nach dem Zähneputzen. Superb!).
Wer so reist, kommt vielleicht nicht unbedingt ans Ziel, wird dafür jedoch um vieles reicher an Herzensbildung den künftigen Stürmen des Lebens entgegentreten.

P. S.: Herr Armani, ist das schwarze T-Shirt, in dem Sie immer fotografiert werden, eigentlich auftätowiert?

Mallorca-Tagebuch

An einem jener Abhang-Tage, »über die man mit vollem Schwung und singend hinunterläuft«, wie Marcel Proust schrieb, las ich in Ingomar von Kieseritzkys Buch »Unter Tanten und andere Stilleben« von einer Frau, die mit dem Chirurgen, der sie totaloperiert hatte, durchgebrannt war. Wenig später erwarb ich in einem ziemlich neu wirkenden Supermarkt in Palma de Mallorca in Cellophan verpackte Erdbeeren, die nach nichts schmeckten. Holla, höre ich da manchen einwenden, wie kann etwas nach nichts schmecken? Hat das Nichts etwa Geschmack? Recht hat der Einwender, eher waren die Erdbeeren aromatisch gleich null. Die Gedanken bei Kieseritzkys totaloperierter Durchbrennerin, im Mund die geschmacksneutralen Erdbeeren, steuerte ich meinen total geschmacklosen Leihjeep in den Norden der größten der balearischen Inseln. Mein weißer Leihjeep hatte total peinliche pinkene Blitze auf den Türen, und Carlo Fontana, der gestrenge Meister des römischen Spätbarock, wäre bei ihrem Anblick sicher rot angelaufen wie eine Erdbeere. Nachmittags eine 1,7-Mio.-Mark-Villa besichtigt. Hanglage, Meerblick. An den Wänden laut Makler nur echte Bilder. Erkenne auf den ersten Blick: später Kaufhof, etwa um 1991, dazwischen vereinzelt auch einige echte Horten aus der mittleren Phase. Viel offene Schenkel mit Melonen. In solchen Villen deponieren reiche Düsseldorfer rauschgiftsüchtige Söhne, welche nicht zur Leitung des Familienbetriebs taugen, oder Ehefrauen, die nach der Menopause als Innenarchitektin in südliche Gefilde verfrachtet werden.

Essen gegangen, auf dem Weg zur Toilette von einem Deutschen mit der Videokamera verfolgt worden.

Habe Villa nicht gekauft (Pool zu klein, außerdem meine Bremer Vulkan drastisch gefallen). Gegen Abend nach Arenal gefahren, in einem kleinen Biergarten mehrmals unter großem Beifall der Nachbartische Gottfried Benns Gedicht »Satzbau« rezitiert. »Alle haben den Himmel, die Liebe und das Grab ...« Aber nicht einmal auf n-tv können sie die Dynamik der VEBA-Aktie erklären.

Ferienhaus, total billig

Kürzlich im Reisebüro, erfuhr ich zufällig den aktuellen Hit: Eine Woche Dominikanische Republik für 860 Mark, alles inklusive. Auch den Beginn dieser Buchungswelle konnte mir der Angestellte präzise verraten: einen Tag nach dem Absturz. Vermutlich erfuhren viele Sonnenhungrige erst durch die Flugzeugkatastrophe, wie billig man in der Karibik Urlaub machen kann. Der Rest ist Statistik.

Wird anläßlich solcher Meldungen nicht der Wunsch vieler Intellektueller nach einem eigenen Ferienhaus verständlich, und zwar »dort, wo keine Touristen sind?« Zum Beispiel auf Gran Canaria. Ein dem Elend der Anonymität ausgelieferter WDR-Fernsehredakteur hat dort vor fünf Jahren in einer »dieser urigen Kneipen« José kennengelernt, der ihm nicht nur ein »altes Fischerhäuschen« besorgen wollte, sondern sich auch gleich zur Renovierung anbot, selbstverständlich »ohne den Charakter des Hauses zu verändern«. Zwei Fragen bleiben an dieser Stelle offen: Woher hatte der Fernsehredakteur 30 TDM in bar für die Anzahlung an José, und wie dicht war er, als er sich darauf einließ?

Als kleiner, unaufdringlicher Hinweis sei an dieser Stelle die Bemerkung erlaubt, daß Prozesse zwischen Deutschland und Gran Canaria sehr schleppend verlaufen und alle Gran Canarier miteinander verwandt sind. Ich verbiete dem Redakteur übrigens, José in meiner Gegenwart als »schnauzbärtige Drecksau« zu diffamieren.

Andere Bekannte (Dipl.-Geologe und Gartenbauarchitektin mit Spezialgebiet »Feuchtbiotop in Reihenhausgarten«) hatten mehr Glück. Sie fanden nicht nur ein 250 Jahre altes Bauernhaus in der Bretagne, sondern auch Handwerker, die sie als Deutsche »voll akzeptiert haben«, obwohl sämtliche Handwerkerfamilien der Résistance angehört hätten. Als erstes hat der antifaschistische Maurer in eigener Entscheidung den 250jährigen Original-Kamin rausgerissen und einen zeitgemäßen mit gelblicher Rigipsverkleidung gemauert. Sieht erstens besser aus, und zweitens hat er zu Hause denselben. Sein Schwiegersohn auch. Alle. Die Gartenbauarchitektin schluckte schwer und sagte wenig, bis der Sanitärbretone (Schwager der Frau des Mannes) die Original-Wanne auf den Müll warf und ein rosa Teil mit Massagestrahl installierte. Die mittlerweile leicht ausrastende Geologengattin lernte bei ihren Protesten den fließenden Übergang zwischen Résitance und Renitenz kennen. Merke: Willst Du für Dein Haus das Doppelte, verkaufe es einem Holländer. Willst Du das Dreifache, verkauf es einem Deutschen. (Alte belgische Volksweisheit).

Fly & Klau & More

LH-Flug 912 Köln–München is now ready for boarding. Sind es noch die Hochwasser-Spätfolgen, oder bedroht die neue Armut jetzt auch das mittlere Management unter den Passagieren? Verbieten unsere Topkonzerne ihren Mitarbeitern nicht nur die Taxifahrt vom Münchner Flughafen in die City (»außer wir sind mindestens vier«), sondern auch den käuflichen Erwerb von Nahrung?
Wie sonst ist der beidhändige Griff unserer Leistungsträger in die Obst-, Joghurt- und Schokoriegelkörbe zu erklären, die in den Warteräumen der Flughäfen bereitstehen? Immer mehr Jungdynamiker mit beängstigend kreativen Krawatten sowie mittelalterliche Führungskräfte in grauen Einheitstretern (»Mephisto«) zum dunkelblauen Zweireiher füllen sich kurz vor Abflug die Taschen, als ginge es zum Picknick nach Bosnien. Brauchen wir in Zukunft eine Gewichtskontrolle für Snacktüten (selbstverständlich gegen eine Sicherheitsgebühr von DM 5,–)? Nach Abflug kommt es noch schlimmer. Denn wer fünf »Nuts« in die Hosentasche steckt, der antwortet auch im Flugzeug auf die Frage »Tee oder Kaffee?« – »Piccolo«. Nur der erste Piccolo wird gleich gekippt, der zweite verschwindet klingklong im Aktenkoffer, schließlich muß man ja während der Besprechung auch mal auf die Toilette. Halt, da hätten wir doch fast das Angebot an Gratis-Zeitschriften vergessen (im Fach oben gleich neben den Wolldecken), hier scheint die Abgabe unter vier Exemplaren verboten.
Auch reife Herren blättern vor dem take-off gerne mal in Damenzeitschriften, die Dessous-Werbung ist meistens auch geiler gemacht als die Fotos in den Magazinen, in denen angeblich alles steht.
Wir bleiben unterhalb der Sicherheitsgurtlinie, denn während die Maschine zum Start rollt, erhebt sich die Frage: Kann se-

xuelle Belästigung am Arbeitsplatz schöner sein als die, welche den Flugbegleiterinnen widerfährt, während sie uns »mit den Sicherheitsmaßnahmen vertraut machen«? Vor allem ungefährlicher, weil nur optisch?
Natürlich halten sich die meisten Passagiere sofort nach dem Anschnallen irgendeinen Wirtschaftsteil vors Gesicht, schließlich muß man ja wissen, um wieviel zu früh man wieder aus den Optionsscheinen ausgestiegen ist (der VEBA 93er ist übrigens schwer im Kommen, Anm. d. Verf.), aber spätestens, wenn die Flugbegleiterin die Schwimmweste erklärt und zu diesem Behufe den Stöpsel sanft an die Lippen führt, signalisieren mindestens dreißig männliche Augenpaare über der Halbbrille (ist übrigens gnadenlos out) einen herzkranzgefährdenden Anstieg des Hormonpegels. Im Interesse des weiblichen Personals bitten wir Sie, während des gesamten Fluges angeschnallt zu bleiben!

Eggs, Bacon, Giacometti

London ist so nah. Der Flug dauert nur fünf Minuten (Abflug 11.00 Uhr, Ankunft 11.05 Uhr). Vorher aber unbedingt gute Freunde fragen, was angesagt ist. Oder guten Freunden vom geplanten London-Trip erzählen, dann verraten gute Freunde unaufgefordert, wo es die besten Croissants gibt. Warum nach London, wenn nicht wegen der Croissants? Oder wo Sting Cappucino (oder Capuccino?) trinkt. Vielleicht im »Kahn's«, dem »quietschblau bemalten Schuppen mit lauter indischer Kantinenatmosphäre«?

Sofort nach Ankunft mit »Tube« nach Soho, dann Bummel durch Läden mit den »schrillsten Schuhen, verrücktesten Hüten und flippigsten Jacken«, vielleicht überraschende Begegnung mit den Pet shop Boys beim Schrille-Schuhe-Kauf. Anschließend kurzer Walk durch die prickelnde Frage: Luxuslimousine oder Autobombe mit Karosserie?

Ein absolutes must am Nachmittag: Picasso-Ausstellung in der Tate Gallery. Hier gibt's die absolut besten Picassos. Leider unverkäuflich. Picasso selbst leider nicht anwesend, weil tot. Nach Picasso dann zu Turner. (»Nicht Ted von CNN, sondern Maler von 1775–1851.«) Welches sind die absolut besten Turners? »St. Bernadetto looking towards Fusina« oder »Riva degli Schiavone, Venice: Water Fete« oder vielleicht »Shadrach, Meshach and Abednego in the burning Fiery Furnace«?
Eventuell gute Freunde fragen.

Auf dem Weg aus Museum noch vorbei an Bacon and Giacometti, danach beste Bacon and Eggs bei »Joe's«.
Abends Musical. Absolut hyper-trendy: Previews gucken. »Hot show Shuffle«, opens 22 March, wird wahrscheinlich

Riesenerfolg (Vermutung d. Verf., weil Preview-Publikum raste vor Begeisterung). Inhalt: Sieben Brüder steppen mit totgeglaubtem Vater und unbekannter Schwester, daß die Luft brennt. Am nächsten Abend in »Crazy for you«. (In: Mit New Yorker Aufführung vergleichen.) Inhalt: 22 Mitwirkende tanzen und steppen, daß die Luft brennt. Nach dem Rückflug nach Deutschland (dauert zwei Stunden. Pfusch?) alles mit cooler Kennermiene guten Freunden erzählen oder an Focus faxen.

Prollfreier Urlaub

Das bevorstehende Osterfest deutet an: Der nächste Urlaub kommt bestimmt. Wohin also in diesem Jahr? Kaum einer steht noch unter dem Zwang, vor Freunden das Urlaubsziel rechtfertigen zu müssen, sogar Mallorca ist seit einigen Jahren für bisher klassische Nicht-Mallorcaurlauber gestattet. Empfehlenswert ist allerdings noch immer der Zusatz: »Die Insel selber ist ja traumhaft schön.« Damit angedeutet ist, daß man a) selbst die Insel kennt (Westküste, Chopin etc ...) und b) nicht das vom Arenal geprägte Negativbild übernommen hat. Denn im Arenal ist nur der Proll.

Womit wir bei der dringend notwendigen Klärung eines neuen soziologischen Begriffs wären: Wer gehört zum Proll, und wo ist er anzutreffen? Letzteres ist schnell beantwortet: Der Proll ist überall. Ob Bermudas, Malediven oder Kanaren – der Proll ist schon da, vor allem in Bermudas auf den Kanaren. Geld spielt keine Rolle, denn das internationale Prolltum zieht sich quer durch alle Schichten, lediglich der Voll- oder Megaproll ist einigermaßen zuverlässig in den klassischen Reservaten auffindbar (z. B. bei Schlechtwetter nackt mit Pudelmütze im Supermarkt eines Nudisten-Campingplatzes). Charakteristisch ist, daß sich Prolls gegenseitig als Prolls verachten, mit denen sie nichts zu tun haben wollen. Prollfreie Zonen scheinen kaum noch auffindbar, seit die Putzfrau den Schmuck der Chefarztgattin als »irgendwie prollig« analysiert. Kein Wunder, wenn im Urlaub der prollfreie Einkauf immer schwieriger wird.

Immer häufiger anzutreffen ist der Kohleproll. Hat absolut nichts mit Bergbau zu tun, ist aber ganzjährig braun und wird häufig freilaufend in Düsseldorfer und Hamburger Einkaufsgalerien gesichtet (in München entsprechend der Trachtenproll).

Tarnt sich gern als »Makler« oder »Broker«, hat Bömmelchen an den Schuhen und violett getönte Brillengläser im Porsche-Design-Rahmen. Wenn der Kohleproll nicht zur Sektaufnahme in Einkaufsgalerien weilt, läßt er einen Whirlpool über Eck einbauen oder setzt überteuerte Küchen in sein Landhaus. Mallorca erreicht der Kohleproll zwecks Kurzurlaub entweder mit LH ab Frankfurt oder mit LTU ab DUS, ist »schneller und billiger«, dafür nimmt er sogar »die ganzen Prolls in Kauf«.

Wohin also in den Ferien? Vielleicht nach Balkonien? Wirkt zwar irgendwie prollig, dafür hat man seine Ruhe, denn die Ultraprolls aus der Nachbarschaft sind in Südafrika, Australien und der Dominikanischen Republik.

Feng Shui

Neulich war ich mal in Hongkong. Wie der interessierte Beobachter vielleicht weiß, handelt es sich dabei um eine Art Osten, in dem die Landschaften schon blühen. Nun ist in der sympathischen Hafenmetropole eine gewisse Nervosität spürbar, denn am 1. Juli 1997 fällt die britische Kronkolonie zurück an China. Ganz legal, der Pachtvertrag läuft aus, und London hat die Umzugskartons bestellt, bevor Bejing auf Eigenbedarf klagen mußte. Bejing heißt bei uns übrigens Peking, aber die Bejing-Schreibweise läßt den Sinologen ahnen.

In Bejing steht man für die Zeit danach volles Rohr auf Tung Chee-hwa, der in der örtlichen Presse starke Zuneigung spürt, weil er bereits sein Hauptwahlkomplott verwirklicht: »Zwei Jahre keinen Urlaub.« Nicht, weil er es sich nicht leisten könnte – bisher verbrachte Familie Tung (oder Chee-hwa?) die Zeit zwischen den Jahren immer in »kalifornischer Sonne und Sand« – aber jetzt hat man wg. »Handover« noch tierisch viel zu tun.

Beispielsweise Einzug in neue Büroräume (100 TDM Monatsmiete) und die Frage: Welches wird der neue Dienstwagen? Bisher fährt ein Chauffeur Herrn Tung Chee-hwa im privaten BMW durch Hongkong. Der aktuelle und letzte britische Gouverneur von Hongkong, Chris Patten, verfügt übrigens über (Achtung, Rita!) drei Autos. Zwei Mercedesse und einen Rolls Royce. (Ist der Plural von Mercedes korrekt, oder heißt es: zwei Benze?)

Mr. Patten residiert mit Gattin Lavender und Tochter Alice in einem Haus nahe der Bank of China. Beim Gebäude der Bank of China wie auch beim Haus von Familie Patten sprechen Kenner von einem schlechten Feng Shui.

Feng Shui ist ein enorm wichtiger Begriff in Hongkong und bedeutet Wind (Feng) und Wasser (Shui). Wie steht das Haus

in bezug auf Wind und Wasser? (Vergl. hierzu auch Feng Shui des Schürmann-Baus.)
An dieser Stelle wird es notwendig, Herrn Dr. Abel Yeung KiYve vorzustellen, Feng-Shui-Experte und Astrologe. Er warnt Herrn Tung Chee-hwa vor einem Umzug ins Haus von Chris Patten (Schlechtes bei Feng Shui), sagt Hongkong aber ansonsten eine Riesenzukunft voraus, auch weil Mr. Tung »das Gesicht eines Führers hat«, denn Dr. Abel Yeung ist auch spezialisiert auf Gesichterlesen.
Tief fundiert und sehr allgemein läßt sich sagen, daß der Deutsche und der Hongkonger sich sehr verbunden fühlen können. Beide haben sich schon mal nach langen Jahren einem fremden System angeschlossen, nur fällt im Falle von Hongkong irgendwie ein riesiges Frankfurt/Main an die DDR. Fünfzig Jahre lang soll Hongkongs Wirtschaftssystem noch garantierten Bestand haben.
Übrigens: Hat mal irgendein Wahrsager das Feng Shui der DDR gecheckt?

The Papal Visit

Kann es für den katholischen Pauschalreisenden etwas Schöneres geben, als gleichzeitig mit dem Papst in New York zu sein? Sicher, es gibt Unterschiede. Der Papst landet in Newark. Nicht etwa, weil von dort das Taxi nach Manhattan billiger ist als von JFK, sondern weil er gleich nach der Ankunft in New Jersey eine Messe feiert. Muß der Hl. Vater eigentlich auch vor der Landung diese komischen grünen Zettel ausfüllen, wo man ankreuzen soll, ob man Tiere einführt, eine ansteckende Krankheit oder früher mal einen Sabotageanschlag auf die USA geplant hat? Tief gerührt beobachte ich vor dem Fernseher, wie John Paul II dem Ehebrecher Bill Clinton die Hand reicht. Toll, wie locker meine Kirche jetzt mit diesen Dingen umgeht! Da genehmige ich mir als lediger Vater doch gleich ein Bud light. Enjoy it!

Übrigens landet mein Kirchenoberhaupt mit nahezu überirdischem Timing einen Tag nach Verkündigung des Urteils gegen O. J. Simpson. Beides gleichzeitig hätte wahrscheinlich sogar die Cleverness des US-Fernsehens überfordert. Vielleicht hätte ich mich auch in meinen religiösen Gefühlen verletzt gefühlt, nur eine »Pope update« innerhalb der O. J.-Berichterstattung zu sehen:

Der Freigesprochene im weißen Bronco auf der Fahrt nach Hause, und The Pope nur in einem kleinen Kreis rechts unten, wie er afro-amerikanischen Schulmädchen die Hand auf die Stirn legt. Der Papst wohnt in der New Yorker Residenz des Vatikans in der 72. Straße East. Davor ist eine Art Käfer-Partyzelt aufgebaut, in dem die Stretchlimo des Heiligen Vaters verschwindet. Vorhänge zu – und tschüs! Ich selbst muß einige Straßen weiter im Hotel Unterkunft finden. Beim Frühstück erhebt sich neben mir ein älteres Ehepaar, das mir irgendwie bekannt vorkommt. Richtig, Richard von Weizsäcker und Gattin! Gehen sie zum Papst? Nein, sie müssen zu

50 Jahre UNO. Das erklärt auch die vielen Schwerhörigen auf den Hotelfluren. Es sind nämlich keine Schwerhörigen, sondern Sicherheitsbeamte, die sich über Knopf im Ohr mitteilen, wo es gerade geknallt hat. Have a safe trip! Ein bißchen schade finde ich, daß der Papst keine Handschuhe trägt. Im Gegensatz zu denen von O. J. hätten seine bestimmt perfekt gepaßt, und schon als Kind hat es mich immer stark beeindruckt, wenn der Bischof über seine eleganten weißen Handschuhe den Ring gestreift hatte.

Am Abend lasse ich dann auf dem Hotelbett eine weitere Büchse Bud light zischen: Der Stellvertreter Christi landet im Kampf gegen das Böse mit seinem Hubschrauber auf dem Wall Street Heliport! War es ein Bud zuviel, oder droht vom Empire State Building auch noch Küng Kong?

Heimwerker Harald

Kommen wir nun zu einem Themengebiet, welches sich in meiner Welt mehr und mehr zu einem Kontinent auszuweiten anschickt:

Die wunderbare Welt der Haushaltsgeräte, der Notdienste, der Terminabsprache mit Handwerkern. Nur die Notwendigkeit der Themenvariierung hindert mich, allwöchentlich einen Beitrag zu diesem Thema abzuliefern, unerschöpflich sind die Geschichten aus diesem Bereich.

Wer je das Geräusch einer aus fünfzig Zentimeter Höhe aufs Parkett plumpsenden Werkzeugkiste vernommen hat, der wird die Frage nicht mehr los: Kann eine pump-gun nicht immer öfter das gesprochene Wort ersetzen?

Staubsaugerhotline

Als echter Katholik steht bei mir der Christbaum bis Maria Lichtmeß am 2. Februar. Die nadelintensive Spanne zwischen 6. Januar, wenn Nicht- und Andersgläubige ihre Bäume neben den Carports stapeln und eben jenem 2. Februar, an welchem früher Knechte und Mägde den Herrn wechselten, erfordert eine wesentlich höhere Staubsaugereinsatzfrequenz als der Rest des Kirchenjahres.

Was nun folgt, ist das Hochschreiben einer profanen Hausfrauentätigkeit auf dem Level, der uns zum Volk der Dichter und Denker werden ließ: Wie ein metallicgrünes Reptil schiebt und schlängelt sich mein BOSCH perfecta 82 unter den Zweigen durch, bald hier gefräßig einen Nadelhaufen mampfend, bald dort mit bösem Brummen erst ein Staubwölkchen, sodann ein vorwitziges Nädelchen im schwarzen Schlund verschwinden zu lassen, welches Rettung unter dem Christbaumständer suchte. Doch, potzblitz – plötzlich ist des Saugens ein Ende!

Wie ich auch mit dem Schlauch über den Boden wedle – frech bleiben Staub und Nadeln liegen und rufen mir zu: »Ei, saug doch soviel Du willst, uns kriegst Du nimmermehr.« Die rote Kontrollampe leuchtet, und sosehr ich auch am doppelwandigen Papierfilter, am antimikrobiell ausgerüsteten Filtercontainer oder an der Filterkassette mit Mikrofeinfilter rüttle – die Lampe leuchtet, und es hat sich ausgesaugt. Schließlich gehe ich eindeutig über meine technischen Verhältnisse und nehme den Anschlußstutzen (1) des Saugschlauches (6) aus der Saugöffnung, wobei ich die Entriegelungstaste (2) drücke. Ich schaue durch den Schlauch wie weiland Columbus kurz vor Indien durch sein Fernrohr, ich puste durch – nichts. Auch die englische, spanische und finnische Gebrauchsanweisung auf Recyclingpapier helfen mir nicht weiter, da fällt mein Blick auf eine Telefonnummer: BOSCH hat eine Staubsaugerhotline, die echte Katholiken nicht in dem Nadelhaufen untergehen läßt! Und plötzlich geht ein Stern auf über dem finsteren deutschen Dienstleistungshimmel. Am anderen Ende der Leitung erklang eine freundliche Frauenstimme mit leicht fränkischem Akzent, die mich aufforderte, das Gerät neben mich zu stellen, und genau ihren Anweisungen zu folgen. Und siehe: Nach einer Minute blies ich noch mal kräftig durch den Schlauch, heraus flog ein Staubklumpen wie aus dem Drehbuch einer deutschen Vorabendsitcom, und dank der freundlichen Dame sauge ich durch bis Ostern!

Preisgekröntes 5m²-Bad

Am Wahlabend fiel mir eine Zeitschrift in die Hände mit meiner Lieblingsrubrik »Ihr Traumbad auf 5m²«. Ähnlich gern lese ich nur noch Artikel zum Thema »Dachbodenausbau – so gibt's Geld von Vater Staat« oder »Dschungel im Wohnzimmer – so geht's«.

Während die Elefantenrunde von »hauchdünnen Mehrheiten« und »fehlender Euphorie trotz Wiedereinzug« sprach, versuchte ich mir vorzustellen, wie groß 5 m² sind. Hat man in einem 5 m² großen Bad etwa ähnlich wenig Bewegungsfreiheit wie Theodor Waigel im Monitor, zugeschaltet aus München?

5 m²-Bäder in Zeitschriften sehen immer toll aus. Designerwaschbecken, Wasserspülung mit Blickkontakt, Dusche mit Blick auf den mittelalterlichen Stadtkern. Häufig stand ich allerdings schon in Badezimmern, die aussahen wie preisgekrönte 5m²-Bäder, konnte mich aber nur in Schräglage (vergl. Idealhaltung beim Skispringen) rasieren. Maisonettestil. Auch hätte ich einmal beinahe mein Augenlicht eingebüßt, als ich mich etwas zu rasch von der Leichtmetall-Toilette erhob und dabei mit dem Auge knapp am unauffällig integrierten Handtuchhalter vorbeischrammte. Was mich versöhnte, war farbliche und formliche Korrespondenz zwischen Handtuch- und Toilettenpapierhalter. Übrigens konnte man beim Duschen tatsächlich bequem aufrecht stehen, vorausgesetzt man kippte das (staatl. geförderte) Dachfenster.

Duschen mit dem Kopf im Freien – Lebensqualität auf 5 m². Vorbei die Zeiten, in denen man unter einem nicht regulierbaren Boiler kniend in der Wanne duschte und den flötenden Ruf aus der Küche »Vorsicht, das Wasser kommt sehr heiß« im ersten Schmerztaumel nicht mehr wahrnahm. Preisgekrönte Badezimmer erkennt man schon von außen. Sie befinden sich meistens in leicht baufälligen Häusern, die jedoch im

Dachgeschoß blaugestrichene Fensterrahmen aufweisen und deren Balkon mit wenigen Handgriffen in eine 0,3 m^2 große Loggia verwandelt wurde. Häufigste Besitzer: Nichteheliche Lebensgemeinschaft aus Grafikerin und freiem Journalisten (gerne auch mit Katze – geh mal runter vom Tisch, Zorro – die wahrscheinlich bald operiert werden muß). Diese Lebensgemeinschaft hat den Badezimmerumbau natürlich so gut wie geschenkt bekommen, weil die beiden »alles zwischen 10e und Denkmalschutz gnadenlos ausgenutzt haben«. Wertvoller Tip: Alte Drehknöpfe statt Mischbatterie am Waschbecken gibt Zuschuß! Gerade lege ich die Zeitung weg, da höre ich den Kanzler in der Elefantenrunde sagen: »Wichtigstes Ziel im neuen Koalitionsprogramm: Der Badezimmerumbau bis zu 5 m^2 wird nur noch gefördert, wenn sich ab sofort auch Menschen über einsfünfzig gefahrlos die Zähne putzen können.« Weiter so!

Kleine Einrichtungspsychologie

Die Ursache vieler psychischer Probleme ist jetzt geklärt: Das Parkett ist falsch verlegt. Wer sich in einem engen Flur die Eichenstäbchen auch noch quer legen läßt, darf sich nicht wundern, wenn er plötzlich eine rätselhafte innere Blockade auf dem Weg von der Küche ins Bad verspürt. Ein frühzeitiges Gespräch mit einem einfühlsamen Parkettleger hätte ihn darüber aufgeklärt, daß querliegende Stäbchen ihm ein Gefühl vermitteln, als müsse er über etwas darüber steigen, obwohl da gar nichts ist. Da nutzt ihm auch die sorgfältige Überlegung wenig, ob Erst- (ohne Äste), Zweit- (mit Ästen, aber schönen) oder Drittsortierung (mit Ästen, auch verkrüppelten) verlegt werden soll. Diese Entscheidung ist zudem davon abhängig, ob der Raum später als Tanzstudio oder Kinderzimmer genutzt werden soll, und welcher Wohnungsbesitzer kann das schon auf Anhieb sagen.

Das psychologisch korrekt verlegte Parkett verläuft immer »zum Licht«, besonders wichtig in Wohnungen, in denen kein Licht ist. Vielleicht, weil die Kühlschranktür falsch angeschlagen ist, was häufig erst nach vielen Jahren bemerkt wird, in denen man zum Butter holen aus der Küche in den Flur mußte. Da helfen auch die schicken Vorhänge nichts, die in besser verdienenden Kreisen immer leicht auf dem Boden aufliegen. Es sind Fälle bekannt, in denen Wohnungen vier Wochen nach Einzug komplett neu gestrichen werden mußten, weil die Gardinen auf der RAL-Liste einen anderen Weißton aufwiesen als die Wände.

So was macht fertig, und man weiß nicht warum.

Wer glaubt, sich dieses Problems durch die Entscheidung für Rollos statt Gardinen entledigen zu können, steht möglicherweise vor der schwersten Krise seines Lebens:

1,5 oder 2,5 cm Lamellenbreite? Der Unterschied wird nämlich erst im leicht gekippten Zustand (der Lamellen) sichtbar, zunächst lautet die Frage: »Zu welcher Tageszeit soll das Zimmer denn überwiegend genutzt werden?« Da atmet man erleichtert durch, wenn wenigstens die neue Waschmaschine mit drei Schleuderstufen 30 % weniger Wasser verbraucht als veraltete (Baujahr '93) Modelle.

Im Bereich der Sitzmöbel gibt es neuerdings übrigens ein erfrischendes Todesurteil, das garantiert vom Kauf abhält: »Dieser Stuhl? Na ja, der steht halt auch bei no sports.«

Putzfrau gesucht

Ein befreundetes Lebensabschnittspartnerpärchen sucht eine Putzfrau. Im Originalton suchen sie »eine Putze, weil sonst die Wohnung noch total versifft«. Obwohl beide politisch hyperkorrekt sind (Paris-Trip verschoben, allerdings weniger wegen Mururoa, sondern mehr wegen Schiß vor Bistrobomben), gestehen sie nach vier Margaritas mit gehacktem Eis (sie ohne Salz), daß sie von einer »taubstummen Filipina« träumen, die »noch dankbar ist und nicht tratscht«.

Schade, daß ihnen mein kürzlich verstorbener Versicherungsmakler nicht mehr helfen kann. Der hatte »eine Polin, die auf die Knie geht«.

Die Diskretion verbietet es auszuplaudern, daß das putzfrauenlose Pärchen auf die Namen Ralph und Claudia hört und in Köln (Aachener Straße) wohnt. Auch tut es nichts zur Sache, daß er beim WDR arbeitet und sie Referendarin bei Gericht ist. Nach längerem Gezänk (»du willst doch unbedingt eine Putze«) bleibt die Sache mit der Annonce an Claudia hängen. Es melden sich zwölf Frauen, die bereit sind, einmal wöchentlich einer »Volljuristin bei der Haushaltsreinigung zu helfen«. Allerdings klang die erste schon am Telefon »total prollig« und fragte gleich, »ob sie auch in die Nischen muß«. Die nächste wollte »auf keinen Fall bügeln und Fenster putzen« und konnte außerdem »nur vormittags«. Sogar eine Filipina war unter den Bewerberinnen, allerdings nicht taubstumm, dafür in Begleitung ihres Ehemannes (deutsch, weiß, arbeitslos). Der wäre im Putzfall mitgekommen. Angeblich um zu helfen, aber für Claudia war klar, daß »der die aus dem Katalog geholt hatte und tierisch eifersüchtig war«.

Zwei Raumpflegeaspirantinnen »kriegten voll hysterische Lachanfälle am Telefon«, als sie den Stundenlohn von fünfzehn Mark angeboten bekamen. Eine sagte: »Da gehe ich lieber weiter Blut spenden.«

Also suchen Ralph und Claudia weiter. Zunächst aber mal keine Putzfrau, sondern einen Kammerjäger. Silberfischchen hinterm Badezimmerspiegel. Hätte eine Putze aber auch nix machen können, sagt Ralph. Hat nämlich nichts mit putzen zu tun, die kriechen irgendwie durch den Müllschacht hoch ins Bad. Auch Biomehl kommt den beiden nicht mehr ins Haus. Alles voller Würmer. Noch eine Margarita?

Mein Rohrbruch

Neulich war ich mal im Urlaub. Da klingelte das Urlaubstelefon, und am anderen Ende höre ich: In deiner Wohnung ist ein Rohrbruch. Ist doch kein Beinbruch (haha!), denke ich, schließlich haben ungefähr 528 Menschen einen Schlüssel zu meiner Wohnung. Geht doch rein und laßt es richten. Ich Laie! In meiner Wohnung ist nämlich nichts zu sehen (großer Vorteil beim Rohrbruch in der eigenen Wohnung), nur beim Rest der Hausgemeinschaft tropft es aus Lüftungen in Wannen und auf Parketts. Eine sehr gute Installationsfirma, die mehrmals wöchentlich bei mir was richtet (Heizkörper, Hähne, Ventile, Schläuche, Therme ...) ist sofort zur Stelle. Zunächst muß die kaputte Stelle gefunden werden. Drei Herren mit Kopfhörern und einem supermodernen Gerät gehen durch die Wohnung. Mit dem Gerät kann man hören, wo's tropft. Wegen der vielen Nebengeräusche kann man bei mir leider nicht hören, wo's tropft, aber was in der unteren Wohnung gesprochen wird. Ich will das Gerät kaufen! Plötzlich hören die Herren ganz klar: In der Wand zum Eßzimmer tropft's. Aus Rücksicht wird die Eßzimmerwand von der Küche her aufgeschlagen, dazu wird die Therme schnell abgebaut. Tatsächlich: Die Eßzimmerwand ist feucht, aber das Rohr ist o. k. Bedeutet: Aus der Dusche muß das Wasser unter dem Küchenboden in die Eßzimmerwand laufen (»Ihre Wohnung hat ein leichtes Gefälle!«). Einzelne Kacheln im Bad müssen testweise entfernt werden. Dabei bricht nacktes Entsetzen aus, wie katastrophal schlecht mein Bad gekachelt ist. Man empfiehlt mir: alles neu. (»Wo doch eh schon alles aufgeschlagen ist.«) Nachdem die Duschwanne herausgehoben wurde, lautet das Urteil: Alles trocken! Muß in der Wand dahinter sein. Runter mit den Kacheln, auf mit der Wand, und tatsächlich – da haben wir das Leck!
Kein Wunder, wenn auf Kupfer so gelötet wurde!

Empfehlung durch den Fachmann: Kupferrohre raus, Kunststoffrohre rein. Bitte, gern!
Seit dem Rohrbruch ist eine Woche vergangen, und nach dem Wochenende wird das perfekt gemacht. Bitte beachten Sie auch die folgenden Kapitel: Rigips hält die Kacheln nicht – Veralterte Armaturen – Defekte Ventile in der Therme – und, einen Sonderteil: Welche Versicherungen bei Rohrbruch nicht zuständig sind!

Meine Gasetagenheizung

Dies ist nicht der Ort für Floskeln, aber das war's ja wohl mit dem »Sommer«! An den kühler werdenden Abenden kann es vereinzelt vorkommen, daß menschliche Wärme nicht mehr reicht, und wir »die Heizung aufdrehen«. Das heimelige Tikken, welches mein Ohr in den vergangenen Wintern streichelte, war seit einiger Zeit verstummt, oder fachmännisch formuliert: Die Uhr vom Thermostat ist kaputt. Bereits nach einer Stunde schickte die Installationsfirma meines Vertrauens einen Kollegen, der nach eingehender Inspektion ein Relais brauchte, das vor dem Wochenende leider nicht mehr zu kriegen war. Kein Problem, so kalt ist es ja noch nicht, und außerdem stärke ich mich in diesen Fällen mental mit dem Satz: »In Bosnien haben sie überhaupt keine Heizung.«

Am folgenden Montag klingelte es pünktlich, allerdings kam nicht mein Installateur vom Freitag, sondern der Mitarbeiter eines namhaften deutschen Heizungsherstellers, der sozusagen online mit meiner Heizungsproblematik vernetzt war, und nach einer Stunde Messungen, Probeläufen und Datenvergleichen die Diagnose stellte: »Die Uhr ist o. k., aber sie kriegt keinen Saft. Das macht dann die Installationsfirma.«

Die schickt auch am nächsten Tag zwei mir neue Mitarbeiter, obwohl ich inzwischen fast alle schon bei mir beherbergt habe (siehe das letzte Kapitel »Mein Rohrbruch«). Der Fall ist klar: Das Kabel von der Heizung zur Uhr muß kaputt sein. Dieses Kabel läuft von der Heizung in die Wand, raus aus der Küche, hoch oder runter (genaues könnten nur die sagen, die es 1632 verlegt haben ...) in die Decke oder den Fußboden und dann durch die Wand zur Uhr. Auf Wunsch stemmen wir auf: Die Wände, den Fußboden, die Decke. Wird aber 'ne Mordssauerei. In einem kurzen Flash sehe ich zerbombte Häuser, mit offenen Wänden, in denen problemlos alle Kabel dieser Welt zu verlegen sind. Aber ich will nicht undankbar sein. Durch ein kleines Loch wird ein neues Kabel ins Nebenzimmer verlegt, der Thermostat ist an einer »ganz guten Stelle« verlegt, und vor Wärme ist es kaum auszuhalten. Dieses leichte Pfeifen nach dem Klappern, wenn die Heizung anspringt, geht doch sicher noch weg, oder?

Für Hippokrates

Und nun zu einem meiner absoluten Lieblingsgebiete, zur Medizin, zur Fehldiagnose, zur lebensverlängernden Maßnahme, zur Erhaltung der Lebensqualität bei gleichzeitigem Einsatz von Intensivmedizin, zu geschätzten zwanzigtausend vorzeitig Verblichenen durch Infektionen in unseren Krankenhäusern, zu Hypochondern, Psychopathen und Hirntoten, zu Pankreas, Ösophagus und Rektum, zu Ca und CT, Aspirin und Heroin, kurz – zu allem, was das Leben lebenswert macht.

Sämtliche Texte zu medizinischen Themen zogen eine kleine Flut von Ratschlägen, Korrekturen und Beschimpfungen nach sich.

Und ewig gilt: Alles ist Gift, nur die Dosis macht, daß ein Ding Gift ist.

Aspirin

Tschok! Dieser Begriff scheint mir onomatopoetisch doch wesentlich präziser zu sein als das weitverbreitete »platsch«. Tschok – genau so macht es, wenn eine Aspirin-plus-C-Brausetablette in ein Glas Wasser geworfen wird und sich sprudelnd auflöst.

In Zeiten massiver Kritik an Gesundheitswesen und Schulmedizin ist es überfällig, den Bayer-Konzern zu preisen für sein Aspirin. In wieviel grauen Stunden, in welchen mich des Lebens wilder Kreis umstrickt und Restalkohol mir die Birne zu sprengen drohte, hat das Sprudeln nach dem Tschok bereits eine lindernde Wirkung eingeleitet. Ha!, höre ich da viele rufen. Jetzt schmiert er sich bei Bayer ran, damit die tonnenweise Aspirin gratis rüberwachsen lassen. Falsch! Weder lasse ich mir Aspirin schenken noch rechne ich es bei meiner Krankenkasse ab. Frei und kess betrete ich eine Apotheke meiner Wahl, und frisch schallt es dem Pharmazeuten von meinen Lippen entgegen: »Einmal Aspirin plus C, die Vierzigerpackung bitte.« Gegen Kopf-, Zahn-, Regelschmerzen, bei Fieber und Erkältungskrankheiten. Zur Vorbeugung gegen Herzkasper und Schlaganfall. Tschok – schon pulsiert verdünntes Blut darmkrebsverhütend durch verengte Adern hirnwärts. Ständig versuchen wirtschaftsstandortgefährdende Billigheimer mir no-name-Produkte, die ebenfalls den Wirkstoff Acetylsalicylsäure enthalten, anzudrehen. Hinweg mit euch! Soll ich vielleicht beim Frühstück in der Nobelherberge dem Kellner verstohlen zuflüstern: »Hätten Sie vielleicht eine von diesen Tabletten, die auf demselben Wirkstoff wie Aspirin basieren, aber deutlich billiger sind, was ja ganz o.k. ist, seit das Patent für Aspirin abgelaufen ist?« Niemals. Elegant und flüssig heißt es: »Ein Glas Champagner bitte und ein Aspirin.« Tschok! Aspirin kann man ohne Bedenken unter kritischen Nachbartischaugen einnehmen. Es zeugt von Markenbewußtsein, man gilt nicht direkt als Tablettensüchtiger, ist aber doch gestreßt genug, um sich dem neuen Tag nicht völlig ohne Pharmazeutikum darzubieten. Natürlich weiß man, daß durch regelmäßiges Aspirin-tschokken leichte Magen-Darm-Blutungen auftreten können, aber macht nicht auch Handy Hirntumor? Außerdem haben wir kürzlich gelesen: Rotwein schützt vor Krebs! Der Wunderstoff Resveratrol, enthalten in der Schale von Weintrauben, in Erdnüssen, und den Wurzeln des Chinarindenbaums, hemmt Entstehung und Wachstum von Tumoren und senkt den Cholesterinspiegel! Wir merken uns ab sofort für die Bar: »Herr Ober, bitte einen schönen Beaujolais, Erdnüßchen, Lilien auf dem Tisch, und rücken Sie noch den Chinarindenbaum näher an den Barhocker. Und ein Aspirin. Tschok!«

Blaue Karte nach HPGO 3

Zu den segensreichen Einrichtungen der modernen Hotelzivilisation gehört der Zimmerservice. Wer ist nicht glücklich, wenn er sich gegen einen geringfügigen Aufschlag von zwanzig Prozent zu später Stunde noch eine Tomatensuppe mit Ginsahnehäubchen oder Carpaccio vom Lachs im Dialog mit Crème fraîche aufs Zimmer kommen lassen kann?
Schon leicht ermattet griffen wir kürzlich in einem führenden Haus in Trier nach der Karte, um festzustellen, daß wir nicht das Menue vor Augen hatten, sondern das neueste Angebot seit dem 1. November '94: Im 2. UG ist eine Naturheilpraxis. Die Heilpraktikerin verfügt sogar über die Slane Karte nach HPGO 3 für Ozontherapie. Interessiert weiten sich unsere Kleinkünstlerpupillen. »Kleine Eigenblutwäsche« schon für DM 80.–. Klingt verlockend, Eigenblutwäsche zum Preis von zehn Gulaschsuppen. Leider ist unsereins fast sklavisch der Schulmedizin verfallen, und wir können mit den meisten Begriffen nichts anfangen. Was bitte ist eine »Beutelbegasung«? Wird einem für achtzig Mark der Beutel begast, oder wird man mit Hilfe eines Beutels begast? Recht verlockend klingt die Schröpfkopfmassage für DM 30.–. Sicher könnte uns die Heilpraktikerin erklären, wie der Schröpfkopf massiert wird, aber wir haben mit dem letzten Pils an der Hotelbar schon das obligate Aspirin eingeworfen, und irgendwie klingt Schröpfkopfmassage, als ob einem die schon leicht dröhnende Pilsbombe platzt. Fast so teuer wie eine Flasche Möt oder Witwe Klicko ist eine »Ohrkerzenbehandlung und Massage« (120.–). Eine prickelnde Vorstellung: Ich stecke mir Kerzen in die Ohren und lasse mich massieren! Klingt nach einem Thema für Schreinemakers.
Wer war übrigens Hunecke? Zumindest war er solide im Preis, denn die Neuraltherapie nach Hunecke gibt's schon für ganze vierzig Mark. Leicht ermattet gleitet uns die Liste aus

den Händen, und wir holen ein Pils aus der Minibar. Die Fernbedienung führt uns traumwandlerisch sicher ins Angebot der »Adults only«-Filme (18 Mark von 12–12!). Keine Beutelbegasung, keine Ohrkerzenmassage, aber eine Hausfrau im Slip, die schon stöhnt, als sie zwei muskulösen Handwerkern die Haustür öffnet. Es lebe das Naturheilverfahren!

Burn out

Immer häufiger verlassen Leistungsträger in den Jahren, die gemeinhin als die besten gelten, wichtige Meetings mit den Füßen nach vorn.
Dabei ist es nicht nur der gemeine Herzkasper, der unsere Elite mit kalten Schweißperlen auf der Stirn in sich zusammensacken läßt, vielmehr greift das Burn-out-Syndrom immer kälter an die Kranzgefäße, besonders in der Endstufe.
Wie kann man dem entgegenwirken? Nehmen wir den Musterfall eines Menschen mit gesundem, ausgeglichenem Lebenswandel – nehmen wir mich. Wenn es um sechs Uhr morgens klingelt, steh' ich bereits vor der ersten Entscheidung: War das mein Wecker (voice control), das Telefon, das Handy, das Fax oder die Haustür? Und falls es das Handy war – welches? Das mit der Geheimnummer (kennen nur etwa 10 Personen), oder das mit der Mega-Geheimnummer (kennen nur genau 4 Personen). Es war mein Wecker, schließlich bin ich ja nicht taub. Im Gegensatz zu meinen Armen, neuerdings auch immer häufiger mein linkes Bein. Besonders mein linker Arm ist morgens taub wie Beethoven. Als ich mich mit diesen erschreckenden Warnzeichen einer befreundeten Arztgattin anvertraute, erntete ich ein teilnahmsloses »Vielleicht bist Du kurz vorher mit dem Kopf draufgelegen.« In letzter Zeit gesellt sich zum Taubheitsgefühl in meinem linken Arm immer häufiger ein Stechen in der Brust, begleitet von Herzrasen mit leichtem Stolpern, vor allem, wenn ich in Blättern, welche nicht dem investigativen Journalismus zugerechnet werden, Artikel wie »Die 10 Warnzeichen des Herzinfarktes« lese. Früher, als ich der festen Meinung war, unheilbar an Krebs erkrankt zu sein, habe ich die Herzinfarktartikel überblättert. Aber seit ich diverse 5-Jahres-Fristen mehrfach überlebt habe, dämmert mir, wie sträflich vernachlässigend ich bisher mit dem Herz-Kreislauf-Komplex

umgegangen bin. Und das bei der Todesursache Nr. 1, trotz Krebs und AIDS. Seither läßt mich in Restaurants die Anwesenheit von mehr als 1,3 Gästen in Panik verfallen, und immer häufiger renne ich während der Vorspeise an die frische Luft, um nicht über dem Carpaccio zusammenzubrechen.
So was irritiert die Kellner, und mein hingenuscheltes »ich glaub', ich habe das Licht brennen lassen«, wirkt irgendwie nicht überzeugend.
Dabei versuche ich ständig, mich mittels konzentrierter Atemübungen ruhig zu halten. Wenn ich bei einer Ampel, die auf Grün springt, nicht gleich losfahre, und hinter mir hupt einer, steige ich nicht etwa aus und knalle seinen Kopf zwanzigmal gegen die Windschutzscheibe (vergl. Robert de Niro in »Good Fellows«), sondern hebe entschuldigend beide Hände. So was strotzt doch vor Normalität, oder?
Deshalb habe ich Konzentrationskeinerlei überhaupt Schwierigkeiten, meine Batterie ist immer voll aufgetankt. Hat es eigentlich etwas zu bedeuten, wenn man immer häufiger einen Geschmack auf der Zunge hat, als hätte man an einer Batterie geleckt?

Nase dicht

Aus Hans Werner Henzes Biographie »Reiselieder mit böhmischen Quinten« erfahre ich, daß der Komponist wiederholt an einer Sinusitis laborierte. Einmal wurde ihm während einer Behandlung sogar das Trommelfell durchstochen, worauf er gar nichts mehr hörte. Vorübergehend.

Auch meine Nase ist häufig dicht, weshalb des Schniefens kein Ende ist und ich fürchten muß, für einen geläuterten Liedermacher oder für ein Mitglied der Chefredaktion einer großen deutschen Boulevardzeitung gehalten zu werden, allein der Symptome wegen.

Ein im vergangenen »Sommer« von mir konsultierter HNO-Arzt ritzte mir bei der Schmalzentfernung den Gehörgang, lapidar kommentiert mit: »Wenn das Fell geritzt wird, bleiben Haare dran.« Das ist die von mir tief verehrte Wild-West-Doktor-Mentalität, die der voreiligen Verabreichung von Penicillin allemal vorzuziehen ist.

Befreundete Arztgattinnen haben mir dringend vom Durchstoßen der Nebenhöhlen abgeraten, ebenso vom Begradigen der Nasenscheidewände. Von beidem ist auch bei Henze nichts zu finden. Statt dessen nehme ich jetzt dreimal täglich 50 Tropfen Sinupret, was über einen längeren Zeitraum hin geradezu sensationell wirken soll. Braucht aber Geduld.

Habe ich schon erwähnt, daß nach dem morgendlichen Erwachen bei mir mal das rechte, mal das linke Nasenloch verstopft ist? Vielleicht bin ich in diesem Staat, der nur von den Tätern spricht, das unschuldige Opfer einer jahrzehntelang unentdeckten Staubmilbenallergie? Hätte dies aber nicht zur Folge, daß ich mein Bettzeug Bedürftigen schenken, alle zwei Minuten Staubsaugen und alle Räume mit Alufolie verkleiden müßte? Wo finde ich eine Selbsthilfegruppe »Nase dicht«? Gibt es so etwas wie die »Bundesvereinigung der Staubmilben-Allergiker e. V.«, wo nicht nur der Jahresbeitrag steuerlich absetzbar ist, sondern auch lange Listen mit den richtigen Materialien für Fußbodenbeläge und Kopfkissenfüllungen zu erhalten sind? Während eines akuten Niesanfalls höre ich plötzlich Töne, die den Anfang zu Hans Werner Henzes abendfüllender Funkoper »Die Staubmilbe« bilden können. Ist der Musikwelt derartiges bekannt?

Nase dicht, II

Hatschi. Wer hätte das gedacht? Im letzten Kapitel schilderte ich in Selbstdiagnose meine verstopfte Nase. Mehr als ein Dutzend HNO-Ärzte vom Homöopathen bis zum Uni-Professor schickten mir daraufhin Briefe mit Therapievorschlägen. Herzlichen Dank, individuelle Schreiben folgen noch. Doch wer hätte gedacht, welche Palette die Erben des Medicus zur Therapie vorschlagen würden? Ein HNO-Professor empfahl mir ein cortisonhaltiges Präparat, da er jedoch die deutsche Panik bei Cortison kennt, schickte er die Entwarnung gleich mit: Wird durch die Nasenschleimhaut abgebaut. Hab's mir besorgt, wird bei nächster Gelegenheit eingepfiffen!
Sodann erreichte mich Nachricht von zwei Dr. med. aus Tegernsee, die mir eine Lasertherapie zur Verkleinerung der Nasenmuschel vorschlugen. Klingt hip, klingt cool, soll nur schmerzfreie 5 Minuten dauern, leider komme ich aber in nächster Zeit nicht an den Tegernsee. Schlimme Prügel bezog ich jedoch von einem pensionierten passionierten HNO-Arzt aus München, der mir in fast jedem Satz gravierende medizinische Fehler nachwies. Dabei habe ich nur die Auskünfte von Ärzten weitergegeben. Ehrlich! Deshalb hat mich diese Kritik ins Mark getroffen, da ich den Medizinern hörig bin und das Cortison gewissermaßen mit dem Laserstrahl einpfeife. Besonders abfällig äußerte sich der Münchner Doktor über »Arztgattinnen«. Er schreibt sie in Anführungszeichen, als wären es »Spielerfrauen«. Dabei hat mir eine Arztgattin mal empfohlen, »geh doch öfter mal an die frische Luft«, als ich mir einen Bypass wegen Kribbelns im Arm legen lassen wollte. Sie hatte recht! Ich erspare mir den Hinweis, daß der Brief aus München medizinisch zwar einwandfrei, orthographisch jedoch an mindestens zwei Stellen fehlerhaft ist. Nichtsdestotrotz werde ich auch weiterhin un-

erschrocken medizinische Aufklärung leisten. Demnächst: »Wie mir ein Proktologe das Zahnfleisch beschädigte« sowie »Wie mein gebrochener Arm im Gips des Augsburger Zentralklinikums abrutschte«.

P. S.: Meine Nase ist wieder frei!

Nicht-mehr-Raucher und Vegetarier

»Zigarette? – Nein, danke!« Diese klare Ablehnung können wir nur von einem Nichtraucher erwarten, der Nicht-mehr-Raucher ergänzt sie um die Bemerkung »nicht mehr«.

Ich rauche nicht mehr – dieser Satz signalisiert Charakter und Willensstärke, da hat es einer geschafft! Nikotinpflaster, Akupunktur, Meditation – nichts wurde unversucht gelassen, um der Abhängigkeit zu entkommen. Hat der eine sich von zwei Schachteln täglich »runtergeschraubt« auf null, so hat es der andere sogar nach der moralisch wertvollsten Methode gepackt: »Von jetzt auf nachher«. Ehrlich? Doch, ganz bestimmt. Von jetzt auf nachher, obwohl es medizinisch nicht mal nötig gewesen wäre, bei »Pulswerten und einer Lunge wie ein Ruderer«.

Übrigens greift der Nicht-mehr-Raucher gern mal zur Zigarette, begleitet von der Bemerkung: »Eigentlich rauche ich nicht mehr.« Er kann es sich leisten, »hin und wieder mal eine zu rauchen«, weil er jederzeit wieder aufhören kann. Vor allem die ganz schlimmen Zigaretten – vor dem Frühstück, an der roten Ampel, nachts beim Aufwachen – die ist er hundertprozentig los. Die Umgebung des Nicht-mehr-Rauchers sollte immer genügend Zigaretten parat halten, denn er selbst kauft natürlich keine mehr. Humorvolle Schnorrer arbeiten beim Griff in die fremde Schachtel gern mit Standardwitz Nr. 26: »Kann ich mal 'ne Zigarette haben, meine sind noch im Automaten?« Der Nicht-mehr-Raucher läßt keine Gelegenheit aus, seinem Umfeld mitzuteilen, wie stark seine Lebensqualität gestiegen ist, seit er nicht mehr raucht. Dieser kalte Mief morgens in der Bude, das Gehuste, nachts nochmal zum Kiosk rennen – alles vorbei.

Ähnlich angenehme Zeitgenossen sind übrigens Vegetarier. Und zwar nicht die ganz Konsequenten, sondern jene, welche zwischendurch »schon mal Bock auf Currywurst haben«.

Wird in geselliger Runde opulent geordert, hören wir von der Vegetarierin (meistens weiblich): »Nur einen Salat, bitte.« Sollten sie nun irritierte Blicke treffen, folgt ein erhabenes »ich bin Vegetarierin« im Sinne von »ich werfe keine Atombomben ab« oder »ich war nicht schuld an Vietnam«.
Wenn dann der Salat kommt, bemerken wir ein irritiertes Stochern und Puhlen mit der Gabel – Speckwürfel! Die größte Gemeinheit, die einer Vegetarierin zugefügt werden kann. Nachdem die Speckwürfel an den Tellerrand aussortiert wurden, schiebt sie nach wenigen Bissen den ganzen Teller von sich, denn das Dressing schmeckt »irgendwie nach Fleisch«. Muß speziell erwähnt werden, daß die sich fleischlos Ernährenden häufig aussehen wie gekotzt? Vor allem, wenn sie die sinnloseste aller Fragen stellen: »Ist in der Gulaschsuppe viel Fleisch?« Welche Restaurantgulaschsuppe enthält überhaupt Fleisch? Wir ertragen Vegetarier, wir ertragen Nicht-mehr-Raucher. Doch merke: »Auf nicht-mehr-rauchende Vegetarier darf geschossen werden!«

Ecce Homo

Für dieses Kapitel wurde eine betont gebildete Überschrift gewählt, nicht nur, um den Humanisten unter den LeserInnen ein zustimmendes, wissendes Nicken zu ermöglichen, sondern hauptsächlich als verbaler Kontrast zu den teilweise nur mühsam als Satirc getarnten Haßausbrüchen gegen alles, was einem so auf den Sack geht. Auch hier mußte eine Auswahl erfolgen, auch hier konnte leider kein wöchentlicher Beitrag erscheinen, aber Fortsetzungen sind garantiert.

Schokoküsse

Ist es ein Zufall, daß der Weltfrauentag uns das erste perfekte Frühlingswochenende dieses Jahres bescherte? Ich glaube nicht. Eine rote Ampel will es, daß auch ich im hektischen Treiben unserer Zeit ein paar Gänge zurückschalte. Zeit, innezuhalten, den jungen Müttern mit ihren Buggies nachzuschauen, während ich leise ein Lied des leider viel zu früh erschossenen John Lennon summe: »Woman is the Nigger of the world«.
Der sympathische Pilzkopf hat dieses Lied natürlich kritisch gemeint, es sollte uns zum Nachdenken anregen, das ist ihm auch durch die Entschiedenheit in der Behauptung besser gelungen, als wenn z. B. Roland Kaiser verneinend gesungen hätte »Frauen sind keine Nigger«.
Während ich aus dem Wagen steige und zum Kiosk schlendere, denke ich noch schnell in der Ausführlichkeit einer mittleren Doktorarbeit über die Bedeutung des Begriffes »Nigger« bei Mark Twain nach und daß dieses Wort bei uns zu Recht verboten ist.
Dann kaufe ich zwei Schokoküsse (unvorstellbar, daß diese klebrigen Leckereien in meiner Kindheit, nur knapp zwanzig Jahre nach dem Ende des schwärzesten Kapitels unserer Geschichte, leichtfertig »Mohrenköpfe« oder »Negerküsse« genannt wurden).
Auch die politisch korrekte Übersetzung »Afroamerikanischer Schleimhautkontakt« hätte irgendwie etwas Diskriminierendes, und ein Land, dessen männliche Einzeltouristen in Dom Rep das schwarze Personal schon mal mit »Eh, Kohlekasten, bring mir mal n'Bier« zur Bar schicken, ist mit Schokokuß ganz gut bedient. Beschwingt von so viel analytischem Einfühlungsvermögen erstehe ich eine »Welt am Sonntag«. Was muß ich da lesen: »Triebleben – im Neger wird da drinnen fortwährend gekocht.« Unter dieser Überschrift wird die

Diskussion wg. Rassismus von Rudolf Steiner fortgesetzt, dem Waldorf-Astoria unter den Schulgründern. Nun steht es keinem weniger zu als meiner Person, Kritik am Urvater der Anthroposophen zu üben. Habe ich doch selbst dereinst auf dem Schulhof eine junge Maid verspottet, welche durch Gewand und Haartracht ihre Nähe zu Steiners Gedankengut zum Ausdruck brachte (»Cordula, die Waldischlunze«). Während ich mir den zweiten Schokokuß mit fast uneuropäischer animalischer Gier reinstopfe, lese ich das Steiner-Zitat: »Der Neger hat also ein starkes Triebleben.« Sollte diese hochwissenschaftliche These auch in ihrer Umkehrung gelten, dann wären die Fernsehunterhaltungsschaffenden ein Stück Afrika mitten in Deutschland.

Rot wie ein Forscher im Kochtopf versinkt die Frühlingssonne am Ende der ersten Woche im »Europäischen Jahr gegen den Rassismus«, als ich den Biergarten betrete. Unter den spielenden Kindern ist ein schwarzer Junge. Als der deutsche Kellner mein Bier bringt, höre ich die nette Omi am Nebentisch sagen: »Als Kinder sind sie ja süß.«

Das Balkonkonzert

Endlich ist der Sommer da! Nein, ich scheue mich nicht, meinen heutigen Besinnungsaufsatz mit dieser Floskel zu beginnen – im Gegenteil: Ich wiederhole sie noch einmal: Endlich ist der Sommer da!

Wunderbar, wenn es da die Nachbarschaft des Abends auf den Balkon zieht und man sanfte Gitarrenklänge von jener Seite des Häuserquadrats hört, auf der die Quadratmeterpreise schon wieder sinken. Der Musikus greift in die Saiten, ohne jemals seinen Amateurstatus zu gefährden. Im Schwäbischen nennt man diese Methode: »I pack's am Hals und zupf's am Loch.«

An jenem Abend hörten wir die Klassiker der Wandergitarre in dieser Reihenfolge:

1. We shall overcome
2. Blowin' in the wind (für Hugh Grant?)
3. This land is your land, this land is my land
4. Lady in Black
5. I am sailing
6. Knocking on heaven's door
7. Yesterday
8. House of the rising sun

Dabei brachte der Nachbarbalkongitarrist das Kunststück fertig, alle Stücke im selben Rhythmus und mit derselben Schlagtechnik zu spielen. Ähnlich grausames Tun war mir nur aus dem Katholischen Gemeindehaus in Nürtingen in Erinnerung, wo gerne »Satisfaction« nach Noten gespielt wurde.

Können wir uns die Balkonparty zum Sound vorstellen? Vermutlich steht auf dem Tischchen eine Schüssel mit Rest vom griechischen Bauernsalat, über den die begleitende Sängerin, die von jedem Lied nur die Hälfte der ersten Textzeile kennt, hin und wieder lethargisch mit der Hand wedelt, um die Fliegen zu vertreiben. Nach dem ersten Set des Balkongigs steigt der Gitarrist von Orvieto um auf Bier. Da alle Gläser schmutzig sind, trinkt er es aus einer Art Pokal, aus dem morgens auch das Müsli gelöffelt wird. Als Aschenbecher dient ein geklauter Gitanes-Aschenbecher, zwei Blumenkübel mit vertrockneten Tomatenstauden sowie die Markise des Untermieters.

Kerzen in Einmachgläsern illuminieren das Geschehene – kurz: Hier herrscht mentales Lagerfeuer! Kennt die Meteorologie eigentlich auch Wolkenbrüche mit Hagel und Gewitter, auf einen einzigen Balkon beschränkt? Kennt die Medizin Gichtanfälle in allen Fingern, sobald jemand nach 18 Uhr auf einem Balkon zur Gitarre greift? Ist Mord immer strafbar? Hilfe!

Mein Kurzzeitnachbar

Er setzte sich im Wartesaal des Flughafens neben mich und legte sein »Gleich-spreche-ich-Dich-an-Gesicht« auf.
Wenn ich nur ungefähr in seine Richtung schaute, ging eine leichte Spannung durch seinen Oberkörper, und seine Augen leuchteten. Er trug schwarze, ausgetretene Slipper, deren Sohlenränder auf Höhe der Fußballen gebrochen waren. Dazu eine dunkelgrüne Hose, blaue, ziemlich filzige Socken, ein fliederfarbenes Zweireiher-Sakko und ein gelbes Hemd aus gewaschener Seide. Beide Kragenspitzen waren nach oben gebogen, denn der Knopf am Hals platzte fast weg.
Die Grundfarbe der Krawatte läßt sich nicht beschreiben, denn die Krawatte war knallig gemustert. Extrem knallig.
Hab ich schon erwähnt, daß mein Nachbar-auf-Zeit einen straßenköterfarbenen Schnäuzer trug?
Sein bleiches Gesicht wurde von den Schläfen zum Kinn hin breiter, die Wulst zwischen Kinn und Hals war gesprenkelt mit kleinen Blutkrusten, wie sie entstehen, wenn man sich zu hastig, mit zu alter Klinge gegen den Strich rasiert. Mein Kurzzeitnachbar trug das Haar stufig geschnitten, wobei die Nackenhaare fransig über dem Kragen hingen und das Haupthaar dünn zu Berge stand. Im kleinen, fleischigen rechten Ohr (Läppchen angewachsen) hing ein Ring.
Auch an diesem Septembermorgen bestätigte sich die Hausfrauenweisheit, daß der Schweiß aus Seidenhemden nicht ausgewaschen, sondern nur immer tiefer reingebügelt wird.
Als das Aufmerksamkeitshüsteln und Beachte-mich-mal-Schniefen nebenan immer bedrohlicher wurde, bestätigte ich das hammermäßige 4:0 von Stuttgart gegen Köln und gab meinem Nachbarn Autogramme für seine Kinder Kevin und Kimberly, damit er nicht mit leeren Händen nach Pforzheim kommt.

Herr N.

In einem Stuttgarter Hotel setzt sich Herr N. unaufgefordert zu mir an den Frühstückstisch. Die Diskretion verbietet es mir, an dieser Stelle auszuplaudern, daß Herr N. sich vorstellt »wie Kneipp ohne K«.

Durch Körpergröße und fehlende Haarpracht erinnert Herr N. spontan an einen Deo-Roller. Herr N. »dreht« verschiedene Dinge. Er bringt Ärzte an einen Tisch, besorgt Investoren, und zwar in der Größenordnung »30, 80 und 300 Mio«. Herr N. spricht auch die Abkürzung. Er sagt nicht Millionen, sondern Mio. Finanztechnisch hat Herr N. »hochkarätige Jungs« an der Hand, die für ihn gerade alles checken. Sollte sich bestätigen, was Herr N. über die Finanzwelt vermutet, wäre sein Weltbild völlig verrückt. Dies zeigt er mir auch gestisch. Er wirkt sehr stolz bei dieser Geste, die das Wort verrückt analysiert bis auf die Wurzeln. Tough guy. Dieser Anglizismus ist erlaubt, denn Herr N. empfindet mich im Fernsehen als fun. Dann holt Herr N. einen Prospekt seiner Firma aus seinem Wagen. Beim Anblick der Farben in diesem Prospekt hätte sich van Gogh mindestens das zweite Ohr abgerissen, wahrscheinlich wäre er auch noch erblindet.

Wenn man die im Prospekt fotografierten Menschen nach deren Äußerem beurteilt, so wurde auf das Engagement von Models verzichtet.

Ein eng mit Herrn N. befreundeter Italiener plant übrigens die Eröffnung einer Piano-Bar. Gerade wollte ich fragen, ob ich dort auch einen gebrauchten Ferrari kaufen kann, da wird mir ein geplantes »Car-In« in Ludwigsburg geschildert. Wenn ich mit dem richtigen Ohr weggehört habe, soll man dort mit seinem Wagen an Bistro-Tische ranfahren und einen Prosecco kriegen.

Als Herr N. sagt, daß man schließlich auch »gesehen werden

will«, zieht er mit seinen Zeigefingern die unteren Augenlider nach unten. Ich beschließe, diese Geste zu übernehmen. Als wir uns verabschieden, sage ich Herrn N., daß ich mich freue, wenn wir uns in Köln mal zusammenfunken.

Im Sanyassi-Taxi

Als leidenschaftlicher Taxifahrgast stehe ich fast bei jeder Fahrt unter schier unerträglicher Spannung: Zu welchem Fahrertyp werde ich einsteigen? Ausländischer Student kurz vor der Doktorarbeit? Blondierte Endfünfzigerin mit dem Schmuck einer halben Drogerieboutique an Hals und Füßen? Haßbolzen kurz vor dem Rentenalter mit Stretchhose und Kaffeebecher auf der Mittelkonsole?

Höhepunkt dieser Typologie war bisher ein Endfünfziger mit Ernte-23-Stimme, weißer Strickjacke und lilagetönten Gläsern in der Pilotenbrille, der häufig im Auftrag einer Krankenkasse Senioren aus dem Heim zum Arzt fuhr und mir erzählte, einmal sei er beim Abholen Zeuge der geschlechtlichen Vereinigung einer achtzigjährigen Altersheimbewohnerin mit einem jungen türkischen Malergesellen gewesen, der in ihrem Zimmer die Fenster neu gestrichen hätte. Er schilderte diesen Vorgang in etwas anderen Worten, aber ich will ja, daß der Text gedruckt wird.

Ein anderer Fahrer (nach oben gezwirbelter Schnäuzer) schilderte mir das Ende seiner Ehe innerhalb einer Minute nach dem Einsteigen mit dem Satz: »Ich hab mir den Mund abgeputzt und bin gegangen.«

Manche Fahrgäste lassen ja den Taxifahrer sofort anhalten, wenn er sich ausländerfeindlich oder rassistisch äußert. Ich dagegen weiß, daß solcherlei sinnlos ist, und heize den haßerfüllten Droschkenkutscher durch zustimmendes Brummen (mmh, mmh) und Nicken weiter hoch. Im Glücksfall läuft uns noch an einer Ampel eine Frau über den Weg, die sich über eine Vergewaltigung nicht zu wundern braucht, wenn »der Mini so kurz ist, daß der Faden noch raushängt«. 20 Mark, Quittung, stimmt so.

Kürzlich erlebte ich eine neue Variante. Der junge Fahrer hatte eine Frisur wie eine weibliche Halbtagskraft bei Rewe: Das strohblonde Deckhaar endete auf halber Höhe, die kurzen Haare drunter waren dunkler. »Seit ich Sanyassi bin, komm' ich in Deutschland kaum noch zurecht«, hörte ich an der ersten Kreuzung. Überraschenderweise sähen die Italiener alles spielerischer. Ganz schlimm wäre es für den Sanyassi-Taxler, wenn er in sich reinginge. Dann spürt er nämlich, daß die anderen so boff und zack sind. Eben zu. Auch er habe jahrelang tierische Schwierigkeiten gehabt, Schmerzen an sich ranzulassen. Aber jetzt sei wieder Energie da, weshalb er auch bald eine Platte mache. Früher sei ja auch Fernsehen der totale Kult gewesen.

Kurz vor Fahrtende verneine ich die Frage, ob Hans Rosenthal während seiner Sendungen bekifft gewesen sei. 20 Mark, Quittung, dann noch viel Spaß in Italien!

Fasse Dich kurz!

Überraschend ist Ende März der Winter zurückgekehrt, als ich auf das Kartentelefonhäuschen zustürze. Der Schneeregen peitscht, und schon aus der Entfernung sehe ich: Die Zelle ist besetzt. Vielleicht habe ich Glück, und der Telefonierer kennt noch die alte Parole »Fasse Dich kurz«.

Um gleich mal die Spannung rauszunehmen: Er kennt sie nicht. Er hat mir den Rücken zugewandt, von Zeit zu Zeit nickt er bestätigend. Toll, hier steht ein Mensch, der noch zuhören kann. Scharping?

Ich klappe nicht nur den Kragen hoch, sondern ziehe den Mantel halb über den Kopf. Unser Klima spinnt wirklich. Die Malediven saufen ab, und Deutschland friert. Malediven ist ein glänzendes Stichwort, denn in mir keimt der Verdacht, daß der Zelleninsasse mit den Malediven telefoniert. Plötzlich entdecke ich etwas Schreckliches: Die Gebührenanzeige schreibt den für Wartende tödlichen Begriff: Anruf! Es handelt sich um eine Telefonzelle, in der man sich anrufen lassen kann! Das kann dauern. Ich reiße also die Zellentür auf und checke kurz die möglichen Kontakte des Telefonierers zur Boulevardpresse. Je nachdem hört er von mir ein »Entschuldigung, dauert es noch lang?« oder »Verpiß Dich mal so langsam«. Da wendet sich mir ein Gesicht zu, das ich ganz spontan dem türkischen Kulturraum zuordne. Es liegt nicht nur am Schneetreiben, daß ich nicht auf Anhieb sagen kann, ob es sich um einen Türken oder einen Kurden handelt. Ich kann überhaupt keine türkischen und kurdischen Mitbürger unterscheiden. In wenigen Sekunden schießt mir die komplette deutsche Geschichte durch den Kopf, vor allem die »dunkelsten Kapitel«. Nein, ich bin kein Faschist, der einen (politisch Verfolgten?) ausländischen Mitbürger daran hindert, sich geschlagene 20 Minuten in einer Telefonzelle anrufen zu lassen. Im Glas der Zellentür sehe ich, wie sich mein Antlitz langsam

Reinhold Messner mäßig verändert. Eiszapfen hängen von den Augenbrauen, meine Nase erinnert mich an das unentdeckte Schubert-Lied »Gefrorner Rotz«.
Während ich beobachte, wie sich mein türkischer Freund fast orientalisch heiter am Telefonhörer krümmt, bildet sich in meinem Kopf die Assoziationskette Zelle – Zellteilung – Zellulitis – erhängt in seiner Zelle aufgefunden. Auch war mir ein altes türkisches Sprichwort unbekannt, welches da lautet: »Wenn Du in einer öffentlichen Telefonzelle angerufen wirst, sollst Du Dir alle vier Minuten eine neue Zigarette anzünden, oder Dein Weinberg wird sieben Jahre keine Oliven tragen.«
Als der Anwärter auf die doppelte Staatsbürgerschaft ungefähr einen Monat später aufhängt, halte ich ihm die Tür auf. »Hat bißchen dauert«, lächelt er. Macht doch nichts – wir alle sind Ausländer, überall!

Deutsche in der Kälte

Kaum etwas bietet mehr Gelegenheit zur Darstellung von Individualität als die kalte Jahreszeit. Wie frösteln Deutsche? Zu meinem Lieblingstyp gehört die fröstelnde Halbintellektuelle. Meistens zweite Hälfte dreißig, weichen Stoffhut tief in die Stirn gezogen, weiten Wollmantel (»da wohn' ich richtig drin«) und mehrfach um den Hals gewickelter Schal – Alternative: erste Schalhälfte um den Hals, zweite Hälfte als Kopftuch. Natürlich alles schwarz. Dazu schwarze Samtschnürschuhe mit kleinem Fellrand. Eine Lage des Schals ist rollkragenartig bis unter die Nase gezogen. Der fast immer bebrillte Blick darüber signalisiert: Die böse Kälte wird als Eingriff in die Privatsphäre empfunden, aber da kuscheln wir uns schon durch, hm? Gleich sind wir zu Hause, dann gibt's ne schöne heiße Zitrone, mit der Katze in die Sofaecke gekrochen und ein langes Telefonat mit der Freundin!
Ein anderer Kältetypus trägt zu enge Jeans, zu kurze Kunstlederjacken, massive Turnschuhe und friert im Fünferpulk an einer roten Ampel gegenüber einem Kaufhaus. Dicht gedrängt tritt man von einem Fuß auf den anderen, mindestens drei der Fünf rauchen, schon die Optik signalisiert: Wir sind vom Spitzensteuersatz unberührt. Man überquert die Straße eng aneinander gedrängt, um menschliche Restwärme bis zum Gebläse der Kaufhaustür zu retten.
Richtig fröhlich werde ich beim Antreffen persönlicher Lieblingsexemplare – Ehepaare im identischen Lodenlook, kleine Frauen mit knöchellangem Pelzmantel und mit oben angesetztem Brillenbügel mit Knick nach unten, sowie Träger von gefütterten Jeansjacken mit blau gefrorener Akne.
Ständig muß man fast akrobatisch Menschen ausweichen, die in Restaurants zurückstürmen mit der Frage: »Ist mein Schal noch da?« oder: »Hat jemand meine Handschuhe abgegeben?«

Wehe aber jenen, die ganz ohne Winterbekleidung vor die Tür treten: Frierst Du nicht? Du wirst Dich erkälten? Zieh Dir doch wenigstens einen Pullover an! Vielen Dank, aber ich hasse Schals, mag keine Handschuhe und hab's lieber kalt, weil ich an einer Schilddrüsenfehlfunktion leide. Hatschi.

P. S.: Ganz toll sind auch Männer über vierzig mit Wollstirnbändchen und lustigen Bommelmützen. Und mit Wollhandschuhen, bei denen jeder Finger eine andere Farbe hat.

Dorfschlampe, Lokalmacho, Supermarktdödel

Zu den Lieblingsbeschäftigungen des empfindsamen Deutschen gehört das Sitzen in Straßencafés (auch bei Temperaturen, die in mediterranen Gefilden als Minusgrade gelten) und die schnelle Beurteilung der vorbeieilenden Menschen.

Ob es sich um Dorfschlampen, Lokalmachos, Banktussis oder Supermarktdödel handelt – der analytische Blick hinter der Sonnenbrille erkennt in Sekundenschnelle.

Klar ist, daß bei dieser Art von Beurteilung den Opfern keine zweite Chance gewährt werden kann. Wer ein weißes oder schwarzes oder überhaupt Gold-Cabrio fährt, weiße Jeans mit Bügelfalte trägt oder die Sakkoärmel hochkrempelt – der wird blitzartig zugeordnet und hat jede Chance auf Rehabilitierung verwirkt.

Gleiches gilt selbstverständlich für die Träger von Jeanshemden mit T-Shirt drunter und Frauen mit Stirnband. Unrettbar sind auch die Herren, die der Tussi ein Rimowa-Beautycase hinterhertragen. Wobei dies leicht zu einem Streit am Tisch führen kann, ob Rimowa überhaupt Beautycases herstellt.

Sieht jedenfalls so aus. Passanten, die häufiger vorbeiflanieren, werden gerne mit neuen Namen versehen. »Guck mal, Weizsäcker frißt jetzt Pizza auf der Straße«, heißt es, wenn ein distinguierter, älterer Herr sich den flüssigen Käse von der Margerita aus zehn Zentimeter Entfernung in den Mund tropfen läßt. Darf man übrigens einen Italiener, der seinen Hund im vollbesetzten Eiscafé ungefähr sechzig Mal kläffend nach einem Stöckchen an der ausgestreckten Hand springen läßt »Il Trottolo« nennen? Man muß! Natürlich gibt es auch Namensschöpfungen, die sexistisch sind oder rassistisch oder im Idealfall beides.

Diese lassen sich nur im politisch absolut korrekten Bekanntenkreis anwenden, wo man weiß, daß es nicht so gemeint ist. Genau wie der Witz, bei dem die Pointe heißt: »Dein Bruder wollte schon das Auto.« Für fast überbordende Heiterkeit sorgt auch die Benennung mit Promi-Namen bei Personen, die genau das Gegenteil verkörpern. »Schau mal, Kate Moss«, wenn ein Schiff vorüberzieht, für das das Erreichen der 92-Kilo-Grenze ein Traum ist. Oder ein leise gehauchtes »Herr Rushdie ist gerade auf die Toilette gegangen«, wenn sich am Nebentisch leicht arabisch wirkende Mitbürger niedergelassen haben.

P. S.: All diese lustigen Spiele funktionieren nur sehr zäh mit Leuten in der Runde, die lebenslang ein soziales Jahr absolvieren.

P. P. S.: Calvin Klein, hast Du schon mal gesehen, wer alles Deine Badeanzüge trägt?

Hundstage

Dieser Sommer ist zu heiß, oder: »It's fuckin' hot«, wie Egidius Braun sagen würde. Schlaflosigkeit, total zerstochen aufwachen, sich-den-ganzen-Tag-wie-gerade-geduscht-fühlen; vielfältig sind die Symptome, die wir minütlich unaufgefordert geschildert bekommen.

In diesen Hundstagen zeigt sich der häßliche Deutsche – nicht politisch oder ideologisch, sondern schlicht körperlich – ungebremst in der Öffentlichkeit. Die amtliche Horrorerscheinung '94 in den Fußgängerzonen ist männlich, trägt Schnäuzer und abgeschnittene Jeans und hat den fetten Oberkörper entblößt. Darf man so aussehen? Kriegt so was später auch mal Rente?

Ansonsten ist der Deutsche in diesem Sommer locker wie nie zuvor. Im Textilbereich herrscht chronischer Farbzwang, mehrfarbige Bermudashorts und bedruckte T-Shirts sind ein must. Vereinzelt sind noch verkehrtrum aufgesetzte Baseballmützen zu beobachten, allerdings täuscht hier häufig der Eindruck: Die Mütze sitzt richtig, nur der Kopf ist falsch montiert. Aber solang der Träger es nicht merkt ...

In Eisdielen und Gartenrestaurants beobachten wir gehäuft lederbraune Kurzhaarmuttis jenseits des Klimakteriums, mit tropfenden Achselhaaren aus Satin-Tops, bei denen der Spaghettiträger durch Zellulitispolster auf der Schulter am Rutschen gehindert wird. Zwei Grappa, bitte. Die geschwollenen Füße dieser Damen sind häufig in goldene Glitzerballerinas gezwängt, bei denen bleiche Wülste leicht über den Rand hängen. Zwei Fernet und einen Eimer, bitte.

Zum Schluß noch eine Warnung: Die supercoole, klassische Ray-Ban-Sonnenbrille (die mit den schwarz-grünen Gläsern), verstärkt erschreckend oft einen eh schon schwachsinnigen Gesichtsausdruck. Was bei Jack Nicholson selbst im Dunkeln cool wirkt, streift auf dem käsigen Pfannkuchengesicht eines deutschen Mittelstädters schnell den Bereich zum Grenzdebilen. Und wer so aussieht, der fährt auch Motorboot auf Binnenseen.

Ich

Sagt die Überschrift nicht alles?

Ich bin heterosexuell

Ja, heute breche ich mein Schweigen. Die Annonce meiner verehrten Kollegen Richard Gere und Cindy Crawford in der London Times hat mir den Mut gegeben, einer breiten Öffentlichkeit Rechenschaft über meine Neigungen, Veranlagungen sowie mein soziales Engagement zu geben.

Richard und Cindy haben es sich zwanzigtausend englische Pfund kosten lassen uns mitzuteilen, sie seien nach wie vor »very married« und außerdem noch heterosexuell und monogam. Ich auch.
Also, nicht verheiratet, aber den Rest. Leider habe ich nicht das Geld, dies der lechzenden Kundschaft in einer ganzseitigen Annonce in einer Tageszeitung zu übermitteln, deshalb bin ich darauf angewiesen, wo die Redaktion meinen Text plaziert. Mein soziales Engagement ist nicht so umfassend wie das von Richard und Cindy, denn die lassen fast nichts aus (AIDS, Leukämie, Tibet, Frieden), doch auch ich habe noch nie dem Verkäufer einer Blindenwerkstatt (Schmierseife, Wäscheklammern, Geschirrtücher) die Tür gewiesen. Ihr, liebe Cindy und lieber Richard, schreibt in Eurer Annonce, »verheiratet zu sein ist schwer genug«. Das ist neu, aber wahrscheinlich kann sich unsereins, der ein unbeschwertes Junggesellendasein führt, nicht vorstellen, wie es ist, wenn Richard müde vom Meditieren aus Tibet heimkommt oder Cindy nach einem harten Tag in verschiedenen Badeanzügen abends merkt, daß der Mann für gewisse Stunden nicht mal die Spülmaschine eingeräumt hat. Gerade, weil Richard und Cindy so normal sind, dürften sie vielen Ehepaaren, die vor ähnlichen Problemen stehen, Mut gemacht haben, sich via Zeitungsannonce zu artikulieren, auch wenn es bisher nur zu Kleinanzeigen im Stil von »Bärchen, es tut mir leid. Dein Stinkerle« gereicht hat. Der Anfang ist gemacht, gerade im

schwelenden Tarifkonflikt in der Druckindustrie ist jede gekaufte Seite bares Geld, freuen wir uns auf die Annonce von Claudia und David.

Kochen mit Harald

Letzten Sonntag stand ich mal wieder vor der Frage, die jede Hausfrau kennt: Was kochen wir heute? Ein Blick in den Kühlschrank bietet reichhaltig Auswahl. Eine halbe Flasche Wodka und ein angebrochenes Glas Aprikosenmarmelade. Ich hasse Marmelade, aber die hat sich der Besuch neulich zum Frühstück mitgebracht. Läßt sich aus diesen Zutaten etwas Leckeres zaubern? Vielleicht Wodka-Suppe mit Aprikosenmarmeladehäubchen? Oder Aprikosenmarmelade-Gratin in Wodkasud? Wäre vielleicht eher was, falls mal überraschend Besuch aus der ehemaligen DDR kommt.
Also fahren wir erstmal zum Bahnhof, einkaufen. Eine Gurke kann nie falsch sein. Nicht, weil ich besonderen Appetit auf Gurkensalat hätte, aber ich habe eine coole Salatschüssel und ein ultrageiles Salatbesteck geschenkt bekommen, beides möchte ich gerne mal ausprobieren. Außerdem kaufe ich Penne und Tomatenteilchen (von parmalat, das bin ich Nicki Lauda schuldig). Während ich mit dem Einkaufskorb durch den Laden gehe, entscheide ich mich, penne all' arrabiata zu kochen. Arrabiata geht ganz einfach. Man schüttet die Tomaten in eine Pfanne und kocht sie auf großer Hitze so lange, bis man vom Telefonieren wieder in die Küche zurückkommt. Dann klatscht man einen großen Löffel sambal oelek und schmeckt bei Bedarf mit Tabasco ab.
Als ich die penne abschütten will, fällt mir ein, daß ich kein Nudelsieb besitze. Also tropfe ich die penne einzeln mit meiner neuen Spaghettizange ab (gibt's gerade irre günstig bei Tchibo!). Zum Glück habe ich hinter dem Tabascofläschchen noch eine Tüte Parmesan gefunden. Das Verfallsdatum ist seit zwei Wochen abgelaufen, aber das Risiko gehe ich ein. Zum Schluß gebe ich noch Basilikum aus dem Ostmann-Nachfülldöschen über die Nudeln. Allerdings habe ich noch nie Nachfüllbasilikum für das nachfüllbare Ostmann-Döschen ge-

kauft, sondern immer gleich ein neues Ostmann-Basilikum-Döschen, nachfüllbar. Nicht besonders umweltfreundlich (Selbstvorwurf!). Gerade, als ich anfangen will, meine köstliche penne all' arrabiata zu essen, fällt mir ein, daß ich vergessen habe, Gurkensalat zu machen.
Also stelle ich die Penne warm, indem ich sie in die Pfanne zurückkippe. Da ich die Gurke mit dem Messer schäle, erhält sie langsam die Form eines Briketts. Ich bekomme ein schlechtes Gewissen, weil soviel Hunger in der Welt ist und ich soviel Gurke an der Schale lasse. Aber wohin soll ich die Schale schicken? Gerade will ich die Gurke in meine schicke Salatschüssel schnippeln, da kommt im Fernsehen ein Bericht über Klinsis Abschiedsspiel in London. Also esse ich die Penne stehend in der Wohnzimmertür direkt aus der Pfanne.

P. S.: Unheimlich viele intellektuelle Frauen fressen Nutella mit dem Suppenlöffel direkt aus dem Glas.

Mein vierzigster Geburtstag

Neulich schreckte ich nachmittags aus dem Schlaf. In etwas mehr als zwei Jahren werde ich vierzig und habe noch keinerlei Vorbereitungen für die dann fällige Party getroffen.
Nicht einmal über das Design der Einladungskarten habe ich mir bisher Gedanken gemacht. Vermutlich werde ich einen preisgekrönten Grafiker damit beauftragen, der die Umschlagseite so gestaltet, daß der Anlaß nur schwer erkennbar ist. Mit der 0 vorne und der vier auf der Rückseite. Oder so ähnlich.
Und wo soll das Fest stattfinden? Auf einem Rheindampfer? In einer gemieteten Straßenbahn? Oder in Zelten, in denen am Eingang jeder ein Herzchen auf die Wange geklebt bekommt, von total lustigen Clowns? Schon jetzt sollte ich – wie branchenüblich – eine Agentur mit der Organisation beauftragen, die mindestens »multimedia show and concept production GmbH« auf der Visitenkarte vorweisen kann. Solche Virtuosen der Festlichkeit sind stets schwarz gekleidet und tragen diese coolen Kopfhörer mit Bügel und mindestens ein walkie-talkie pro Person. Schon Wochen vorher faxen sie dem Auftraggeber ein erstes Infopaper mit grober Übersicht. 11.00 Uhr: get together. 20.00 Uhr: Einnahme der Plätze unter Anleitung des Fantasy-Duos »Pusteblume«. 20.10 Uhr: Opening des Menues, musikalisch umrahmt von den »Mozartkugeln« (spielen Klassik in moderner Form und historischem Kostüm), Alternative: die lesbische Jazzrockformation »Schlampenfieber«. Wird noch gecheckt von Su nach Absprache mit Sven. Interessanterweise wird auf diesen Vorabdispos das Dessert immer »no time« serviert. Dies ist erforderlich, weil einem bereits vor dem Hauptgang zugeflüstert wird: »Wir hängen schon 20 Minuten.« Unter solchen Umständen muß der absolut schrille Straßenclown aus Paris gestrichen werden, der den Gästen den Salat wegzieht. Wäre

sehr schade. Ungeklärt ist auch die Frage: Wie soll ich mich auf meiner Party kleiden? Weißer Smoking, ein roter und ein schwarzer Lackschuh? Oder Kaftan und besticktes Käppi, um zu signalisieren, daß ich die Unterhaltung weit hinter mir gelassen habe?

In keinem Fall darf das Outfit von den tiefen Gefühlen meiner Dankesrede ablenken. Werde ich sie via Multimediawand halten, computeranimiert? Oder in fast schon revolutionärer Schlichtheit, auf dem Fußboden sitzend, den rechten Arm um eine minderjährige Lebensabschnittspartnerin gelegt, die mich die Welt neu zu sehen gelehrt hat? Oder gibt es gar das Video meiner Hochzeitsfeier auf Hawaii zu sehen, bei dem ich wiederholt in Tränen ausbreche? All das ist in den nächsten beiden Jahren zu bedenken. Aber wahrscheinlich laß ich den ganzen Scheiß.

Herbstgedanken, extra tief

Neulich saß ich vormittags in meiner neuen Feinrippunterhose auf der Couch (bought in NY, made in Israel, die Unterhose) und wartete auf Koschis Einschaltquoten vom Vorabend, da dachte ich: Stimmt das alte Sprichwort, welches sagt: Toastbrot schimmelt schneller, wenn das Frühstück von einer Schwangeren zubereitet wird? Draußen regnete es, und schon hörte ich mich sagen: Das war's dann wohl mit dem Sommer. Diese Erkenntnis jedoch hat zwingend eine hoffnungsvolle Ahnung zur Folge: Vielleicht kriegen wir einen schönen Herbst! Durch die launischen Temperaturschwankungen in der Übergangszeit fällt eine richtige Terminierung des Heizbeginns schwer, doch gewährt mir meine Gasetagenheizung individuellen Spielraum. Gibt es eigentlich noch Übergangsmäntel für die Übergangszeit? In der Herrenmode geht der Trend in diesem Herbst zum Dandy, lese ich, während ich mir Baumwollreste aus dem Nabel puhle. Warum geben die Nägel meiner großen Zehen die schwarzen Sockenfusseln unter den Ecken nicht frei, obwohl ich stundenlang barfuß am Strand gelaufen bin? Frauen finden gepflegte Füße nämlich sexy, deswegen habe ich neulich so ein Ding gekauft aus Gummi mit Holzstiel, das Siffo ausgesprochen wird.

Denn seit mein Deckhaar ein leicht ins Richard-Gere-hafte tendierenden Grauton angenommen hat, werden die Büschel im Abfluß allmorgendlich größer, und ich stehe bis weit über die Knöchel im dreckigen Duschwasser. Gern bekenne ich, daß mir jener Narzißmus fremd ist, welcher sich am eigenen siffigen Duschwasser berauscht. Dank Siffo wird die Brühe jetzt Hitchcockmäßig in die Tiefe gesaugt. Zum Siffoerwerb begab ich mich in die wunderbare Welt eines BAUHAUS-Heimwerkermarktes, wo sich große Bretter schwebend durch die Gänge bewegten. Hinter den Brettern dürfen Heimwer-

ker vermutet werden, oder sind die Finger an den Brettseiten aufgeklebt? Fast hätte ich noch eine asigrüne Zwanzig-Liter-Plastikwäschebox und ein hundertzwanzigteiliges Werkzeugset gekauft, aber was soll ich damit?
Also stehe ich mit meinem Siffo an der Kasse, und die Kassiererin hat dank ihrer Weitsichtigenbrille nicht nur Augen so groß wie die Fettaugen in der Hühnersuppe im ICE-Bordtreff, sondern sie erschlägt ganz plötzlich mit meinem noch nicht bezahlten Siffo eine kleine Spinne auf der Kassentheke. Dabei lachte sie. Mir tat die Spinne leid, denn Spinnen sind hochentwickelte Lebewesen und ihre Netze raffinierte Meisterwerke. Die Spinne hatte es nicht verdient, von einer weitsichtigen Kassiererin im BAUHAUS erschlagen zu werden. Aber ich habe nichts gesagt, sondern mit stummer Trauer meinen Siffo bezahlt.

Mein Traum

Lange Zeit konnte ich mir keine Träume merken. Eigentlich kann ich es immer noch nicht, aber ständig erzählen mir Leute ihre Träume. Interessiert höre ich, wie Menschen davon träumen, in einer Telefonzelle am Strand entlang zu fahren und dabei ihrer Mutter zuzuwinken, die halb in den Sand eingegraben ist. Oder wie Menschen das Telefonläuten in ihre Träume integrieren. Als mir kürzlich ein unterdurchschnittlich bekannter Schauspieler erzählte, er sei im Traum nachts durch mehrere Kaufhäuser gerannt, verfolgt von einem Tier, – halb Ziege, halb Schildkröte –, da verfiel ich in einen tiefen Schlaf und träumte, ich säße in einem Zimmer, dessen Wände rosa tapeziert waren. Auf der rosa Tapete waren viele Reihen mit nichts als der Biene Maja, die aber das Gesicht von Jürgen Fliege hatte. Plötzlich trat der echte Fliege in das rosa Zimmer und nahm mir meine Kontaktlinsen aus den Augen. Da ich aber gar keine Kontaktlinsen drin hatte, nahm mir Fliege aus Versehen beide Augäpfel raus. Ich mußte lachen, denn ich hatte nicht etwa schwarze Höhlen im Schädel, sondern an der Rückwand meiner Augenhöhlen klebten Postkarten mit Fotos eines marokkanischen Sporthotels.
Fliege hatte jetzt nicht mehr meine Augen in den Händen, sondern zwei Billardkugeln, mit deren Hilfe er eine Geschichte erzählte. Ich ging aus dem Zimmer durch eine große Kantine, in der fünfhundert identische Kantinenfrauen mit Papierhäubchen im Takt Chili con carne aßen. Am Ende der Kantine saß Kalli Feldkamp und stempelte Jahreskarten fürs Freibad. Er trug einen Plexiglaszylinder, in dem der Bahnübergang einer Modelleisenbahn aufgebaut war. Hin und wieder blinkte die Lampe am Andreaskreuz. Wünschen Sie, daß ich aufwache und diesen Traum für Sie niederschreibe?

Der Schenk-mir-was-Text

Wer jede Woche eine Kolumne schreibt, kann von führenden Industriegiganten unter Umständen reich bedacht werden. Luxuslimousinen, Schaumweine, exklusive Sehhilfen – alles ist dem armseligen Schreiber dieser Zeilen schon angeboten worden, wenn das entsprechende Produkt in einem Artikelchen positive Erwähnung fand. Natürlich habe ich bisher alles entschieden abgelehnt, um mir meinen bekannt kritischen Blick nicht trüben zu lassen. Außer neulich einer Flasche Champagner und fünf Packungen Cashewnüssen von Stewardeß Uschi bei LUFTHANSA, unserer supertollen Airline. Ja, bei LUFTHANSA wirken solche kleinen Aufmerksamkeiten sympathisch, außerdem war es ein kleines Dankeschön für drei Autogramme an LUFTHANSA-Stewardessen, die außer Dienst weiter hinten saßen und sich nicht trauten. (Bin mal gespannt, wie viele Sekunden es nach dieser Hymne dauert, bis man mich auf meinem nächsten Super-flieg-und-spar-Flug von Frankfurt nach San Francisco in die First Class bittet!).

Natürlich passieren auch grobe Mißverständnisse. Bin ich etwa Hobbykoch? Warum sonst rufen Bauknechtmitarbeiterinnen an und erkundigen sich, ob ich mal einem Händler eine Stunde zur Verfügung stünde, um zu Werbezwecken Herde, die der Händler gratis bekommt, zu verkaufen? Selbstverständlich unentgeltlich! Du fehlgeleitete Küchengeräteherstelleranruferin! So was heißt in unserer Fachsprache EINE GALA, und das Honorar dafür hat mehr Stellen als ein Bauknechtherd Kochplatten!!!
Welchen Grund gäbe es auch, die Kölner Firma »Messing-Müller mal in einer Fernsehsendung zu erwähnen«, wo ich neulich fünf Kunststoffkleiderbügelauslaufmodelle voll bezahlen mußte und mir noch hintenrum die Beschwerde zuge-

tragen wurde, ich hätte »beim Betreten des Geschäfts nicht mal einen Witz gerissen«?

Nein, das ist leider nicht der Stil von Firmen wie ARMANI, BOEING, ROLLS ROYCE, BELL-HUBSCHRAUBER und GENERAL MOT ... (äh, General Motors bitte wieder streichen, ich will um Gottes Willen keinen Opel), also von diesen Firmen, die mir alle noch nichts geschenkt haben, aber vielleicht schlüpfe ich ja nach diesem Artikel in einen meiner zweitausend NAGELNEUEN ARMANI-ANZÜGE, mein BELL-Hubschrauber bringt mich zum Flughafen, wo ich im ROLLS sanft übers Rollfeld zur BOEING 737 gleite? Nein? Dann eben im BOSS-SAKKO schnell in den FERRARI und zum nächsten LUFTHANSA-Schalter. Auch nicht? Genau bedacht, bedeutet vollkommenes Glück für mich nichts anderes, als in JOOP-Jeans in einen HYUNDAI zu kriechen. Falsch! Vollständig war mein Einklang mit dem Universum hergestellt, als ich in einem LE FROG-POLOHEMD EIN JAHR LANG DIE STRASSENBAHN DER KÖLNER VERKEHRSBETRIEBE benutzte.

P. S.: Karibik-Flüge im AIR-FRANCE-JUMBO sind ein Traum!

P. P. S.: Ohne die Telekom ist mein Leben sinnlos.

Pro Familia

Manch einer wird sich vielleicht fragen, wieso nur hier Texte zum Thema Kinder, Sex und Frauen Eingang in dieses Büchlein gefunden haben.

Scheint das nicht ein bißchen wenig angesichts dessen, was man so liest und hört, hm?

Nun, hier wird es notwendig, Einblick in die Dichterwerkstatt zu gewähren, den Begriff der Ökonomie heranzuziehen.

Weshalb schon in einer so frühen Schaffensphase Material verschleudern, dessen gesammelte Verwertung später einmal die Buddenbrooks als Kurzgeschichte erscheinen lassen könnte?

Also rasch umgeblättert, und immer schön zwischen den Zeilen lesen!

Auf der Rutschbahn

»Jill, mach die Beine zusammen!« Mannigfaltig sind die Möglichkeiten, bei denen wir diesen Satz hören können, doch nie klingt er fröhlicher, als wenn ihn eine junge Mutter auf dem Spielplatz ihrer Tochter zuruft. Jill soll in diesem Fall die Beine zusammenmachen, um die Rutschbahn runter zu fahren. Auf der Leiter, welche zur Rutschbahn emporführt, herrscht derweil dichter Stau. Mehrere Kinder warten darauf, daß Jill die Beine schließt, damit es weitergeht, einigen dauert es zu lange, und sie klettern die Leiter wieder runter, wobei sie mit einer Mutter in Bundfaltenjeans und fliederfarbenen Wildlederschuhen kollidieren, die ihren Jakob praktisch die Leiter hochträgt. Gibt es wissenschaftliche Untersuchungen über die Entwicklung von Kindern, welche mütterlicherseits die Rutschbahnleiter hochgetragen werden? Führt dies zu mildernden Umständen bei späterem Amoklauf? Bisher galt die Rutschbahn als verläßliches Symbol, wenn es darum ging, einzelne Lebensphasen zu verdeutlichen. (»Wie auf einer Rutschbahn ging es abwärts mit ihm«). Doch runter kommen wir alle, ob vorwärts, rückwärts, auf dem Bauch oder mit dem Kopf zuerst. Keiner hat sich bisher mit der Frage beschäftigt: Wie erklomm er eigentlich die Leiter, welche zum schmalen Holzpodest führte, von welchem aus ein Rutschen erst möglich wurde? Ging es ihm dabei etwa wie Tim, der erst tatenlos zusah, wie sein grüner Spielzeug-LKW von Lara ins Gebüsch verschleppt wurde, danach mit dem Schäufelchen ansatzlos eine auf den Kopf bekam, weil er sich weigerte, sein Sieb rauszurücken, und schließlich auch noch das Gesäß von Jakobs Mutter ins Gesicht gedrückt bekam, weil diese beim Nach-oben-Stemmen ihres Spätgeborenen Halt suchte, den sie vielleicht in der Familie nirgends fand? Kauft einer mit diesen Kindheitserlebnissen später nicht unweigerlich Aktien der Bremer Vulkan? Jill war zwischenzeitlich übrigens gerutscht, mit leicht geöffneten Beinen, was laut Kinderpsychologen in diesem Alter als leicht überdurchschnittliche Leistung bewertet werden muß und auf eine spätere Tätigkeit im kreativen Bereich schließen läßt. Wo ist eigentlich mein Schlüssel?

Wenn Frauen zu sehr leben

Mitten in Deutschland stellen wir täglich fest: Die Frauen werden immer älter! Während Freund Hein uns Männer in der Blüte unserer Jahre (also zwischen 18 und 96) in die Ewigkeit abberuft – fast immer unerwartet und viel zu früh (sollte den Verfasser dieser Zeilen eben jener Ruf in naher Zukunft ereilen, bittet er statt Blumen und Kränzen um Spenden für VOX) – während wir also den Hobel hinzulegen haben, werden die Frauen im Schnitt um lockere sechs Jahre älter. Muß das sein?

Ja, haben Wissenschaftler festgestellt. Am ehesten in den Industrienationen, am wenigsten im Mittleren Osten und in Südasien. Und zwar nicht nur bei Menschen, sondern auch bei Vogel, Fisch und Klapperschlange. Karrierestreß also auch beim Karpfen? Lebt das gemeine Suppenhuhn bewußter als der von Konkurrenz bedrohte Gockel auf dem Mist?

Dem Wissenschaftsteil der SÜDDEUTSCHEN ZEITUNG entnehmen wir, daß ein Grund für vorzeitiges Ableben vermutlich in etwas typisch Männlichem zu suchen ist, in den Hoden. (Sorry, daß wir dafür unter die Gürtellinie müssen, aber da sind sie nun mal.)
So wurden in den USA (und nicht nur dort) zu Beginn dieses Jahrhunderts psychisch kranke Patienten kastriert und – shocking – im Schnitt dreizehn Jahre älter als unbehandelte Zeitgenossen. So mancher 65jährige also, der beim Turteln mit einer jungen Angebeteten plötzlich von dieser Welt ging, hätte als Kastrat im Kreise seiner Lieben noch unbeschwert seinen 78. Geburtstag feiern können, womöglich an der Seite seiner statistisch garantierten 84jährigen Gattin.
You can't always get what you want! (Jagger/Richards)
Und doch keimt Hoffnung. Mutter Natur, die gute, hat ja für

die Frauen bodymäßig und vom hormonellen outfit her acht Schwangerschaften (mindestens) vorgesehen.

Nun ist es bekanntlich in der heutigen Zeit mit der Mutterschaft so ein Kreuz. Die moderne Frau bringt es noch auf durchschnittlich zwei Kinder, bleibt also die Reservekraft von sechs ungenutzten Schwangerschaften. Wohin damit, wenn nicht in ein längeres Leben, mal laienhaft formuliert?

Dabei ist der Chromosomen-Vorteil noch gar nicht berücksichtigt, denn im Gegensatz zum XY-Mann besitzt die Frau ja XX(in Einzelfällen wie Chefredakteurin oder Supermodel sogar XXL), bei Defekten auf dem X wird einfach auf das andere zurückgegriffen. Was macht unsereins? Steht mit dem Y dumm rum und stirbt kettenrauchend, ruhelos und mit gnadenlosen Cholesterinwerten einfach sechs fette Jahre früher.

Um mit Theo Sommer zu fragen: Was also ist zu tun?
Folgendes: Die höchste Lebenserwartung als Mann hat folgerichtig der nichtrauchende, Trockenbrot essende Südasiate, der seine dreizehn Jahre jüngere Frau vor der Kastration achtmal geschwängert hat. Entdecken wir den Südasiaten in uns!

Sex in der Ehe

Endlich wird in Bonn ein Gesetz auf den Weg gebracht, das uns Männer besser beschützt: Schluß mit der Vergewaltigung in der Ehe. Jahrelang waren wir fast sklavisch den Trieben der Ehefrau ausgesetzt, da halfen auch keine Ausreden wie »Ich muß erst noch die ›Buddenbrooks‹ zu Ende lesen« oder »Ich hab' schon im Büro«.

Frauen wollen immer nur das eine. Während für uns Männer Vertrauen, Gefühlstiefe und Gesprächsbereitschaft die Grundlagen einer echten Beziehung sind, haben Frauen nur Sex im Kopf. Dies kann so weit führen, daß sie sogar ihre eigentlichen Aufgaben wie Putzen, Einkaufen und Küche vernachlässigen.

Jahrelang fand in normalen, gesunden deutschen Ehen überhaupt kein Sex statt. Die Ehepartner widmeten sich dem Abbezahlen des Reihenhauses, der Bepflanzung der Grundstücksgrenze und dem gemeinsamen Autowaschen. Abends zog man sich den Schlafanzug über die Unterwäsche, löschte das Licht und schlief ein.

Doch in letzter Zeit verwandeln sich deutsche Ehefrauen in wahre Sexbestien. Sie tragen aufreizende bunte Anoraks, das stufig geschnittene Deckhaar ist anders gefärbt als die Fransen im Nacken, die kurzen Beinchen werden in weiße Leggins gezwängt – alles nur mit einem Ziel: Der Alte soll scharf gemacht werden!

Millionen deutscher Männer erscheinen morgens müde und abgespannt zur Arbeit, weil sich die Angetraute nach Ablegen der ärmellosen Kittelschürze in Sharon Stone verwandelt. Welche Möglichkeiten hatten wir bisher, den O. J. Simpson in uns zu bremsen, wenn die Gattin fast monatlichen Sex wollte? Haben wir nicht deshalb einen Futon angeschafft, weil das Fehlen der Bettpfosten zumindest eine Fesselung verhinderte? Oft war es uns nur möglich, verständnisvollen Kollegen an

Gummipuppen anzudeuten, was daheim mit uns getrieben wurde, ganz zu schweigen von perversen Praktiken wie Müll runterbringen und Miete zahlen.
Für die zu erwartende Prozeßlawine ist es unerläßlich, Zeugen aufzubieten, die das den Männern zugefügte Unrecht an Eides Statt beschwören. Idealfall: Unsere Mutter zieht wieder ins Schlafzimmer ein. Wir selbst müssen von unserem Zeugnisverweigerungsrecht schon deshalb Gebrauch machen, weil uns der Mund vom Zaumzeug weh tut.
Ansonsten plädieren wir auf Freispruch, belegt durch ein medizinisches Gutachten des Facharztes für Haut- und Geschlechtskrankheiten, Dr. Gottfried Benn: »Impotenz in der Ehe ist eine Ovation für die Ehefrau als Mensch.«

Frust im Bett

Ein Umfrageergebnis läßt uns senkrecht im Bett emporschnellen: Laut Frauenzeitschrift »ELLE« sind rund 90 Prozent aller Deutschen zwischen 17 und 35 Jahren mit ihrem Sexualleben unzufrieden. Wir wollen uns in diesem Zusammenhang nicht weiter darüber empören, daß es die Flittchen heute schon mit 17 treiben, auch sparen wir uns ein Kopfschütteln über 35jährige, die ihre Zeit mit Sex im Schlafzimmer verplempern, anstatt ihn zeitgleich mit der Karriereplanung im Büro zu praktizieren. Vielmehr staunen wir darüber, daß 90 Prozent der befragten Männer die »Verschwiegenheit der Frauen über ihre sexuellen Bedürfnisse und Phantasien« kritisieren.

Dem kann abgeholfen werden, denn die Bedürfnisse der deutschen Frau sind eindeutig: Sie will immer und überall! Auf Betriebsfesten, während Kirchenchorproben sowie am, auf und unterm Arbeitsplatz – dazu braucht es keine Kommunikation in der Partnerschaft, das ist unter deutschen Männern doch bekannt, oder?

Auch die geheimen Phantasien der Frauen sind seit Jahren in jedem Schulbuch zu finden: Briefträger, Gasmann und verschwitzter Bauarbeiter (am liebsten Ausländer mit ordentlich Muckis!).

Mehrere Geisteswissenschaftlerinnen haben mir ihre Wünsche verraten, »bei einer Neubaubesichtigung von einem richtig stinkenden Proll die Strumpfhose zerfetzt zu bekommen« oder »im engen Kostüm von hinten gegen staubige Zementsäcke gepreßt zu werden«. Nachdem die Schamröte aus meinem Gesicht gewichen war, erwog ich, eine Tätigkeit am Bau anzunehmen, vielleicht in den neuen Ländern?

Doch auch wir Männer müssen uns berechtigte Vorwürfe gefallen lassen: Drei Viertel der gefrusteten Frauen beklagen fehlende Abwechslung sowie Einfallslosigkeit unsererseits. Also weg von den jahrzehntealten Standardsituationen (beim Wischen des Parketts, Ausräumen der Waschmaschine oder Gängigmachen des Duschabflusses), hin zu verspielten Varianten, die den weiblichen Orgasmus zum festen Familienmitglied werden lassen: Schwiegermutter guckt zu, Mann schaut Frau und Briefträger zu, Frau und Schwiegermutter peitschen Briefträger und schauen dabei Mann und Gasmann zu – die Phantasie ist unbegrenzt!

P. S.: Ein Redakteur eines montäglichen Magazins gestand mir seinen Traum, »die weibliche Hockeynationalmannschaft (mit diesen Röckchen!) in der Kabine zu (wörtlich) schänden«!
Ein Fall für Meiser, Christen, Fliege?

Echt modernes Leben

Die folgenden Texte gehören mit zu meinen Lieblingen, weil sie sozusagen die Rubrik bilden »Passiert und notiert«.

Da gab es kein langes Überlegen, da mußte nicht viel gebastelt werden, die waren überfällig. Wer schon mal selbst versucht hat, ein Blatt Papier mit Buchstaben vollzukriegen, wird das Gefühl kennen, wenn man gewissermaßen von einem inneren Tonband abschreibt, wenn der Anblick eines Schnäuzers oder das Schütteln einer Hennabirne nur noch eine Formulierung zulassen.

Programmkinos

Wer ausländische Filme in Originalversion sehen will, der muß den Weg in die Programmkinos antreten. Jene Lichtspielhäuser, die von den bösen kommerziellen Großkinos allmählich platt gemacht werden. Dabei sind Programmkinos so erfrischend anders.

Ohrenbetäubende Techno-Musik empfängt den Besucher bereits an der Kasse. Die junge Mitarbeiterin kommt auch nicht aus dem Rhythmus, als sie sich während des Kartenvorverkaufs Erdnüsse einwirft. Auch die Betreiber der Getränke-Naschwerk-Theke haben entweder ein Eis oder eine Bierflasche in der Hand. Häufig sitzen sie abseits der Theke mit Freunden und schieben sich dann nach entsprechender Wartezeit im Techno-Rhythmus zum Verkauf, ohne jedoch das Eisschlecken zu unterbrechen. Manchmal kommt auch eine total liebe Freundin die Süßigkeitenverkäuferin besuchen, die sich super freut, weil sie sich total lange nicht gesehen haben. Die Besucherin läuft neuerdings unter der Bezeichnung »Girlie« oder »Mädchen« und trägt ein irre süßes Minikleid zu Springerstiefeln, mindestens einen Ring in der Nase und einen 4 m langen Schal. Girlie läßt sich ganz doll viel Zeit beim Auswählen der Süßigkeiten aus der Glasvitrine und wickelt sich dabei mit meditativer Langsamkeit den Schal vom Hals. Als sie bemerkt, daß ihre Lieblingslakritze alle sind, ist sie total traurig und wird von ihrer besten Freundin in den Arm genommen.

Daß überwiegend studentische Programmkinopublikum frißt ebenso tütenweise Popcorn und Süßigkeiten wie es Besucher von z. B. »Stargate« tun, aber mit anderem Bewußtsein. Irgendwie bewußt kindlicher. Dazu gehört auch, daß man sich sofort die Schuhe auszieht. Man macht es sich so richtig kuschelig, nachdem man vorher ungefähr dreimal den Platz gewechselt hat. Studentische Programmkinobesuche-

rinnen öffnen auch gerne vor Filmbeginn ihr Haar und schütteln es mit nach vorne gebeugtem Oberkörper aus. Dieses Haar kommt nur sehr dosiert mit Shampoo in Berührung. Dann werden mehrere Sweat- und T-Shirts ausgezogen, bis feuchte Achselhaare frech aus den Ärmelchen lugen.
Wenn der Film endlich anfängt, schließt keine böse Aufpasserin die Tür. Lohnt sich auch nicht, denn nach wenigen Sekunden verreckt sowieso der Film. Dies wird vom Publikum mit Lachen und Beifall quittiert, man empfindet das gewissermaßen als Charme des Unperfekten. Schon nach wenigen Minuten – die Saalbeleuchtung ging mittlerweile mehrmals aus und an – wird der Film fortgesetzt, allerdings an einer völlig anderen Stelle als vor der Unterbrechung. Kurz darauf kommt auch Girlie kichernd mit Getränkenachschub zurück. Total süß, wie sie im Dunkeln erst mehrmals in versiffte, enge, falsche Reihen stapst. Krieg den Programmkinohütten – Friede den Lichtspielpalästen.

Das Hotelfrühstück

In einem Hotel, dessen Namen wir aus Gründen der Diskretion verschweigen wollen, dessen erster Name aber so heißt, wie Ferien auf Englisch, und dessen zweiter Name identisch ist mit dem Namen des Flusses, an dem die Perle Tirols liegt, in diesem Hotel erwarten uns laut Eigenauskunft »mehr als 20 laufende Meter Frühstückserlebnis«. Eine poetische Umschreibung für das, was den Reisenden mittlerweile in fast allen Hotels erwartet: das Frühstücksbuffet. Eine gigantische Errungenschaft der Neuzeit, die genauere Beachtung verdient.
Wer seinen Tag vitaminbewußt mit einem »Fruchtsaft« beginnt, der freut sich, wenn die Konzentratautomaten in eine rustikale Plastikverschalung eingebettet sind. Beim Obstsalat sehen wir, was man unter Monokultur zu verstehen hat: 15 Scheiben Ananas mit 6 Kirschen und zwei Apfelschnittchen. Gleich nebenan die Schüsseln mit Quark und mindestens vier verschiedene Joghurtsorten, von denen wir aber Abstand nehmen, weil im Himbeerjoghurt Petersilienreste vom Kräuterquark nebenan schwimmen. Die Rührei-mit-Beilagen-Ecke weist in jedem Hotel individuelle Zusammensetzung auf. Immer dabei: Schrumpeliger Speck und diese Würstchen, die endlich mal eine Frage zulassen müssen: Gibt es auch okkultes Blut in Hundekot?
Was wäre ein Frühstücksbuffet ohne Lachs! Dieser Lachs sieht häufig aus wie in Öl getauchte Waschlappen und – das ist das Tolle – er schmeckt auch so! Woher ich das weiß? Weil ich zu Hause in Öl getauchte Waschlappen frühstücke, klar?!
An Marmeladesorten herrscht kein Mangel, allein ihre einfallsreiche Anordnung bringt an jedem Frühstücksbuffet gut zwei Meter. Auch der Käse sieht lecker aus, ihn kennen wir schon von der Käseplatte am Vorabend. Demnächst ritze ich

mal eine Markierung in den Käse, der am Vorabend zurückgeht, weil ich einen gewissen Verdacht habe ...

Risikofaktor Nr. 1 an jedem Buffet ist der Toaster. Vielleicht hat er Stufe 1–6, aber wer weiß schon, auf welcher Stufe einem ein Brikett entgegenspringt? Da helfen nur ein bis zwei Testtoastläufe.

Hat man seinen Tisch erreicht, wächst die Spannung: Was wird einem wohl heute unter dem Begriff »Kaffee« in die Tasse geschüttet? Wie viele Stunden des Tages noch signalisiert einem ein Brennen in der Speiseröhre: »Hallo, hier spricht Dein Kaffee!«? Für zusätzliche Gäste (»Laß uns mal zusammen frühstücken«) kostet die Teilnahme an einem solchen Erlebnis zwischen 20 und 30 Mark!

Darfs noch Kaffee sein?

Billig ist beautiful

Ein neuer Trend deutet sich in diesen Tagen an: billig ist in. Vorbei die Zeiten, in denen man sich ohne teure Markenartikel nicht auf die Straße trauen durfte. Shopping bei ALDI gilt mittlerweile als letzter Schrei, die Kleider müssen nicht nur von der Stange sein, sondern auch so aussehen.
Dies bedeutet nun nicht, daß etwa Sportmoderatoren des MDR oder Grüne Landtagsabgeordnete in NRW modisch voll im Trend lägen, der Billig-Look muß mit der Ausstrahlung verbunden sein: Ich könnte auch anders! Erinnert sei in diesem Zusammenhang an weibliche Hardbodies, die in Sportleibchen (ein leider fast vergessener Ausdruck) und alter Cordhose ziemlich gut rüberkommen, während dieses Outfit am deutschen Mann Assoziationen wie »morgendlicher Auswurf« evoziert.
Ähnliches gilt auch für bunte Männerslips aus dem Dreierpack, die auf dem kantigen Beckenknochen einer schmalen 19jährigen manch erotischen Schabernack auslösen können, wohingegen stramm sitzende oder prall gefüllte Satinboxershorts bei Tennisseniorenvizemeisterinnen (vereinsintern) den weiblichen Schoß nicht mehr luftig umspielen, sondern die erotische Absicht erkennen lassen und zu sofortiger Flucht in die Minibar führen. Tür zu, und zwar von innen.
Was also sind die Basics für den Elendslook im kommenden Winter? Hautenge Acryl-Rollis, in die man sozusagen »den Schweiß reinbügelt«. Ein absolutes must: Schuhe aus einem Geschäft Ihrer Wahl, das sich auf »Schuh-Poertz« reimt. Weiße Jeans mit farbigen Unterhosen. Und alles von dieser Firma, auf deren Plakaten es der Werbechef mit einem Pferd treibt.

P. S.: Jil Sander könnte den Umsatz verdreifachen, wenn ihre Hilfsverkäuferinnen Sprechverbot hätten. Ehrlisch!

Mein Daimler

Als Leihwagenfahrer bin ich fast ausschließlich mit einem Daimler unterwegs. Nach vielen tausend Kilometern hat sich auch zwischen mir und meinem Daimler jenes emotionale Verhältnis gebildet, das den typischen Daimlerfahrer auszeichnet. Neulich habe ich ihn während des Tankens gestreichelt. Den Kofferraumdeckel knalle ich nicht mehr zu, sondern tippe ihn zärtlich an, bis er kurz vor dem endgültigen Zuschnappen wie von Geisterhand angesaugt wird.

Erschreckend ist nach wie vor die Aggression, die einem von Kleinwagenfahrern entgegenschlägt, wenn man mit einem S-Klasse-Modell im Parkhaus rangiert. Ist es der Neid darauf, daß man als Daimlerfahrer kaum wahrnimmt, wenn man während der abendlichen rush hour einen Passat auf einen Porsche schiebt? Die beiden schwäbischen Edelkarossen bleiben unversehrt, das Nutzfahrzeug aus Wolfsburg wird zum Akkordeon. Ist der Daimlerfahrer dafür zu tadeln, daß sein Vehikel zivile Schützenpanzerqualitäten aufweist? Kann die moderne Gentechnologie bereits Föten erkennen, die später mal mit dem Schlüssel an der Beifahrerseite entlang kratzen und den Stern abbrechen? Und kann die Gentechnologie auch Daimlerfahrer produzieren, die sich über zerkratzten Lack nicht mehr aufregen? Denn viele Daimlerfahrer sind mit der Anschaffung des Wagens bereits am Ende und mit dem Kauf eines neuen Rückspiegels ruiniert.

Wir nähern uns allmählich der Stelle, wo das Drama mit der Infrarot-Türöffnungsautomatik zur Sprache gebracht werden muß. Der Daimler ist nämlich nicht mehr zu starten, wenn er zwar infrarot abgeschlossen, aber schlüsselmäßig aufgeschlossen wird. Wenn er überhaupt aufschließbar ist, weil die Fahrertür leider kein Schloß mehr hat.

Also für Schlüssel. Die Beifahrertür hat ein Schloß für Schlüssel. Aber da paßt er nicht. Vielleicht ist die Infrarottüröffnerbatterie leer. Ist das normal, daß die so flach aussieht? Schwer zu sagen, Sonntagnachmittag in einem belgischen Dorf. Wie geht das eigentlich mit den zwei Kabeln, die man aneinander hält, und dann springt der Wagen an? Bei einem Leihdaimler würde man eher mal die Konsole wegbrechen als beim eigenen Wagen.

Wahrscheinlich stehe ich ziemlich dämlich da, wenn der Kfz-Mechaniker morgen die Batterie wechselt oder nur durch Handauflegen die Tür öffnet. Technischer Laie? Ich halt's mit Jürgen Kohler: »Ich sag auch ohne Binde meine Meinung!«

Babyfunk abhörsicher?

Wie abhörsicher ist der Babyfunk? Ja, diese Frage schlägt wie eine Bombe in diese erste Septemberwoche, und ist doch überfällig! Immer wieder wurde ich in den letzten Wochen unfreiwillig Zeuge von Gesprächen, die auf rätselhafte Weise aus meinem Babyfunk drangen (für Nichteltern: Der Babyfunk ist eine Art Handy, das vorwiegend nachts gegen halb vier zu rauschen beginnt, worauf Erwachsene aufstehen und raten, wogegen sie auf dem Weg zum Kinderbett gekracht sind). Auf meinem Babyfunkempfangsgerät (heißt das so?) klebt eine Abziehfolie mit dem Hinweis »1 Meter Abstand zum Kind einhalten«. Diesen Aufkleber wünsche ich mir übrigens auch auf Hundehalterinnen mit Zahnfäule, bleichschenkeligen Kaffetrinkern an Kiosken sowie Supermarktkundinnen, die beim Anwenden von Babylauten (»Dududu«) einen Hustenanfall erleiden, wobei ihnen die Zunge halb über dem Kinn hängt, die Augen schreckensweit geöffnet sind (was ziemlich blöd aussieht), und die rechte Hand heftig winkt, was wohl signalisieren soll: Gleich vorbei. Muß ich erwähnen, daß dieser Anfall nicht frei von Auswurf ist?
Warum höre ich aus meinem Babyhandy eine Frauenstimme sagen: »Lulu, lulu Foni – kaputti, putti Moni?« Warum sagt dieselbe Stimme wenig später über Babygeschrei zuerst »guck, guck, guck« und kurz darauf in völlig anderem Tonfall »von wegen, das zahl' ich dem zurück«? Es scheint so, als ob auf dem Babyfunk immer nur andere Babyfunks gehört werden können. Im Gegensatz zu meinem Faxgerät, wo ich neulich nach dem Abheben des Telefonhörers einen Mann sagen hörte: »Sag ihm doch einfach, du fährst zu deiner Schwester.« – »Dat weissa, dat ich dat nie machen täte«, antwortete die Frau. Mann: »Dann wiad dat nix mit uns am Wochenende«. – Frau: »Scheiße.« – Mann: »Ja, kann ich nix für.« Bestimmt wäre das Gespräch noch sehr interessant weiterge-

gangen, aber plötzlich sagte die Frau: »Huch, wat war dat denn? Ich glaub, da hört einer mit.« Vielleicht hätte ich nicht sagen sollen: »Jetzt leg schon auf, du kleine Schlampe.«

Stau hinter Antwerpen

Dies ist ein Auszug aus meinem Notizbuch, folgenloseste Folge, miesestes Stück. Neulich, auf der Heimfahrt von jüdischen Freunden, welche im Diamantenhandel ihr Heil suchen, stand ich kurz hinter Antwerpen im Stau. Ich stand nicht kurz im Stau, sondern es war ein kurzes Stück hinter Antwerpen, als ich fast zwei Stunden im Stau stand. Warum ist unsere Sprache da so ungenau, hm? Und wo genau ist »hinter Antwerpen«? Hängt das nicht von der Richtung ab, vom Ziel? Nach einer Viertelstunde beginnen die Stausklaven, ihren ganz persönlichen Stau individuell zu gestalten. Als es einmal für wenige Meter vorwärts geht, versucht einer, die Fahrspur zu wechseln, um sich sensationelle drei Meter nach vorn zu schieben.

Manche steigen aus und schauen kopfschüttelnd an die Spitze der Bewegungslosigkeit, um die tieferen politischen, sozialen und psychologischen Gründe für das regungslose Verharren zu ergründen. Rechts neben mir steigt ein junger Mensch, dessen beruflicher Weg nur steil nach oben führen kann, aus seinem grünen Peugeot 106 und holt einen Laptop aus dem Kofferraum. Bewundernswert. Er füllt die Zwangspause kreativ. Für ihn ist motorischer Stillstand gleich intellektueller Fortschritt. Bestimmt hackt er in seinem Laptop Vorschläge, wie sein Unternehmen der südostasiatischen Bedrohung trotzen kann. Oh, wäre unsere Welt doch voll von stauenden Laptopbesitzern in grünen Peugeots!

Im Wagen unmittelbar neben mir sitzt ein ehrlicher Handwerker, dessen Gesichtsausdruck je nach Wunsch als meditativ oder schwachsinnig interpretiert werden kann. Während ich ihn beobachtete, führt er seinen Zeigefinger abwechselnd in sämtliche Körperöffnungen oberhalb des Kehlkopfes. Leichter Ekel steigt in mir auf, ich schaue wieder nach vorn und sehe einen frühverglatzten Belgier mit Schmuddelkunstpelzkragen auf seiner Anorakkapuze sein Auto verlassen (ich schwöre: ein roter Lada Samara 5 speed!) und auf dem Seitenstreifen sein Wasser abschlagen. Eigentlich ist in Belgien der Unterschied zwischen Stau und rush hour nicht auf Anhieb zu erkennen. Auch die Gründe für den Stau hinter Antwerpen werden wir nie erfahren.

Brrrrr!

Also dann. In der wunderbaren Welt der Floskeln nimmt »also dann« einen Spitzenplatz ein. Die Rasch-mal-Generation (»bin rasch mal weg«) wäre ohne »also dann« um einen beträchtlichen Teil ihres Wortschatzes beraubt. Ich bin dann weg. Ein sicheres Zeichen dafür, daß jemand ganz da ist: »Ich bin dann weg.«

Gerade um die Mittagszeit ist das gutbürgerliche »Mahlzeit« zunehmend bedroht durch »Also dann. Ich bin dann weg, rasch mal was essen gehen«. Häufig wird bei solchen Sätzen nix bei gedacht. Da ist einer gerade rasch mal am Kaffeetrinken, und als er die Milch sich am holen war, kommt faxmäßig was rein. Da denkt der sich doch nix bei!

Also dann. Thema heute ist die Kälte. Könnte Kult werden. Tierisch viel ist heutzutage wahnsinnig schnell am kultig werden. Praktisch haben wir schon eine totale Kultindustrie, die den ganzen Tag voll den Kult am machen ist. Vieles sieht aber so was von anders aus, wenn es mal von der Kultseite her betrachtet wird. Kälte? Absoluter Kult. Arbeitslos? Wird demnächst Kult. Flugzeugabsturz? Kultverdächtig. Ich war praktisch schon weg, da wurde es aber so was von kalt. Ökotechnisch ist diese Kälte irgendwie voll der Hammer. Irgendwie denk ich, ist die Erde sich voll am Aufwärmen. Polkappenmäßig abschmelzen und so. Neulich labert mir einer ein Ohr ab, in hundert Jahren sind die Ozeane am kochen. Ich hab mir nix bei gedacht, aber jetzt mit der Kälte. Ja, was jetzt? Eiszeit oder Treibhaus?

Uns fragt keiner, weil die da oben sowieso machen, was sie wollen. Aber wenn's nach mir ging, wär' mir die Eiszeit lieber, klamottenmäßig. In letzter Zeit vielleicht mal an die verbrannten Horrorfressen aus'm Sommer gedacht? Die Käseschenkel und Wabbelärsche, die einem aus Slips und Shorts entgegenquellen? Die nassen Achselhaare, die aus Muscleshirts hän-

gen? Ist doch jetzt alles weg! Gnädig verhüllt, bis auf zwei Augen von den meisten nichts zu sehen. Steht uns das keusche Grau des Nordens nicht besser an? Absolutes must: Bei Kälte supergut drauf sein. Ist Kult. Mit Familie übers Eis gehen. Warm eingepackt. Danach lecker heiße Schokolade trinken. Macht hmmm-Gefühl. Wichtig: Aus mollig warmer Mega-In-Kälte-Kleidung raus den Kellner fragen: »Gibt's heiße Schokolade?« Jetzt schon Kult. Keinesfalls Kakao. Old-fashioned. Liebe ist: Wenn sie in der Kälte wartet, weil sein Rottweiler Verstopfung hat. Also dann: Der Rottweiler voll am Zittern, dampft nur hinten raus. Er am Frieren (Bomberjacke und zu enge Jeans). Sie am Warten (Weiße Steghosen – Knie schon ausgebeult –, pinkener Anorak mit weißem Kunstpelz auf der Kapuze, Ohrenschützer im Militäry-Look). Absolut kultverdächtig: Bei Kälte wieder »Brrrrr« sagen. Machen z. B. Lehrerin und prognosegefährdeter freier WDR-Lokalredakteur beim Schlittenfahren auf Idiotenhügel im Stadtpark. Und wenn man nach Hause kommt, gemeinsam das FOCUS-Kälterätsel lösen: Was ist Huna Misel b äl shc r, I Chrunsen?
Für Lösung bitte Buch drehen!

Lösung: Hans Meiser, Bärbel Schäfer, Ilona Christen im RTL-Videotext

Die kleinen Schweinchen

Heute ist es mir eine Freude und ein Bedürfnis, auf einen Vorschlag von FOCUS-Leser Wolf Nisslmüller aus 10829 Berlin einzugehen. Er schreibt mir: »90 % der Männer waschen sich nicht die Hände nach urinieren ... Extrem fällt es mir auch in Lokalen auf, wenn man mal neben dem Kellner oder Koch am Pissoir steht. Die greifen dann Ihr Stück Fleisch an, Ihr Brot, die Ananasscheibe Ihres Drinks ...«
Prost Mahlzeit Herr Nisslmüller. Auch ich habe schon ähnliche Beobachtungen gemacht. Allerdings war ich immer dankbar zu sehen, daß der Koch zur Erledigung eines menschlichen Bedürfnisses wenigstens ein Pissoir benutzt. Denn an den Töpfen sind wir ja nicht dabei. Doch möchte ich die Gelegenheit nutzen, um mich zu outen: Ich gehöre zu den 90 %! Zwar drehe ich immer den Wasserhahn auf, um denen, die draußen vorbeigehen (und gehen nicht jetzt im Advent zu viele draußen an uns vorbei?) eine Handwaschung vorzutäuschen, doch kann ich auf öffentlichen Toiletten den Pilatus in mir zugeben. Während das Wasser läuft, klopfe ich mir meistens die Schuppen vom Pullover, oder ich drücke mir einen Mitesser auf der Nase aus. Die Waschbecken sind nämlich fast immer zu klein, die Siebe in den Wasserhähnen verkalkt und wenn man jetzt nochmals die Hände drunter hält, dann sieht es schnell so aus, als hätte man sich – vornehm ausgedrückt – vollgepißt. Zur perfekten Tarnung führe ich sogar beim Verlassen der Toilette Trokken-Schüttelbewegungen mit den Händen aus, so als schüttelte ich kleinste Tropfen Resthändewaschwasser von mir, bis sie in den unendlichen Weiten des Universums zum großen Nichts werden.

P. S.: Demnächst erscheint in dieser Reihe ein Essay über Tante-Emma-Ladenbesitzer, die ihr Geschäft durch einen schmuddeligen Vorhang betreten, und sich dabei mit dem Zeigefinger Speisereste zwischen Oberlippe und Oberkiefer holen.

Capriccio

Neulich saßen wir so in gebildeter Runde beisammen, da warf einer den Begriff »Capriccio« ins muntere Treiben. Hei, da war so bald des Scherzens kein Ende! Ob es sich dabei nicht um jene dünngeschnittenen Rindfleischscheiben handele, war von einer Seite zu hören. Gibt's auch vom Lachs. Ein anderer rief listig: Das ist doch der Kaffee mit geschlagener Milch. Als die launige Gesellschaft sich wieder beruhigt hatte, erfuhren wir von einer demnächst getrenntlebenden Allgemeinmedizinerin, daß »Capriccio« auf italienisch soviel bedeutet wie Laune und es sich dabei in der Kunst um eine »Vedute« handelt, die verschiedene Architekturteile willkürlich zusammenfügt, die ansonsten voneinander getrennt sind. Sie werden idealisiert zur Ideallandschaft als »Sammelvedute«.

Nein, eiliger Leser, schäme dich nicht, wenn der Begriff »Vedute« in deinem bisherigen Leben noch keine Rolle gespielt hat. Auch der Verfasser dieser Zeilen hielt »Sammelvedute« bisher für ein mögliches Schimpfwort, mit dem am Ende des 19. Jahrhunderts in hanseatischen Familien in Gegenwart der Kinder vielleicht eine Weibsperson mit häufig wechselnden Geschlechtspartnern charakterisiert wurde (Frau Hansen, die alte Sammelvedute).

Doch weit gefehlt! »Vedute« ist die naturgetreue Ansicht einer Stadt oder Landschaft als Gemälde. Ehrlich!

Wie ich so weiter in meinem Wörterbuch der Kunst von Jahn/Haubenreisser blättere, stoße ich auf den Begriff »Treppe«. Hätten Sie gewußt, daß die Treppe sich aus Hilfsmitteln zur Überwindung von Höhenunterschieden sowie aus mythisch begründeten Stufenfolgen entwickelte? Sehn Se!

Überhaupt bewundere ich Menschen, die bei scheinbar völlig eindeutigen Namen immer mit völlig abwegigen Assoziatio-

nen antworten können. Nikolaus? Ach, du meinst Nikolaus von Verdun, den lothringischen Goldschmied und Emailmaler, der vor allem durch seine virtuose Grubenschmelztechnik unvergessen geblieben ist (siehe auch O. v. Falke und H. Franzberger, »Dt. Schmelzarbeiten des Mittelalters«, 1904).
Am meisten aber liegen mir Vorruheständler am Herzen, welche mir mit debiler Restbräune im Gesicht in Billigdrogerien auflauern mit dem Satz: »Ich hab' 'nen Gag für Sie.« Sodann folgt eine garantiert pointenlose Geschichte, in welcher der Vorruheständler bei einem Autoverleiher auf Teneriffa einer anderen Kundin einreden wollte, es gäbe nur Ferraris zu leihen. Folgt Husten-Würg-Anfall mit Auflegen seiner gelben Raucherhand auf meinen Unterarm.
Sehr kapriziös!

Kristies und Sossebies

Fast wäre durch die Veröffentlichung leicht negativer Wirtschaftsdaten in den vergangenen Wochen verdrängt worden, daß sich auf dem Kunstmarkt bereits zu Beginn der neuen Saison Erstaunliches zuträgt.
Die Altmeisterauktionen von Christie's (sprich: Kristies) und Sotheby's (sprich: Sossebies) in New York (sprich: Nujohk) brachten insgesamt fast siebzig lockere Millionen Dollar (sprich: Dollor) in die Kassen der beiden Auktionshäuser. Dabei hat Sossebies (schreib: Sotheby's) derzeit ein kleines Skandälchen am Hals (Mailänder Mitarbeiter ging als Kundin getarnter Journalistin mit kleiner Kamera in großer Brosche auf den Leim, wg. Bilderschmuggel aus Italien nach London). Doch zurück zur Welt von Pinsel und Leinwand, auch bekannt als Welt von Filz und Fett sowie Spachtel und Acryl (vergl. auch Welt von Kohle und Papier). Man braucht wirklich keine vier Wände im Museumsformat, 8,5 mal 9 Zentimeter Platz hat doch wohl jeder zwischen Setzkasten und weinendem Harlekin an der Wand im Flur. So groß ist nämlich Goyas »Judith und Holofernes« (sprich: Holoooferness), in Kreide und Wasserfarben auf Elfenbein, leider schon weg für 880 000 Dollar (sprich: achthundertachtzigtausend). Wem 76,5 Quadratzentimeter ein bißchen klein für 880 000 Dollar erscheinen, der sollte mal bei Rembrandts Bärtigem nachmessen. 10,8 mal 7 Zentimeter (75,6 cm^2!) brachten 2,7 Millionen Dollar für seinen Besitzer Saul Steinberg, was einem Quadratmeterpreis von pimaldaumen 32 Millionen Dollar entspricht. Richtig günstig erscheint da ein weiteres, ziemlich großes Bild aus der Sammlung von Herrn Steinberg: »Die Pest in einer antiken Stadt« von Michael Sweerts für 3,5 Mio Dollar. Bedenkt man, daß das Bild 1984 für 1,2 Mio Dollar erworben wurde, scheint die Rendite im Altmeisterbereich die einer Alterszusatzversicherung relativ deutlich zu übertreffen.

Wußten Sie übrigens, daß Patti Smith auf ihrem ersten Plattencover (Foto: Robert sprich Mäbblsoorb) aussehen wollte wie eine Mischung aus Rimbaud, Baudelaire, Frank Sinatra und Jean-Luc Godard? Die Platte hieß übrigens »Horses« (sprich: Gäule). Ist vielleicht von einem deutschen Plattenkünstler der Wunsch überliefert, auszusehen wie eine Mischung aus Günter Grass, Heinrich Böll, Harald Juhnke und R. W. Fassbinder? Wir wissen es nicht, aber wir wissen, daß die »Wunderbare Brotvermehrung« von Tintoretto schon weg ist. Für 220 000 Dollar.

P. S.: Darf eine Proust-Übersetzerin »Erde« als Synonym für »Festland« benutzen?

Zeitlese

Ist mir da was entgangen? Auch im Feuilleton der »Zeit« lese ich kürzlich von Al Pacinos atemberaubender Schauspielkunst. War sie nicht jahrelang atemberaubend? Ist da eine neue Sprachpräzision entstanden, die plötzlich Sinn macht, wo etwas immer Sinn hatte?
Erinnern wir da eine Situation, wo uns früher etwas an etwas erinnert hat?
Kurz: Macht es Sinn, wenn wir uns hin und wieder Al Pacinos atemberaubender Schauspielkunst erinnern?
Und plötzlich merkst du (statt altertümlich: merkt man): Viel zu lange hattest du keine Zeit, die »Zeit« ausführlich zu lesen. Auf einmal, irgendwo auf der Insel des anderen Gesichts, liest du den ultimativen Artikel über Tic Tac Toe. Den kulturhistorischen Kurzabriß über »Liane« Lee Wiegelmann, Liane »Lee« Wiegelmann und Liane Lee »Wiegelmann«. Begreifst, was Iserlohner Schule meint: Horkheimer und Adorno (Hauser und Kienzle, Hennes und Mauritz?) meet Jazzy, Lee und Ricky: »Eskapismus ist eine Kreisbewegung zurück zum Ausgangspunkt« oder: »Das Vergnügen befördert die Resignation, die sich in ihm vergessen will.« Besser lassen sich die Interpretinnen von »Verpiß dich« nicht beschreiben: Fehlt noch der Bezug auf Gertrude Stein: »Ein Tic ist ein Tac ist ein Toe« und die Frage, was wohl passiert wäre, wenn Jazzy, Lee und Ricky J.-P. Sartre und seiner Teilzeitlesbe in die Quere gekommen wären. (»Die Scheiße, das sind die anderen?«)
Im »Zeit-Magazin« fällt unsere Aufmerksamkeit auf Siri Hustvedt, die ziemlich toll aussieht und die 1,80 Meter große Frau von Paul Auster ist. Paul Auster hat unter anderem das Drehbuch zu »Smoke« geschrieben, was aber ohne Harvey Keitel ein ziemlicher Raucherquasselfilm gewesen wäre, wenn ich mich recht erinnere, hihihihihi.

Siri ist auch Schriftstellerin, und es nervt sie, dauernd auf Paul angesprochen zu werden. Verständlich, deutsche Schriftstellerinnen werden auch nicht dauernd auf ihre berühmten Männer angesprochen (Johann Wolfgang Lind, Gabriel García Heller, Rainer Maria Erhard). Auf einem Foto sieht Siri Hustvedt besonders sexy aus, ein bißchen wie Uma Thurman. Sie trägt darauf einen kurzärmeligen Rollkragenpullover, und der erfolgreiche Paul hat von hinten seine Arme um sie gelegt. Paul sieht auf dem Foto übrigens ein bißchen aus wie ein Doppelgänger von Björn Engholm aus Bangladesch. Höchste Zeit, daß die schöne Siri mal auf Lesetour nach Deutschland kommt, zumal der Schriftsteller Don DeLillo, den der Cheflektor meines Vertrauens für einen der Größten seiner Zeit überhaupt hält, große Stücke auf Siris Bücher gibt. Kurze Zeit später habe ich übrigens eine Heuschrecke aus dem Pool gerettet. Über das grandiose Flugverhalten und die Entwicklung der Nerven bei Heuschrecken stand auch ein sehr interessanter Artikel in der »Zeit«. Gerade in Zeiten nachlassender Demonstrationskultur sollte unser Respekt vor Insekten beträchtlich wachsen.
Fazit: das Leben – ein einfaches Eisengestell ohne Matratze.

Das Kirchenjahr

Es gibt Zeiten, da diktiert sozusagen der Kalender das Thema.

Oft nicht das Schlechteste, weil gerade über diese Themen ja schon alles gesagt ist. Grund genug also, es nochmal zu tun, natürlich aus völlig neuer, epochemachender Perspektive. Gut auch zur Selbstkontrolle: Wann bin ich als Lohnschreiber so tief gesunken, daß ich einen Text liefere zum Thema »Konsumterror an Weihnachten«, mit einer Überschrift im Stil von »Süßer die Kassen nie klingeln«?

Vorsicht, Weihnachtsfeier!

Unsere knallharte Leistungsgesellschaft wird dieser Tage – wie alle Jahre wieder – besinnlich. Auf allen Fluren und in allen Büros duftet und bröselt es festlich, Vorbereitungen für die beliebten Weihnachtsfeiern werden getroffen, häufig eine elegante Umschreibung für sexuelle Belästigung und Mobbing mit adventlichem Antlitz.

Auch wenn die Weihnachtsfeier nach offiziellem Dienstschluß beim Italiener, Griechen oder Türken stattfindet, stimmt man sich bereits tagsüber am Arbeitsplatz gerne mit einem Gläschen Sekt ein. Hierbei kann es bereits zu beiläufigen Körperkontakten kommen, ein neckisches »Nicht erschrecken, ist bloß der Nikolaus«, wirkt gleich viel aufmunternder, wenn die Kollegin dabei von hinten ebenso fest wie überraschend umklammert wird. Hierbei gilt Weihnachtsfeiermerksatz 1: Kolleginnen, die sich wehren, wollen es erst richtig.

An der festlich dekorierten Tafel (Tannenzweig, rote Kerzchen) empfiehlt sich abends zunächst der Flirteinstieg mit humanistischem Background: »Wußten Sie schon, daß das zu Beginn des 11. Jahrhunderts entstandene Perikopenbuch Heinrichs II. nicht in gotischer, sondern in karolingischer Minuskel geschrieben ist, der gängigen Buchschrift vom Ende des 8. bis zum 12. Jahrhundert?« Sollten die Augen der angesprochenen Dame bei dieser Frage nicht sofort glasig werden, legt der Herr einfach die Hand auf den Oberschenkel der Mitarbeiterin und knabbert am Oberschenkel mit der Frage: »Wie lang bist'n Du schon bei uns?«
Weihnachtsfeiermerksatz 2: Kolleginnen, die die Hand wegschieben, wollen es erst richtig.
Wichtig für die gelungene Weihnachtsfeier ist, daß Humor-

und Alkoholpegel parallel ansteigen. Sieht man beispielsweise auf dem Weg zur Toilette eine Kollegin, die nicht die passenden Münzen für den Zigarettenautomaten hat, kann ein saloppes »Na, Schwierigkeiten beim Reinstecken« lang andauernde Heiterkeitserfolge erzielen.

Nach Ende der Feier empfiehlt es sich, rechtzeitig die besten Plätze für den spontanen Austausch von Körperflüssigkeiten zu sichern. Für die Kombination Abteilungsleiter/Teilzeitkraft empfehlen sich die Mäntel und Kunstpelze an der Garderobe (funktioniert nur stehend und ohne allzu heftige Gegenwehr).
Gummipflanzen in Hydrokultur bieten häufig nur mangelnden Sichtschutz vor dem, was Azubis von stark alkoholisierten Führungskräften der mittleren Ebene zu ertragen haben. Hier gilt, speziell für den Herrn ab 50, Weihnachtsfeiermerksatz 3: Azubis, die sich wehren, treten häufig richtig zu!

Verregnete Pfingsten

Die verregneten Pfingsten boten Gelegenheit, all das zu erledigen, was schon lange hätte erledigt werden müssen. Also erst mal die Quittungen, Belege und Rechnungen sortieren, die sonst während der Woche einfach in die Schublade fliegen. Dabei finde ich mehrere Schlüssel, von denen ich nicht weiß, wohin sie gehören. Das ist mir schon mehrfach passiert, und jedesmal wollte ich die Schlüssel wegwerfen. Ich habe sie aber immer wieder aufbewahrt, weil ich dachte, vielleicht fällt mir noch mal ein, wozu die Schlüssel passen. Auch diesmal lege ich die Schlüssel wieder zurück.

Nicht, weil mir noch mal einfallen würde, welch jungfräuliches Schloß nach diesen Schlüsseln lechzt, aber warum sollte ich sie jetzt wegwerfen, wo ich sie doch bisher nicht weggeworfen habe? Die fressen ja kein Brot, sagt der Volksmund. Wäre ich ein Dichter, glitten meine Gedanken jetzt ab ins Reich der Phantasie, und vier Schlüssel schlichen sich – klimper, klimper, trapp, trapp, trapp – des Nachts in die Küche und kicherten leise: »Hihihi, du glaubst, wir fressen kein Brot. Aber wir knabbern an deinen Cornflakes, lecken Olivenöltropfen vom Flaschenhals und schlürfen Weinreste aus den Gläsern. Hernach legen wir uns satt und dick in die Schublade zurück, und du weißt nicht, in welches Schloß wir gehören. Ätsch!«

Kontoauszug Nr. 16 muß doch irgendwo zu finden sein, 15 und 17 habe ich ja auch. Endgültig den Weg alles Irdischen gehen an diesem Pfingstmontag ein vergilbtes Glückwunschfax zum Start von »Verstehen Sie Spaß?« sowie die total versiffte Visitenkarte der angeblich besten Crêperie der Bretagne. Kaum erzählt man jemandem, wohin man in Urlaub fährt, schon kriegt man tausend Tips, wo man unbedingt hinmuß. Der beste Kaffee, die besten Gambas, die geilsten Weiber. Dann fällt mir der Brief einer Schülerin in die Hände, die

sich mir körperlich schenken will, weil ich sie an ihren Englischlehrer erinnere. Sie käme überall hin, ideal wäre Ende April/Anfang Mai, dann wären ihre Eltern im Urlaub. Natürlich respektiere ich ihren Wunsch, den Brief unter gar keinen Umständen irgendwo zu erwähnen, und leite ihn weiter an Mike Tyson.
Zufällig finde ich ganz hinten in der Schublade eine Kassette »Best of John Belushi«. Da muß ich doch mal reinschauen, ich glaube, da ist der Sketch drauf »Der Pate beim Psychotherapeuten«. Leider habe ich wieder vergessen, auf welchen Kanal ich den Fernseher schalten muß, damit ich Video schauen kann. So lande ich in einem Interview mit Anke Huber bei den French Open. Plötzlich klingelt es. Draußen stehen **John Belushi** und **Mike Tyson**, und wir gehen Rollerblades fahren.

Advent, Advent

Wachet auf, ruft uns die Stimme! Nun haben wir gerade den ersten Advent hinter uns und stellen alle Jahre wieder fest: Auch der äußerst kritische Antichrist hat es in der Vorweihnachtszeit gern warm ums Herz. Bei unangemeldeten Hausbesuchen erwischen wir hartgesottene Negativisten am Adventskranz, und sei er auch in der Protestbastelversion (vier Kondensmilchbüchsen, mit einer Schnur zusammengebunden und Kerzen drin).

Gerade an Samstagen glauben sich viele Amateurzyniker und Freizeitnihilisten unbeobachtet, wenn sie Reisiggestecke vom Markt in ihre sanierten Altbauwohnungen schleppen. Auf frischer Tat ertappt, bricht unaufgefordert ein wahrer Schwall an Entschuldigungen aus ihnen heraus: »Meine Schwester kommt mit den Nichten« oder »Ich kann zwar mit dem ganzen Scheiß nix anfangen, aber der Duft ist so geil.«

Viele scheinen auch weniger mit der Vorbereitung auf die Ankunft des Herrn als vielmehr mit Aufräumarbeiten für den alljährlichen Besuch der Mutter beschäftigt zu sein. Da muß so manche Ledermontur im Schrank verschwinden, und wer heute noch kreischend durchs Lokal kellnert – hier ein Hoch und dort hoch – der geht morgen im Zopfmusterpulli mit Mutti zum Adventssingen. So wird man auch in diesem Jahr zum Fest in Bielefeld berichten: Das Studium läßt einfach keine Zeit für Mädchen.

Kaum zu glauben, wer alles gepierct am Stövchen sitzt. Neulich beobachtete ich zwei Punks in der Schlange am Geldautomaten. Nicht, weil sie jemanden ausrauben wollten, sie haben ganz solide mit ihrer Karte abgehoben. Dabei sagte die Gelbhaarige zu der mit den Zuckerwasserrastazöpfchen: »Die Martinsgans von meiner Mutter war apfelgeil!«

Aber hallo! Sex Pistols go Schützenverein! Doch ist die Zeit des »Tauet Himmel, den Gerechten« nur die Vorbereitung auf die psychisch härtesten Tage des Jahres. Vor allem der nahende Heiligabend wird zu einem echten Krisentag für viele, die während des Jahres tapfer und bemüht den bürgerlichen Zwängen ins Antlitz spucken. Häufig endet ein kesses »Heiligabend bin ich grundsätzlich in der Kneipe« mit Heulkrämpfen am Telefon. Irgendein S/M-Hirte am anderen Ende hebt auch in dieser Nacht den Hörer ab. Man wird ja wohl noch Weihnachten feiern dürfen!

Literarische Welt

Dann und wann lese ich ein Buch, welches mich solchermaßen beeindruckt, daß ich dieses der gierigen Leserschaft sofort mitzuteilen gezwungen bin.

Manchmal faszinierten mich gewisse Stilmittel derart, daß.
Wie zum Beispiel jener Autor, der.
Faszinierend, einfach mitten im Satz.
Und neulich überkam mich dann plötzlich jene Klarheit, die einen sicher nur
erreicht, wenn man sie nicht sucht.

Das journalistische Credo des großen Peter »Pepe« Boenisch: »Es gibt nur Hauptsätze. Nebensätze sind was für Thomas Mann.«
Cool, oder?

Außerhalb des Hühnerstalls

Obige Überschrift mag vereinzelt Irritationen auslösen, Angehörige der gebildeten Stände werden jedoch ausrufen: Potzdaus, diesen Titel kenne ich, hieß er doch im Original Hors du Poulailler und kennzeichnete eine Kolumne, die ab November 1919 täglich in einer Zeitung erschien, deren Konkurrenzblatt La Möse ausgesprochen wird. Zumindest mit meinem Akzent.

Sie, geneigte Leserschaft, werden begierig sein zu erfahren, daß der Autor besagter Kolumne später ein weltberühmter Schriftsteller wurde, der nicht nur fünfhundert Millionen Bücher verkauft, sondern nach eigenen Angaben auch mit zehntausend Frauen (incl. achttausend Prostituierten) geschlafen hat, wobei seine zweite Ehefrau diese Zahl dementierte, nach ihrer Rechnung waren es nur zwölfhundert.

Worüber schriebe heute einer, der täglich innerhalb einer Stunde dreihundert Wörter zu liefern hat? Schriebe er vielleicht über die junge Dame, die mit Daimler-Benz-Chef Jürgen Schrempp in der Ewigen Stadt unterwegs war, »in fröhlicher Stimmung und mit einer Flasche Wein in der Hand«? Über eben jene Dame, welche sich in »inopportunen Worten« an die römischen Beamten gewandt haben soll, welche die Papiere sehen wollten. Würde er rätseln, wie die inopportunen Worte lauteten? Vielleicht »Spaghettifresser«? Oder »dreckiger kleiner Itaker«? Wir wissen es nicht, und dies ist nicht der Platz für Unterstellungen. Oder schriebe er über eine berühmte Rüsselsheimer Automobilfirma, die viele Wagen zurückrufen mußte, weil jetzt sogar bei den Autos der Lack ab ist? Doch halt. Schon spüre ich, daß vielen der Name des berühmten Autors noch ein Rätsel ist! Jener Autor, der so schöne Sätze schrieb wie »Als er sich wieder aufrichtete, wußte er, daß er Witwer war«, und der freimütig bekannte: »Ich habe öfter hinter einer Tür geliebt, als in einem Bett.«

Auch führte er ein Interview (drei schriftlich eingereichte Fragen!) mit Trotzki, bevor dieser an einem Pickel in der Stirn starb. Nun aber genug der Hinweise für unser kleines literarisches Sommerrätsel. Obwohl unser Autor in diesem Magazin sicher auch auf einer Liste der zehn Autoren mit den erfolgreichsten Kommissaren, den häufigsten Wohnungswechseln und dem größten Wortschatz einen Spitzenplatz einnehmen würde. Wenn Sie jetzt immer noch nicht wissen, um wen es sich handelt, dann kaufen Sie die neueste Biographie von Patrick Marnham oder – Platz 1 auf der Liste mit den plattesten Hinweisen: Fragen Sie Kommissar Maigret.

Mein erster Gordon

Neulich fiel mir ein, daß ich noch nie ein Buch von Noah Gordon gelesen hatte, obwohl er Millionen Exemplare in aller Welt verkauft und mit seinem neuesten Werk »Die Erben des Medicus« bei uns auch schon wieder auf Platz 1 der Bestsellerliste steht. Da waren mir die 44 Mark in der Bahnhofsbuchhandlung in Kassel/Wilhelmshöhe nicht zu viel, denn sogleich tauchte ich in die wunderbare Welt eines Bostoner Krankenhauses, wo ich Dr. R. J. Cole kennenlerne, die weibliche Hauptfigur des Romans.

Dr. med. Cole ist Anfang vierzig, ihre Ehe am Ende, und außerdem wird sie von militanten Abtreibungsgegnern bedroht – Zeit also, den roten BMW gegen einen Ford Explorer zu tauschen und in den Hügeln des westlichen Massachusetts als Landärztin tätig zu werden. Dort lernt sie David Markus kennen, Ex-Rabbi und seit dem Selbstmord seiner Frau alkoholkranker Immobilienmakler. Da er die langen Pferdeschwanzhaare täglich wäscht und gepflegte Fingernägel hat, kommen sich die beiden näher, lieben sich auf Reisig im Wald und baden anschließend nackt im Fluß, wobei sie Gespräche führen, die nach einem dialogisierten AOK-Prospekt klingen.

Mehr als 30 Millionen Amerikaner haben nämlich keine Krankenversicherung, das wird im Roman durchgehend angeklagt, und als auch noch ein reicher Senator im Fernsehen gegen die Reform des Gesundheitswesens wettert, kuschelt sich Dr. Cole an den alkoholkranken Ex-Rabbi und denkt meinen Lieblingssatz im Buch: »Die Nacht war so kalt wie das Herz des Senators.«

David hat auch eine siebzehnjährige Tochter, Sarah. Die wird schwanger, und nach einem menschlichen Gespräch am Küchentisch vermittelt Dr. Cole ihr einen Abtreibungstermin in Boston, ohne daß Daddy was weiß, weil er sonst ja vielleicht wieder trinkt. In der Narkose zuckt Sarah ungünstig mit der Hüfte, was zu einer Perforation der Gebärmutter führt, was aber medizinisch auch kein Problem wäre, wenn Sarah nicht gleich ihrem Pferd Chaim nachgerannt wäre, das den einzig morschen Pfahl im Zaun umgerissen hat. Nach wenigen Stunden ist Sarah verblutet, was Dr. Cole schon vorher spürte, denn sie besitzt »die Gabe«. Wenn sie einem die Hände reicht, strömt's bei ihr und sie spürt, ob einer nicht mehr lange hat.

Dann passiert noch ziemlich viel und David ist weg und kommt wieder und als Dr. Cole ihn endgültig wegschickt, kriegt sie kurz danach einen Riesenhunger und ihre Brust spannt sich, und das Ende ist so was von happy: Dr. med. R. J. Cole, 44, allein in Massachusetts, schwanger von Ex-Rabbi, der nix davon weiß!

Noah Gordon hat einen neuen Fan.

Jerry Cotton ist tot

Es war nur eine 14zeilige dpa-Meldung: Heinz Werner Höber, der Schöpfer des Agenten Jerry Cotton, ist am 15. Mai im Alter von 64 Jahren in Berlin gestorben.

Obwohl ich während meiner Schulzeit mehr als 200 Jerry-Cotton-Heftchen gelesen habe, war mir der Name seines Erfinders kein Begriff. Damals hieß es immer, Jerry Cotton »wird von verschiedenen Autoren für ganz wenig Geld pro Zeile geschrieben«, und obwohl die Autoren nie New York besucht hätten, stimmten alle Fahrtrouten und die Zeitangaben.

Deutsche Seeleute hätten es während eines Landurlaubs in Manhattan überprüft. Mich faszinierte es immer grenzenlos, wenn Special agent Cotton mit seinem Jaguar durch den Holland-Tunnel fuhr. Ich konnte mir als Schüler nämlich nicht vorstellen, daß ein Tunnel nicht durch einen Berg führen, sondern auch unter Wasser liegen konnte.

Eine Zeitlang prägte der Jerry-Cotton-Stil auch meine Schulaufsätze. Formulierungen wie »Das Girl war schon mindestens zwei Stunden tot« lagen mir irgendwie näher als die »Anrufung des Großen Bären«. Meine absoluten Lieblingssätze waren »Phil schob sich auf meinen Schreibtisch« und »Ich fischte mir eine Camel aus der Packung«. Ganz aufgeregt wurde ich immer, wenn Jerry und sein Freund Phil zu ihrem Chef, Mr. High, gerufen wurden. Dann gab es immer ganz heikle Spezialaufträge, für die Phil und Jerry auf der FBI-Akademie in Quantico geschult worden waren. Bei solchen Spezialeinsätzen kam es darauf an, ganz schnell mit der Handkante die Halsschlagader des Gegners zu treffen, um ein dumpfes Plopp-Plopp aus der Schalldämpfermündung zu verhindern.

Auf dem Schulhof teilten wir uns in Jerry-Cotton-Leser und Perry-Rhodan-Fans. Aus den Cotton-Leuten ist was geworden, die Rhodan-Jünger haben Maschinenbau und Elektrotechnik studiert. Schon Wochen vorher haben wir uns gefreut, wenn ein neuer Jerry-Cotton-Film mit George Nader (Jerry), Heinz Weiss (Phil) und Richard Münch (Mr. High) angekündigt wurde (frei ab 16).

Weltweit 700 Millionen Exemplare wurden von Jerry-Cotton-Heften verkauft. Diese Zahl hämmerte in meinem Kopf, als ich die Buchhandlung betrat und dem Dealer meine 38er Smith & Wesson unter die Nase hielt. »Einmal die Biografie ›Der Mann, der Jerry Cotton war – Erinnerungen des Bestsellerautors Heinz Werner Höber‹ von Jan Eik«, zischte ich hervor, dann sackten mir die Beine weg, und an meiner linken Schulter wurde es warm.

Moderne Kinderbücher

Zu meiner Zeit war die Welt in den Kinderbüchern eindeutig. Meistens sollte der Kasper von einem bösen Räuber in den Wald gelockt werden, dann kam die Polizei, schlug dem Räuber auf den Kopf, und alles ging wieder seinen Gang.
Heutzutage vermitteln schon Bilderbücher für die Kleinsten ein Weltbild, das entschieden Unterstützung verdient. Eine Hauptfigur darin ist der »spülende Vati«, auch in der Variante »Vati füttert den Familienhund« oder »Vati macht Frühstück«. Dabei trägt Vati stets einen Pyjama, während Mutti entweder mitten in der Küche steht und Zeitung liest oder im Nebenzimmer telefoniert.
In dem Büchlein meiner Kindheit war der ausländische Mitbürger entweder ein Mohr, der den Sonnenschirm trug, oder ein finster dreinblickender Südländer (mit leichtem Touch ins Rümanische). Heute ist dieser uns fremd erscheinende Kulturkreis bilderbuchmäßig integriert. Wenn Vati Frühstück macht, sitzt immer ein asiatisches Mädchen mit am Tisch. China? Thailand? Etwas mehr zeichnerische Genauigkeit könnte hier Pauschalisierung vermeiden helfen.
Ein Klischee allerdings kann auch das modernste Kinderbuch nicht vermeiden: Den krankfeiernden Balkanesen, der sich mittels Kinderreichtum in unserem sozialen Netz pudelwohl fühlt. Mit mürrischer Miene, Pelzmütze und vollbärtig, steht er vor der Schule, seine ganzjährig gefütterten Puschen an den Füßen und: Arm in Gips! Werden hier nicht Vorurteile geschürt, die später kaum noch aus dem Kinderhirn zu löschen sind? Welch harter Kontrast zur geglückten Darstellung des unverkrampften Umgangs mit Behinderten. Ein Mädchen, im Rollstuhl zwar, dennoch lächelnd, wird von einer lieben älteren Dame Richtung Ampel geschoben, während zwei sogenannte nicht-behinderte Mitschüler sie fröhlich anspringen. Wenn mein Gedächtnis mich nicht trügt, kommt auf diesem

Bild auch der Spül-Vati mit zwei Leinentaschen vom Einkaufen. Harmonie überall, nur der kinderreiche Transsilvaner blickt finster. Bitte ändern!

P. S.: Mein Lieblingskinderbuch ist immer noch das, in dem Marder Hugo dem Osterhasen die Eier klaut. Er liegt fröhlich unter einem Baum, und die ganze Hasenfamilie sieht ziemlich blöd aus.

Hanz Mahgnuß N-tsensbärga

Daß ißt mahl wider tübbisch! An Statt das unsere Schriftstähler ändlich ainen Nobellpreiß holen, nix wie Brotescht gegn eine Rechtsschreibrephorm, die wo mal allen zeigt, wie was geschrieben wirt, die sonnst rechtsschreibmessig von Duden und blahsen Kaine Annung habn.

Tsum Bayschbiel will sich Hanz Mahgnuß N-tsensbärga waigern, in Tsukunft den Satz »Voll Hass lutscht die Gämse am rauen Stängel« dermaßen zu schreiben (vegl. befreundetes HH-Nachrichtenmagatsien).

Bei einem, der wo so was macht und echt noch andere auffordert, dasss Sie daß auch praktisch machen tun, da tuts mir total leid, daß ich mal Geld zahlt hab für das Buch wo der Herr N-tsänzbürger geschrieben hat und was haist »Middlmaas und Wann«.

Aber auch Walta Kämmbowwsgi sagt, genau wie Enndzänßbergr, fiel wichtiga alls Korregde Orttogravieh oder, satstseichen? – am richtigen!, plats und grohsundgleinschreybung ißt der innhalt, das wo gesagt wird, das ißt vür ain Buhch so wichdich wie ein rauer Stängel für Gämse.

An dihser Ställe wirt waitahin mit aller leydenschafft in XXL gegn die Verhundsung der doitschen Sprahche gekempfft werden. Gegn daß Värgässn, damit kein Grass über die Sache wächst.

Denn wie sagt der Folksmund: Erst wenn die letzte Gämse voll Hass am Stängel kaut, werdet – Ihr? merken;): Auch das Glücksrad steht still, wenn das Alfabeet es will.

It's a wonderful world

Bovine Spongiforme Enzephalopathie

Nein, das ist keine neue Supergruppe des Brit-Pop. Es handelt sich hierbei um das aktuelle Top-Angebot im internationalen Panikgeschäft, bekannt und gefürchtet unter dem Kürzel BSE, im Volksmund (Schluck!) »Rinderwahnsinn«.

Standen viele Empfindsame bislang noch vor der Frage, ob man mehr aus dem Kopf oder dem Bauch leben solle, scheint BSE diese Frage kompromißlos zu klären: via Bauch direkt ins Hirn. Es hat den Anschein, als ob dreißig Jahre nach den Beatles wieder mal was aus England kommt, das die Welt verändert.

Vor allem die deutsche Hausfrau, welche sich vom verstrahlten Blumenkohl bis zum geschützten Analverkehr mutig mit allen Risiken und Schutzvorrichtungen des ausklingenden Jahrtausends befaßt hatte, ist ab sofort bis ins Rindermark getroffen: Kam das Grauen vielleicht schon unbewußt auf den Tisch? Hat Tofu doch mehr Leben gerettet als Ehen zerstört?

Moralisch ist jetzt die ganze Volksgemeinschaft gefordert. Schwule, Fixer, Priester, Bisexuelle, Sextouristen, selbst unschuldige Kassenpatienten im Mehrbettzimmer – fast jeder hat schon mal einen Hamburger gegessen. Keiner darf ausgegrenzt werden, the wrong steak kann uns alle treffen.

Wußte bisher jeder so ungefähr, was ein Virus ist, haben wir es jetzt mit einem »Prion als Krankheitserreger« zu tun.

Mal laienmäßig formuliert, ist ein Prion irgendwie so was wie ein total fieses Virus: Es übersteht mehr als 200 Grad Celsius, Desinfektionsmittel und harte UV-Strahlung.

Ähnliche Eigenschaften waren bisher nur von Angehörigen der Boulevardpresse bekannt.

Wann reagiert Hollywood mit dem Knüller: »Ein Rindvieh namens Babe«?

Safer Bohne

Es scheint, als ob ein neuer Superstar am Panikhimmel aufgeht: Die genmanipulierte Sojabohne! Nachdem das Interesse am bisherigen Jahreshit Rinderwahnsinn bedenklich nachzulassen droht, könnte Soja rechtzeitig zum Weihnachtsgeschäft ein echter Knaller werden.
Denn was der Laie bisher als stinkfades Gemüsezeugs beim Chinesen auf dem Teller ließ, lauert bereits in dreißig Prozent der Nahrungsmittel. Als Öl, als Mehl und als wasweißichnochalles. Damit hat die genmanipulierte Sojabohne (bald Wort des Jahres?) das Zeug zum echten Superstar.
Denn anders als bei BSE (kein Steak), Aids (kein Gummi), oder Malaria (kein Urlaub), können sich der total kritische deutsche Verbraucher und die noch totaler kritische deutsche Verbraucherin vor dem pervertierten Böhnchen nicht schützen: es lauert einfach überall.
Nähere Auswirkungen beim Genuß der Killerbohne sind nicht bekannt, Hysterie ist jedoch ab sofort dringend empfohlen.
Denn schon plant die Gen-Industrie weitere Horrorteile: Orangen ohne Schale, Kaffeebohnen ohne Koffein, auch Monsterlachse sind in Arbeit. Bereits jetzt im Angebot – ganz ohne Manipulation – sind Kaffee ohne Aroma, Erdbeeren ohne Geschmack und Verkäufer ohne Ahnung. Doch auch das Rettende wächst: ein Gesetzentwurf zur Kennzeichnung aller gentechnisch veränderten Stoffe in Lebensmitteln wurde »auf den Weg gebracht«. Dies dürfte sensationelle Wirkung zeigen, vergleichbar dem Zusammenbruch der Tabakindustrie durch die warnenden Worte auf den Zigarettenschachteln. EU-Kommissar Bangemann, der die Verbraucher bisher nicht durch unnötige Angaben verwirren wollte, ist übrigens nicht genmanipuliert, sondern sieht wirklich so aus.
P. S.: Wer rettet die Slap-stick-Industrie, wenn erst die Banane ohne Schale erfunden ist?

Castor und Dolly

Dem ehrlichen deutschen Steuerzahler drohte in den vergangenen Tagen eine Doppelbelastung im Katastrophenbereich. Castor-Transport und Klonschaf Dolly. Echt gemein an diesen Bedrohungen: Nur Staatsbürger mit deutlich höherem Schulabschluß sind einigermaßen in der Lage, die neuen Apokalypsen genauer zu begreifen. Waren es bisher der gute, alte Krebs, das etwas zeitgemäßere AIDS oder ein solider Atomtest, die besorgte Hausfrauen in morgendlichen Rundfunksendungen zum Hörertelefon greifen ließen, so scheint jetzt ein Abendgymnasiumkurs in Atomphysik oder ein VHS-Kurs in Gentechnologie die Mindestvoraussetzung zu sein, um die drohenden Desaster für den interessierten Laien verständlich werden zu lassen. Wußten Sie etwa, verehrte Leserschaft, daß der normale Reisende auf einem Retourflug Frankfurt–New York einer Strahlendosis von 0,1 Millisievert ausgesetzt ist? Kannten Sie überhaupt den Begriff »Millisievert«? Und was ist mit den guten, alten Becquerel, die uns aus der Tschernobylzeit so vertraut sind? Die Bundesumweltministerin informiert: 10 Computertomographien entsprechen der Strahlenbelastung einer Castor-Transportbewachung.

Hätte man nicht überhaupt weiten Kreisen der Bevölkerung die Angst vor Castor nehmen können, wenn man die schicken Behälter als »Wohnmobil für das nächste Jahrtausend« präsentiert hätte? Ohne Motor und Räder – der Umwelt zuliebe. Kommen nicht jährlich mehr anständige Deutsche im Wohnmobil zu Schaden (Gaskocher, herabstürzendes Klappbett, Vollbremsung durch Vati) als durch einen Castor-Transport? Ist die Angst vor Atommülltransporten noch nachvollziehbar, so sind die Sorgen um Klonschaf Dolly völlig unverständlich. Nicht nur, daß sich Hunderte Frauen klonen lassen möchten (da wollen wir aber vorher die Fotos sehen), ist nicht vielmehr im Zeitalter von Baseballmützen, Doc-Martens-Schuhen und XXXXL-Sweatshirts das Klonen im Genlabor völlig überflüssig? Schafft nicht jede technobedröhnte Boutique mit Namen wie »Mr. X« oder »Joe's« spielend auch auf freiwilliger Basis der Kundendollys, wozu ein Labor hochqualifizierter Wissenschaftler noch Millionen von Forschungsgeldern benötigt?

P. S.: Wo bleiben bei Castor deutsche Rockmusiker mit Solidaritäts-CD »Cas-tor zur Hölle«?

Wuff, Miez, Piep

Ich mag Tiere. Ehrlich. Hunde auf großen Bauernhöfen; Katzen, die noch rasch vor einem LKW über die Straße huschen, vor allem aber den Kampf in der freien Wildbahn, wo Antilope und Gepard, Löwe und Zebra, Kaninchen und Klapperschlange täglich die uns Menschen manchmal schwer verständlichen Gesetze der Natur ins Praktische übertragen.

Gewisse Schwierigkeiten habe ich manchmal mit den Tierfreunden auf beengtem Wohnraum. Aber es ist besser geworden. Seit ich weiß, daß Kampfhunde eigentlich verspielt sind und Katzen in puncto Sensibilität den meisten Menschen haushoch überlegen.

Rosa

Guten Freunden stellt man gerne mal für eine gewisse Zeit seine Wohnung zur Verfügung. Sie wissen ja, wo alles ist, und außerdem kümmert sich jemand um die eigene Wohnung, während man selbst ein paar Tage weg ist.
Was ich nicht wußte: Die guten Freunde haben seit neuestem eine Katze, die sie natürlich nicht alleine lassen können. Überhaupt kein Problem, denn die Katze ist ja total lieb, und dic Freunde bringen alles für »Rosa« mit. Rosa heißt Rosa, weil sie den guten Freunden letztes Jahr auf der Fahrt in den Frankreichurlaub in Luxemburg zugelaufen ist. Eigentlich wollte Stefan die Katze auf keinen Fall behalten, dann tut er es aber Kerstin zuliebe, weil Kerstin hatte gerade ihre Operation an den Augenlidern hinter sich. Seitdem hängen übrigens die Augenlider von Kerstin. Eigentlich sieht man es nicht. Nur wenn man es weiß. Vielleicht hätten wir lieber nicht mehr gesehen, wie Rosa einen gelblichen Brei auf die Couch (blau) gekotzt hat (der Streß der Reise), aber leider mußten wir es kurz vor Verlassen der Wohnung noch mitansehen. Kerstin holte ein weißes, extrem saugfähiges und deshalb nicht ganz billiges Badetuch aus meinem Bad. Damit rubbelte sie Rosas Katzenkotze von der Couch. Auf der Couch bildete sich ein heller Fleck. Kerstins Augenlider hingen sehr tief, wie sie so die Katzenkotze wegrubbelte. Stefan hatte währenddessen einen Agenturkollegen in Madrid angerufen. Zehn Minuten. Tagsüber nach Madrid. Dabei stand er vor dem offenen Kühlschrank und aß einzelne Lachsschinkenscheiben direkt aus dem Schrank. Kerstin hätte gerne einen Kaffee gemacht, war aber total fassungslos, weil wir keine Bio-Filtertüten haben, mit dem das Wasser zuerst von Schadstoffen gereinigt wird. War aber kein Problem, dann macht sie den Kaffee eben mit Mineralwasser.
Ob es denn hier in der Ecke gar keine griechischen und türki-

schen Läden gäbe, wollte die Herrin der hängenden Lider wissen. Nein, nur einen stinknormalen Supermarkt. Wär nix für sie – zu bürgerlich.

Am nächsten Morgen rief ich dann an, ob alles in Ordnung sei, und ob Kerstin und Stefan in der Wohnung zurechtkämen. Stefan klang sehr übermüdet. Kerstin hatte die ganze Nacht kein Auge zugemacht (trotz der hängenden Lider?), Rosa ginge es sehr schlecht, obwohl sie mit ins Bett gedurft hätte. Ausnahmsweise.

Aber sie war ja wirklich nur am Kotzen. Dann kam Kerstin ans Telefon. Sie sprach jetzt mit ihrer Hab-mich-lieb-ich-bin-ein-kleines-Mädchen-Stimme. Sie habe sich ganz warm in meinen Bademantel gekuschelt und könne nur leise sprechen, weil Rosa sich zu ihr in meinen Bademantel gekuschelt hat und schläft. Meine Augenlider sanken auf Halbmast, in Gedanken kraulte ich Rosa das Fell und dachte an den Landwehrkanal.

Maligne Hyperthermie bei Haifischen

Vermutlich haben nicht alle Leserinnen und Leser dieses Magazins die Zeit, intensiv den Wissenschaftsteil der FAZ zu studieren, weil sie mit scheinbar Wichtigerem beschäftigt sind, etwa Trauerarbeit über den Besitz von Daimler-Benz-Aktien.

Deshalb weisen wir als kundenfreundlicher Hypochonderservice an dieser Stelle auf eine Stoffwechselentgleisung bei Narkose hin, mit der Sie sich bei Bedarf kirre machen können: Maligne Hyperthermie, die wahnsinnig häufig vorkommt, nämlich bei jeder 30 000. Vollnarkose. Vereinfacht gesagt, erwärmt sich Ihr Körper dabei auf 43 Grad – und tschüs!

Das Wundermittel dagegen heißt Dantrolen, welches aber in DEUTSCHEN KRANKENHÄUSERN GAR NICHT ODER NICHT IN AUSREICHENDER MENGE VERFÜGBAR IST!!! Deshalb gleich beim Pförtner erkundigen: »Tag, gibt's hier Dantrolen?« Dann schnurstracks mit der Reisetasche ins Zimmer des Narkosearztes. Dieser dankt Ihnen für den Hinweis: »Einmal Vollnarkose bitte, aber ohne Halothan, Succinylcholin, Chlorocresol und Serotonin. Für mich nur Lachgas und Opiumabkömmlinge!«

Ob Sie überhaupt zu den Hyperthermie-Gefährdeten gehören, kann durch einen Halothan-Koffein-Kontrakturtest ermittelt werden. Hierbei werden (unter Vollnarkose?) Muskelfasern aus dem Oberschenkel entnommen. Nähere Auskünfte erteilt auch die »Selbsthilfegruppe Maligne Hyperthermie«.
An dieser Stelle muß eine weitere interessante Arbeitsgruppe ins Spiel gebracht werden, die auf den ersten Blick nichts mit der eben erwähnten zu tun hat, was stimmt. Es handelt sich

um die »Arbeitsgruppe Haifischangriffe« in Hongkong. Bislang sind in diesem Sommer drei Tote durch Haifischangriffe an Hongkongs Stränden zu beklagen, und zwar unmittelbar durch den Kontakt Hai – Mensch, an Stränden mit extra dreckigem Wasser und Haifischwarnflagge, ohne Narkoseeinwirkung.

Dr. Burgess aus Florida, ein Haifischexperte, soll jetzt in der Kronkolonie dabei helfen, die Haie zu bannen. Er warnt vor einem Bad, wenn sich das Meer auf über 24 Grad (Hyperthermie?) erwärmt.

Damit keine Mißverständnisse aufkommen: Keinesfalls sollen an dieser Stelle die possierlichen Meerestierchen mit der niedlichen Rückenflosse diskriminiert werden! Wer nicht nachts, allein und mit blutender Wunde ins 25 Grad warme Hongkong-Meer steigt, für den bleibt der Hai beruhigend wie ein Kreiskrankenhaus mit übervollem Dantrolen-Lager. An deutschen Stränden von Sylt bis Mallorca gilt übrigens auch in diesem Sommer der von Greenpeace genehmigte, garantiert umweltfreundliche Warnruf: Zickezacke – Zickezacke – Hai, Hai, Hai!

Gewaltbereitschaft gegen Insektenlebensplan

Neuerdings ist eine große Aggression gegen unsere Insekten zu beobachten. Ob Espandrilla, Holzschuh oder seeigelresistente Gummisandalen – mit allem wird auf eine Lebensform eingedroschen, die doch eigentlich »unseren Schutz verdient hätte«. Denn wahrlich, ist nicht die Daseinsberechtigung einer Ameise größer als die eines Mannes, der mit nichts als einer Dreiecksbadehose bekleidet in die Chartermaschine steigt?

In einer Gesellschaft, die sich widerstandslos die Begriffe »Lebensplan« und »Gewaltbereitschaft« gefallen läßt, steigt die Tendenz, in jedem Tausendfüßler einen Skorpion zu sehen. Kaum einer sieht noch eine normale Mücke auf der Frühstücksmarmelade landen, immer ist es gleich so ein »Drecksvieh, das alles mögliche überträgt«. Kann denn nicht auch die Begegnung mit einer Anophelesmücke von relativierender Wirkung für die eigene Bedeutung in unserer Leistungsgesellschaft sein?

Da ich schon immer ein natürlicher Feind des »draußen Frühstückens« war, nahm ich kürzlich erfreut zur Kenntnis, wie leidenschaftliche Anhänger dieser Unsitte nahezu in Apathie verfielen angesichts zweier Ameisenstraßen unter dem Tisch (Krümelabtransport und Aushöhlen einer toten Wespe), zweier Wespen über der verlaufenden Butter sowie eines »komischen Käfers« am Tischbein und einer »bestimmt giftigen Spinne mit so eklig behaarten Beinen« oben in der Ecke.

Meine besondere Sympathie genossen dabei die Ameisen, die sich absolut resistent zeigten gegen Wasser, Holzschlappen, heißes Wasser, heißes Wasser mit Spüli, »Gift, das in den Bau getragen wird« sowie ein Spray aus dem Hause BAYER. Absolut sinnlos sind auch »Kerzen, die die Mücken anlocken und verbrennen«. Wobei die schönsten Ausschläge nicht durch Mückenstiche verursacht werden, sondern »durch Sticks, die Mückenstiche lindern«.

P. S.: Wo kann man den Erfinder von »Dschungelmilch« wg. Attentat auflauern?

Katzen-Aids auf Mururoa?

Wow! Diese Überschrift hat Schockerqualität, für die Benetton vermutlich Geld im Ferrari-Tempo überweisen würde. Doch soll sie die Aufmerksamkeit der geneigten Leserschaft kurzfristig von jenem Südpazifik-Atoll lenken, welches nur wenig größer ist als die aktuelle Unterhose des Wahl-Tahitianers Marlon Brando, hin auf ein Problem, welches bisher in schockierender Weise verschwiegen wurde: In Deutschland stirbt etwa jede fünfzigste Hauskatze an Katzen-Aids! Häufig ahnt Frauchen nicht einmal, woran es liegt, wenn Mohrle oder Muschi die Augen schließen.
Zwar hält die moderne Tiermedizin im Bedarfsfall Chemotherapie für Schäferhunde bereit, doch über Katzen-Aids weiß man erschreckend wenig. Gibt es auch bei Katzen Risikogruppen?
Sind streunende Kater eher gefährdet als die bürgerliche Mieze, die nachts auf's Kopfkissen darf? Gibt es schon Reaktionen von Andrew Lloyd Webber? Oder wenigstens von Gerhard Schröder?
Bis die ersten Antworten auf diese Frage eintrudeln, blättere ich mal in meinem alten Geschichtsbuch. Ich möchte nämlich gern wissen, was der Hitler so für ein Typ war. Eigentlich war der ja ganz schlau. Was natürlich nicht heißen soll, daß ich ein Fan von ihm bin. Aber gerade in Sportlerkreisen hört man häufig über Adi dies und Adi das. Klar, im Dritten Reich war vieles echt doof. Aber es gab auch dufte Sachen. Zum Beispiel war Girlie-Mode verboten. Die deutsche Frau durfte schwimmen, aber keine Springerstiefel tragen. Aber in unserer heutigen Demokratie darf sich zum Glück jede als Girlie ausstaffieren. Hierzu ein Tip: Girlies sollten höchstens zwanzig sein, oder zumindest so aussehen. Außerdem muß sich zwischen Springerstiefelschaft und Minirocksaum Bein befinden, und nicht abgeschnürtes Restfett mit Knie-

scheibe. Bei Zuwiderhandlung erfolgt Hausbesuch von Nils Bokelberg!

P. S.: Die BASF hat ihren Halbjahresgewinn verdreifacht.

Wohin?

MITMENSCHEN oder: Lear, rasend

Was wäre die Welt ohne sie? Auch sind wir alle Mitmenschen, täglich und überall.

Was also liegt näher, als im folgenden Kapitel die kleinen Schwächen und Fehler zu würdigen, die das Miteinander häufig so prickelnd machen, über die kalten Herzen nachzudenken und One-night-stands, über Pummelchen auf Rollerblades und das nicht enden wollende Mitteilungsbedürfnis auch in nichtigsten Angelegenheiten?

Abschiedsplatte

Jeder Mensch hat eine ganz individuelle Schallplattensammlung. Hierbei ist nicht die Rede von gewöhnlichen Schallplatten oder CDs, vielmehr geht es um die Schallplatten aus dem persönlichen Textrepertoire, die je nach Bedarf aufgelegt werden. Als da wäre die Verabschiedungs-Schallplatte. Sie beginnt mit einer halbstündigen Ankündigung des baldigen Aufbruchs. »Ja, ich glaube« – Pause, hin- und herblicken im Zimmer – »... so langsam ...«. Es folgen noch mindestens zwei Gläser Wein und zwei Tassen Kaffee (»aber nur ein Schluck«), nach einer halben Stunde Aufstehen und Blick in den Garten. Mit dem Satz »Bei euch hier ist alles schon viel weiter« folgt ein weiterer Hit der Verabschiedungsplatte, ein Exkurs in die Welt des Gartenbaus und der »dankbaren Pflanzen«. Dankbare Pflanzen brauchen keine Pflege und blühen zum Dank doppelt so lange und dreifach so schön. An der Garderobe angelangt, kann eine kurze Single der Gastgeberin aufgelegt werden, »Der Mantel war um die Hälfte runtergesetzt«, während der Gast in seinen »Den-hab-ich-jetzt-den-sechsten-Winter-Pelz« schlüpft. Es kann aber auch ein extrem überraschender Plattenwechsel erfolgen, wenn etwa der abschiedswillige Gast durch die Wandbeleuchter im Flur an die »Lampen im Krankenhaus, wo der Vater gestorben ist« erinnert wird.

Dann folgt ein schweigsam erduldetes Abspielen der Krankenhaus-, Erbenstreit-am-Krankenbett-, Ärztepfuschplatte. Schon im Mantel an der Tür, kommt ein wahrer Evergreen: die »Nehmt-doch-noch-Kuchen-mit«-Platte. Auf dieser Platte finden sich die Auskopplungen »Bis zu Hause ist der Matsch«, »Behaltet ihn doch morgen zum Frühstück«, »Willst du ihn nicht einfrieren?«, sowie als krönender Abschluß: »Bitte, nehmt ihn mit, wir müßten ihn wegwerfen.«

Der Weg durchs Treppenhaus wäre vergeudet, erklänge nicht »Vielen Dank für alles« und »Brauchst du denn den Teller

nicht?« (wo der Mitnahmekuchen drauf ist). Dann ist man endlich auf der Straße. Rein ins Auto und tschüß?
Mitnichten! Erst mal alle nur möglichen Wagentüren öffnen, dann »Ihr müßt unbedingt mal vorbeikommen« und »Geht doch rein, bevor Ihr euch erkältet«.
Drei sitzen schon angeschnallt im Auto, der Fahrer läßt sich den Weg zur Autobahn erklären, wobei versehentlich eine Griechenland-Karte aufgeschlagen wird. Was wäre der Tag gewesen ohne die »Im Frühling ist Griechenland am besten«-Platte?
Also dann ... kommt gut heim. Gute Fahrt. Ciao, tschüß, Vorsicht beim Rausfahren ...

Bitte anziehen

Deutsche erkennt man auch nackt. Warum eigentlich? Ist es diese Ausstrahlung, welche entblößte Landsleute nackter als nackt erscheinen läßt? Zieht der nackte Teil unseres Volkes an Europas Stränden nicht einfach nur Badehosen und Bikinis aus, sondern vermittelt er auch gleichzeitig noch das Bewußtsein: Wir gehen nicht nur splitternackt an kilometerlangen Stränden entlang, sondern wir wollen damit auch noch etwas ausdrücken? Wir sind frei, wir sagen JA! zu unseren Körpern, gerade wenn es schlackert und baumelt, schwingt sozusagen ein neues Bewußtsein mit.

Aus Platzgründen (hahaha!) können wir uns hier nicht mit Schlagworten wie »Würde des Alters« oder »Wandel des Körpers im Laufe des menschlichen Lebens« aufhalten, vielmehr müßten wir streng empirisch feststellen: Es ist nun mal der Gang der Dinge, daß Gewebe zunächst erschlafft und daß im Endstadium aus einstmalig knackigen Pohälften häufig Satteltaschen werden.

Aus genau diesem Grund ließ ja auch ein gnädiger Gott das Textil erfinden. Kann man der Intoleranz bezichtigt werden, wenn man in den Kniekehlen hängende Gesäßhälften als nur schwer erträglich empfindet? Nö. Vor allem in der Nähe von FKK-Campingplätzen kann es zu schwerer Geräuschbelästigung kommen, wenn ein nackter Hintern langsam von einem kunstlederbezogenen Barhocker abgezogen wird. Ppfffft. Bei kühlem Wetter trägt der Nackedei dann gern Pudelmütze zum unten ohne. So geht er übrigens auch in den FKK-Campingsupermarkt. Ist zwar nicht erlaubt, hab' ich aber selbst gesehen. Ein pudelmütziger Nackter hat in einem zweigeschoßigen Gemüseregal oben Tomaten angegrapscht, während unten gleichzeitig sein »männliches Geschlechtsteil« nur knapp über den Aprikosen baumelte. Würrrg, entfuhr es meinem Sprachschatz, ehe ich mich an den Strand zurückbegab, wo eine Gruppe zumeist »minderjähriger Französinnen« Volleyball spielte. Nackt. Aber hallo. In so einem Fall findet vorangegangener Text natürlich keine Anwendung ...

Containermenschen

Unsere unbarmherzige Chronistenpflicht macht es notwendig, heute Zeugnis zu geben von Menschen, welche sich in einem doch eher als würdelos zu bezeichnenden Zustand befinden: Menschen, die Altpapier zum Container bringen.

In ihrer unfaßbaren Häßlichkeit stehen diese Glas- und Papiercontainer an jeder nur denkbaren Ecke. Sie sind dreckig, beschmiert und immer überfüllt. In gewissen Abständen werden sie von baseballbemützten Zellhaufen, die gerade durchleben, was ihnen später als »schwere Jugend« mildernde Umstände bringen soll, in Brand gesteckt. Welchen tieferen Sinn haben also diese Dreckflecken beispielsweise in Wohnvierteln, in denen Männer ihren Frauen die Körbchen zum Markt tragen? Bestimmt hat es mit »Umdenken« zu tun. Und damit, daß der »Mensch was tun muß«. Denn nie war es so fünf vor zwölf wie heutzutage. Gerade im Sommer folgt die Natur ruhig und unwiderstehlich ihren Gesetzen. »Der Mensch wird vernichtet, wo er mit ihr in Konflikt kommt«, wie es der Drombusch-Landsmann Georg Büchner formuliert hat.

Wird es da nicht geradezu existentiell, daß eine Lehrerin ihre alten Leitz-Ordner im Container entsorgt? Wir sind bestrebt, Klischees zu vermeiden. Aber die Pädagogin mit Wohlfühlgewicht trägt ein langes Leinenkleid und ausgelatschte Birkis. Ihren Gang an diesem Nachmittag umweht ein Hauch von Golgatha. Via Dolorosa zwischen Dachgarten und Müllcontainer. Wie sie da so in dieser schwülen Augustluft mit ihren Ordnern am Container steht, gerät sie noch mal ins Lesen. Liest sich im Ordner fest. Wirkt wie das Beiprogramm an einem Stadttheater: »Containerlesen.« Weil niemand drei prall gefüllte Ordner lesend halten kann, legt sie zwei davon bükkend ab. Und in diesem Augenblick, der deutlich länger dauert als der Flügelschlag einer Libelle, geschieht das Wunderbare: Der Container wird fast unsichtbar. Abgedeckt durch das

Gesäß einer Pädagogin, die sich bückt, um durch zeitgemäße Altpapierentsorgung ein Stück Umwelt zu sichern.
Packen wir's an.

Früher

Als ich noch der Waldbauernbub war, mußte einmal pro Woche der Waschkessel im Keller mit Holz aufgeheizt werden. In Ermangelung eines eigenen Kühlschranks wurde das Fleisch zum Nachbarn gebracht, der einen solchen besaß. Zu eben diesem Nachbarn ging man auch, um Bayern München im Europapokal der Landesmeister spielen zu sehen, man selbst hatte ja keinen Fernseher. Es war die gute alte Zeit, in der Bulle Roth noch entscheidende Tore schoß und Radi Radenkovic bei 60 der Spaßvogel war. Im Kindergarten hatten die Mädchen Schürzen über den Kleidern und in der Schule pro Klasse nur einer eine Brille. Zum Nikolaus gab es vom Opa eine Platte von Heintje. Herbert F. Schubert leitete das ZDF-Fernsehballett. Man schämte sich noch, wenn man bei Wim Thoelke die Antwort nicht wußte.

Die alleinerziehende Mutter ging bedienen, und der Sohn bekam zweimal pro Woche auf dem Heimweg von der Schule am Gartenzaun Prügel. Von den Mitschülern. Einem anderen Mitschüler wurde auf dem Schulhof die Mütze vom Kopf gerissen und die Handschuhe weggenommen. Seine Mutter hat dann nachmittags bei uns geklingelt, weil sie samstags *immer Handschuhe wäscht.* Mit Jürgen hat seine Mutter immer Schularbeiten gemacht. Die anderen Kinder machten Hausaufgaben, Jürgen machte Schularbeiten. Jürgens Geha-Füller (die meisten hatten Pelikan) war hinten total zerkaut. Er war in allen Fächern schlecht, obwohl er zu Hause immer alles konnte. Beim Völkerball warfen einige Mitschüler den Ball absichtlich auf Jürgens Unterleib. Einmal machte er sich seinen neuen Anorak schmutzig, als er beim Versuch, dem Griff mehrerer Klassenkameraden von hinten durch die Beine an sein Geschlechtsteil zu entwischen, an einer frisch verputzten Hauswand entlangstreifte. Den Anorak brachte seine Mutter dann meiner Mutter *in die Reinigung.* Wenn bei Raufereien

Anoraks oder *Sonntagshosen* beschmutzt wurden, brachten die Opfer-Mütter immer den Täter-Müttern die Kleider in die Reinigung. Jürgens Vater hatte Visitenkarten, und seine Mutter rauchte und war bei seiner Geburt neununddreißig. Im selben Haus wie Jürgen wohnte Familie M. Vier Söhne und beide Eltern gingen arbeiten. Heute wäre das Neue Mitte, damals war es asozial. Der jüngste Sohn Rolli überfiel mal in der Mittagspause seiner Kfz-Mechaniker-Lehre die Sparkasse. Er hatte einen Nylonstrumpf über dem Kopf und wollte *Zehntausend*, aber der Kassierer hat ihn am Pullover erkannt und gesagt: »Rolli, laß doch den Scheiß.« Es gab auch keine Anzeige, denn vom jüngsten von vier Brüdern, bei denen die Mutter arbeiten ging, hat man damals nichts anderes erwartet. Damals konnte ich auch viele Jahre lang keine Tomatensuppe essen, weil ich mal im Urlaub an der Ostsee einen Jungen gesehen hatte, der hieß Knut und der mußte spukken, während er bei uns am Tisch Tomatensuppe aß. Sein Bruder hieß Ole. Danach wurde es mir noch jahrelang schlecht, wenn ich die Namen Knut oder Ole hörte oder an Tomatensuppe dachte.
Heute ist das anders. Heute frage ich mich: Fault eigentlich Wäsche, wenn sie feucht übers Wochenende in der Maschine liegt?

Kalte Herzen

Geht es nur mir so? Fällt das auch anderen auf? Seltsam, die kleinen Gesten, die zwischenmenschlichen Aufmerksamkeiten, das gefühlvolle Nachempfinden schwieriger Lebenssituationen unserer Mitmenschen – dies alles scheint in der heutigen Welt immer weniger wert zu werden.
Da lesen wir von einem deutschen Multimilliardär, der mit seiner vierten Ehefrau auf einem karibischen Eiland lebt. Glückwunsch, rufen wir da. Aber sind Sie glücklich, armer reicher Herr Multimilliardär?
Fernab der Heimat, im ewigen Sommer, ohne die Sorge von frisch gepflanzten Balkonblumen, wenn Petrus im Juni die Schleusen öffnet? Unser Ohr mag sich vielleicht mit dem immerwährenden Rauschen der atlantischen Wellen begnügen, aber braucht nicht unser Herz das Husten vom Balkon unterhalb, das Scheppern am Glascontainer, das fröhliche Geschnatter in den Biergärten und Gaststuben?
Mir fällt immer häufiger jene alte Frau ein, die keine Milliarden hat und schon gar nichts von der Karibik weiß. Nie in ihrem Leben hat sie Urlaub gemacht, ihre kleine, fast möchte man schreiben winzige, Rente ist mit bloßem Auge kaum zu erkennen, sie hat auch keine Villen und Paläste, nur eine Küche, mit nicht mal einer Wohnung drum rum. Und doch ist die alte Dame vermutlich reicher als wir alle, denn sie hat, woran es so vielen heute mangelt: Herzensbildung. Sie freut sich an den Schneeglöckchen im Februar, am Goldregen im Mai, an Rosen im Herbst und im Winter, sogar Eisblumen sind ihr treu.
Diese liebenswerte Frau könnte so vielen von uns ein Vorbild sein. Jeden Abend sehe ich sie durchs Fenster vor dem Fernseher sitzen. Manchmal ist er sogar eingeschaltet, und dann schaut sie sich die heute-Nachrichten im ZDF an. Am liebsten mit Peter Hahne, das hat mir der Wind erzählt. Fast hat es den Anschein, als bestehe eine geheime Verbindung zwischen Pe-

ter Hahne und der alten Dame. Kontinente beben, Fähren kentern, Bomben fallen, Völker wandern – doch wer die Sonne im Herzen hat, der weiß: Wenn es ganz schlimm wird, holt Mutti immer ein Stück Schokolade aus der versteckten Dose. Mmmh, das schmeckt! Ja, das mag kitschig klingen, aber es hilft ganz doll. Ich wünsche Ihnen eine schöne Woche.

Kinder raus!

Unaufgefordert und ganz ohne Schnauzbart schäme ich mich. Ich schäme mich, ein Deutscher zu sein, Vierzigjähriger, ein Vater, ein Immobilienbesitzer, ein Sohn, ein Nestbauer und Ausländer.

In diesem Land, mit seinen lichten Höhen und dunklen Kapiteln, ist es mal wieder soweit: Eine Minderheit wird an den Pranger gestellt, nicht etwa latent, sondern ganz un verschämt (besonders bedeutende Worte müssen bis auf ihr Skelett zur Kenntlichkeit entstellt werden). Es sind die Vierzigjährigen, die noch zu Hause wohnen!

Während unsere millionenschweren Intellektuellen begeistert auf den Balkan und nach Asien schauen, wo die gültige Formel »11 Verwandte = I Zimmer« als »intakte Großfamilie« oder »gesunde Struktur« gefeiert wird, haben sie für vierzigjährige Landsleute, denen familiäre Bande wichtiger sind als ausschweifender Lebensstil mit Kino und so, nichts übrig als Häme, Spott und Verachtung.

Vielleicht ist es nur eine Frage der Benennung. Welcher eindeutig kommunistische Bestsellerautor würde noch einen jungen Mann beschimpfen, der statt »Ich wohne noch daheim« einfach sagt: »Ich hab' Asyl bei Mutti!« Bumms, da sieht die Sache aber anders aus. Wer wagt noch billige Verbalattacken aufs elterliche Asylantenheim? Wer möchte sich Situationen auch nur vorstellen, in denen Menschen im fünften Lebensjahrzehnt aus dem Elternhaus geschleift werden, zur Abschiebehaft ins von Vati bezahlte Appartement zwei Straßen weiter?

Es ist an der Zeit, darauf hinzuweisen, daß Menschen, die beim Einsetzen der ersten Zipperlein noch neben dem oder gar im elterlichen Schlafzimmer nächtigen, den wirklich Bedürftigen keinen Wohnraum wegnehmen. Die überwältigende Mehrheit des deutschen Volkes wünscht die Aufnahme von mehr Flüchtlingen aus allen nur denkbaren Krisenregio-

nen unserer schönen Erde. Sag ich jetzt mal so. Wo bitte sollen diese Menschen unsere Gastfreundschaft erfahren, wenn sich jeder Single einen Altbauloft saniert, wie es ihm gerade einfällt?
Kann sich unser menschenverachtendes System noch mehr alte Menschen leisten, die von ihren Kindern in Heime abgeschoben werden? Nimmt nicht eine achtzigjährige Mutter, die ihrem eindeutig erwachsenen Sohn das Frühstück zwei Stockwerke hoch in die schnuckelig ausgebaute Junggesellenbude balanciert, nicht intensiver am Leben des künftigen Leistungsträgers teil? Junge Menschen, die bereits kurz nach der Geschlechtsreife das Elternhaus verlassen, gar ins Ausland ziehen, neigen dazu, eines Tages wehrlosen Kanadiern in die Seite zu fahren, als wäre ein Formel-I-Bolide nichts als eine Blechtrommel. Unterstützen Sie deshalb unsere große Aktion »Mein Freund ist Nesthocker«. Für eine beheizte Rasenbank am Elterngrab.

Lebensabend

Darf man eine Seniorin an einem kalten, regnerischen Oktobermorgen anschreien und ihr mitten im Tante-Emma-Laden mitten ins Gesicht schleudern: »Halt's Maul mit deinem unerträglichen, schwachsinnigen Geschwafel!«?
Man darf. Aber man sollte es nicht. Es lohnt sich nicht, denn alle im Laden kriegen es mit, und plötzlich ist man der Böse, der eine arme, noch von keiner Kürzung bedrohte Rentnerin grundlos zusammenscheißt mit den Worten: »Halt endlich dein gottverdammtes Maul, und schaff dich vom Acker.« Stattdessen sollte man verständnisvoll lächeln, mit kleinen mmh, mmhs Anteil nehmen und nie vergessen, daß man ja nicht weiß, wie man selber im Alter wird, wenn überhaupt. Außerdem ist es ein feines Training für die eigenen Nerven, in den Laden zu kommen, die ältere Dame zu sehen und zu wissen: Hier kommst du ohne Text nicht raus! Jetzt kommt wieder die ganze Geschichte von der teuren Miete, vom Blindsein und dem kranken Sohn, alles in einem sehr anstrengenden, hohen Ton, nicht stilistisch, aber akustisch. Dabei wird in Superzeitlupe im Geldbeutel nach Münzen gesucht, so lange müssen alle warten, erst wenn bezahlt ist, hat das Geschwafel ein Ende. Allerdings noch nicht ganz. Dann werden noch die Lebensmittel eingepackt. Tüte für Tüte und Fläschchen für Fläschchen. Viel Zeit für noch mehr Text.
Meine Lieblingspassage: »Ich bin blind.« Hier muß es erlaubt sein, teilnahmsvoll zu stutzen: Warum kauft eine blinde alte Dame BILD DER FRAU? Verzweiflung oder Voraussetzung? Wir wissen es nicht, aber wir hören von elfhundert Mark Miete für eine Sozialwohnung. Empörend. Zumal wir Fälle kennen von zweitausendfünfhundert Mark Miete und keine Sozialwohnung. Die Stimme wird schriller und lauter. Bei Verlust der Wohnung droht der Rinnstein. Wohin mit den schweren, alten Möbeln? Die passen nur in Altbauwohnun-

gen, in den niedrigen Neubauten muß man sich komplett neu einrichten. Zum Glück verdient der Sohn gut. Hatte Pech mit Frauen und kommt jetzt wieder essen. Möglich, daß wir uns täuschen. Aber beim letzten Mal war der Sohn noch krank und ohne Arbeit. Es geht also aufwärts. Während weiterer Text die Luft durchschneidet, meldet sich die Erinnerung. Einmal haben wir eine ähnliche Dame gesehen, die von ihrem kriegsversehrten Gatten an der Straßenbahnhaltestelle mit der Krücke verprügelt wurde.

Das Leben ist ein seltsames Spiel. Schönen Tag noch. Finden Blinde auf Anhieb fünfzig Pfennig, die runterfallen?

Liebes Christkind,

gestern war schon der 1. Advent, da wird es doch langsam Zeit, den Brief mit der Wunschliste an Dich zu schreiben.
Mir selbst brauchst Du nichts zu schenken, weil ich einerseits sehr bescheiden bin und andererseits schon alles habe. Es gibt aber auch noch viele andere Menschen, die in diesem Jahr keine Geschenke verdient haben, weil sie böse waren. Falls Dir das entgangen sein sollte – Du hast ja viel zu tun –, hier einige Meldungen. Da wäre zum Beispiel die Frau in dem Ford Fiesta, Euskirchener Kennzeichen, die neulich in der Hauptverkehrszeit noch in die Kreuzung eingefahren ist, obwohl klar erkennbar war, daß sie damit alles blockieren würde, trotz Grün. Wer so was macht, darf keine Geschenke vom Christkind kriegen. Außerdem hat die Frau schon alles. Eine Brille mit unten angesetzten Bügeln, Strähnchen in der Stützwelle, einen Ring an fast jedem Finger und einen Sohn auf dem Beifahrersitz. Der hat auch schon alles. Eine Baseballmütze (Chicago Bulls), in jedem Ohr einen Ring und einen dünnen blonden Flaum auf der Oberlippe. Ich selbst bin übrigens kürzlich trotz Grün nicht mehr in die Kreuzung gefahren. Vorbildlich, ich weiß. Dafür wurde ich aber von hinten äußerst aggressiv angehupt, und hinter der Windschutzscheibe des alten, gelben Benz sah ich eine Faust in meine Richtung drohen und ziemlich viele Kinder, nicht in Kindersitzen, auf dem Rücksitz. Weißt Du, was ich da dachte, liebes Christkind? *I like Otto Schily!*
Außerdem, liebes Christkind, wünsche ich mir von Dir ein möglichst hohes Einkommen für alle Menschen in unserem Land. Ich bin zwar kein Soziologe, aber mein empirischer und extrem subjektiver Eindruck auf Sonntagsspaziergängen ist: je kleiner das Einkommen, desto größer der Hund. Hast Du schon einmal eine etwa sechzigjährige Frau bei minus vier Grad rauchend auf einer Wiese stehen sehen, in Trainingshose und mit schulterlangen, schwarzen Haaren, so schwarz, daß

man sich fragt: »Macht Erdal jetzt auch Shampoos?« Daneben ein dünnes, kleines Männchen, in zu kurzem Blouson und Karottenjeans, die zwei Zentimeter über dem Knöchel enden und den Blick auf ehemals weiße Frotteesocken freigeben? Liebes Christkind, hast Du diese beiden schon mal ihre beiden hundertfünfzig Meter entfernt laufenden Schäferhunde rufen hören: »Ajax, Sascha – *pfeiff, pfeiff* – kommer, kommer!«? Bitte, tu was für die beiden, Menschen und Hunde.
P.S.: Sei gnädig zu Menschen, die auf der Weihnachtsfeier Tabledancer mit Sahne einsprühen und ablecken.

Love, K.

Kann es sein, daß es Menschen gibt, die sich brieflich oder per Fax gewissermaßen in eine andere Liga hochschreiben wollen, stilistisch? Sei es, daß sie eine Handschrift wählen, die nicht die ihre ist, geschwungener, ausdrucksvoller, vielleicht sogar künstlerischer, oder sei es, daß sie die Briefseite schon formal so gliedern, daß der erste Eindruck eine Tiefe des Inhalts und eine Empfindungsfähigkeit antäuscht, die auch bei mehrmaligem Lesen nicht annähernd eingelöst werden. Was geht in Menschen vor, die ein Fax unterzeichnen mit »Dein K.«? Sie heißen Kurt, Klaus oder auch Kotzenbüchler, was aber jeder weiß oder auch niemand, und in diesem Fall auch dasselbe ist. Wieso also K.?
Liest irgendein Geheimdienst dieses Fax und falls ja, wäre es von Bedeutung? Hofft der Absender auf eine posthume Veröffentlichung des Faxwechsels, in der ein K. sich besser macht als Klaus?
Was ist von Schreibern zu halten, die im Schrifttyp eines Landesbühnenrequisiteurs, der einen Brief aus dem 19. Jahrhundert herzustellen hat, ein Fax beginnen mit »Mein Lieber«, dann eine halbe Seite frei lassen, um anschließend hinter einen Bindestrich zu setzen »Du hast mich enttäuscht«?
Muß erwähnt werden, daß solche Schreiben nicht mit K. oder F. enden, sondern mit einem leicht beleidigten »Dein alter Freund«? Das Quälende an solchen Schreiben ist, daß sie irgendwie gerade mal so hingeworfen aussehen sollen. Zwischen einer 9. Symphonie und einer Sonettsammlung. Sie sollen emotional wirken und den Empfänger treffen. Und zwar tief. Sie sollen sagen: Dieser eine Satz sagt alles. Tut er auch. Er sagt uns: Hier schreibt einer am Limit (und zwar am oberen) seines Wortschatzes und seiner Ausdrucksfähigkeit.
Besonders anstrengend wird es, wenn solche Menschen in anderen Faxen ihre ironischen Bemühungen durch Anfüh-

rungszeichen verdeutlichen möchten. Wenn sie von »herzlichen Grüßen« schreiben, von »wichtigen Menschen«, die man jetzt vermutlich kennengelernt hat, jetzt, da die alte »Freundschaft« nichts mehr wert ist. Wer Werther sein möchte, sollte auch dessen Konsequenzen ziehen. Kommen wir nun zu Briefschreiberinnen, deren Gefühlsleben so reich ist, daß es unsere Sprache in all ihrer Armseligkeit entlarvt. »Lieber! Gefühle – Gedanken – Emotionen – Fragen – Hoffnungen! Love and Kisses.« Bevor wir diese Depesche für den Sammelband »Aufgerissen – Weggeschmissen« archivieren, soll die Frage erlaubt sein: Wieso fehlt hier jeglicher Absender? Können derartige Ergüsse nur von einer stammen, die kein Verb mehr braucht, um nichts zu sagen? Jeder Begriff ein Universum, jeder Gedankenstrich eine Milchstraße? Warum Literatur vortäuschen, wenn man nur sagen will: »Ruf an, Du Schwein!« oder »Schick mir Geld!« Und überhaupt: Wer ist die zwanzigjährige Dame, mit der Peter Zadek laut STERN »Shakespeare in Love« gesehen hat?

Namen

Die schönsten Namen sind die, von welchen wir nichts wissen. Ob einer Hans oder Franz heißt, darauf hat er keinen Einfluß. Doch im Laufe seines Lebens hofft der Mensch nicht nur vergebens, er bekommt auch Namen verpaßt, von denen er nichts ahnt. Da gibt es zum Beispiel den Glatzkopf, der von allen nur Locke genannt wird. Locke selbst ahnt selbstverständlich zu keinem Zeitpunkt, daß er gemeint ist, wenn alle von Locke sprechen.

Auch käme niemals ein Mensch mit leichter Fehlstellung der Beine auf die Idee, daß sein heimlicher Beiname Wiesel ist. Kann ein junger Mann Anfang Dreißig, dessen Haupthaar sich zunehmend lichtet, ahnen, daß er längst zu Chemo-Rolf geworden ist? Gewichtsprobleme hin und Drüsenfehlfunktion her – Frauen dieser Kategorie werden häufig als Cindy oder Linda apostrophiert. Mit gebogener Nase ist man nur noch der Grieche, hat das Deo versagt, wird man den Kosenamen Bruder Riechgat nicht mehr los. Ist man durch familiäre Konstellation in der Situation, jünger als der Neffe zu sein, schon ist man überall bloß noch der Onkel. Arm auch die Menschen, welchen Karies die Mundflora ruiniert hat (Stinkfisch). Starke Sehschwäche (Stevie) oder Stottern (Quassel) finden vor den Stammtischaugen ebensowenig Gnade wie der durchaus ehrenwerte Beruf des Bestatters (Leiche). Besonderer Häme sehen sich Frauen ausgesetzt, die den weltlichen Freuden durchaus zugetan sind (Nympho-Uschi). Selbst ein pubertierender Jüngling, welcher in der Auseinandersetzung mit den Erziehungsberechtigten hin und wieder den sozial verträglichen Dezibelrahmen überschreitet, wird gar zu schnell als O.J. (sprich: Outschei) in der Nachbarschaft diffamiert.

Überhaupt hängt es immer vom sozialen Status ab, wie solche Namen gewertet werden. Stalin (Fernsehprogrammchef), der Henker (Leiter der Personalabteilung) oder Kampfschwein

Olaf (pers. Referent eines Ministers in Baden-Württemberg) sind durchaus Attribute, die nichts als Anerkennung verheißen. Komplizierter wird es, wenn es in den Bereich der menschelnden Phantasienamen geht.
Die Wurzeln von Wutschl, Sippse oder Schnöff sind kaum noch eruierbar, obwohl alle seit Jahren gemeinsam in Urlaub fahren und Sippse sogar mal was mit der Frau von Schnöff hatte, die heute allerdings mit »dem Chinesen« zusammen ist. Hinweis: Auch der Chinese stammt aus Schwäbisch Gmünd. Welche Merkmale veranlassen Wutschl, aus Eberhard Keuerleben »den Chinesen« zu machen?

One-night-stand

Dies ist eine Auftragsarbeit. Ein äußerst erfolgreicher Chefredakteur, dessen Name hier aus verständlichen Gründen nicht genannt werden kann, sagte mir kürzlich: »Schreiben Sie doch mal was über One-night-stands.«
Hier also die Analyse der 100 besten One-night-stands, im folgenden ONS genannt. Wie im gesamten Liebes- und Sexualleben ist auch beim ONS ein klarer Unterschied zwischen männlichen und weiblichen Wünschen zu beobachten.
Während Männer am liebsten nach dem alten Kennedy-Prinzip »Slam, bam, thank you, M'am« verfahren, gewissermaßen dem »Und-tschüß-Verhalten« der menschlichen Kontaktaufnahme, sehnen sich Frauen nach Liebe, Verständnis und Geborgenheit. Natürlich gibt es auch Schlampen, die sich ohne Rücksicht auf Strumpfhose und Satinbody nächtens auf Baustellen und zwischen Biotonnen dem nächstbesten Aufnahmeleiter an den »Hals« werfen, doch die gehören nicht in solch einen seriösen Artikel.
Fragen wir uns vielmehr: Welcher Typ von Mann ist am ehesten auf der Suche nach ONS? Antwort: Jeder! Zu beobachten ist dies auf Messen, Filmpremieren oder Funkausstellungen, wobei viele Herren hierbei etwas leicht Zwanghaftes ausstrahlen, als hätten sie auf ihre Stirn tätowiert: HEUTE ABEND MUSS WAS LAUFEN.
Viele Männer legen auf der Jagd nach dem ONS übrigens eine Ausdauer an den Tag, die sie bei Bastelabenden im Familienkreis gerne vermissen lassen. Wird Vati hier schnell müde, hält er dort, oft unter extremer Alkoholzufuhr, bis in die frühen Morgenstunden durch, in Fachkreisen auch bekannt als »Warten, bis die Putzfrau ja sagt«.
Nun ist es keineswegs so, daß Frauen einem ONS grundsätzlich abgeneigt sind. Vielfach belasten sie sich jedoch mit dem Gedanken, von Männern für »so eine« gehalten zu wer-

den, gar als eine angesehen zu werden, »die so was öfter macht«.
Zwar versucht der männliche Teilnehmer am ONS, die Dame in solchen Fällen mit Sätzen wie »Quatsch« und »Nö« zu beruhigen, aber ein Rest von schlechtem Gewissen bleibt immer, wenn die Namenlose im Wäschelift das Hotel verläßt oder mit abgebrochenem Stöckel auf der Suche nach einem Taxi durch den Regen stolpert. Leider können hier aus Platzgründen nur solche ONS gewürdigt werden, die noch im Rahmen unseres Grundgesetzes ablaufen.
Spezialfälle (Ehefrau oben beim Galadiner, Gatte im Keller auf der Streukiste) oder Ausnahmezustände (Name und Geschlecht des Partners unbekannt) könnten demnächst in einem Sonderheft Würdigung finden. Wie sagte schon Monaco-Franze: A bissl was geht immer.

Reiseberichte

Wenn ein Gesangsverein einen Ausflug macht, dann wird nicht einfach so ins Blaue gereist, dann gibt es einen engagierten Schriftführer, der das für alle unvergeßliche Erlebnis auf mindestens zwanzig Seiten pro Tagesausflug festhält. Diese literarische Gattung soll heute ausführlich gewürdigt werden, zeugt sie doch vom sprichwörtlichen Bienenfleiß des Verfassers und gibt Gelegenheit, sonst der Vergessenheit Anheimfallendes wieder und wieder lebendig werden zu lassen.

In all diesen Berichten geht es bereits um 5.30 Uhr los, schließlich will man ja was vom Tag haben. Gutgelaunt erreichen wir dann über die B 12, B 27, ein kurzes Stück Umgehungsstraße und zwei Abkürzungen die A 652, die uns Richtung St. Nimmerlein, unserem eigentlichen Ausflugsziel, bringt. Klar, daß alle bester Laune sind, unser Busfahrer Eberhard hat die richtige Musikcassette eingeschoben, und Wolle aus dem zweiten Tenor, im Hauptberuf Handelsvertreter, sorgt am Busmikrofon nicht nur reiseroutenmäßig für optimale Info, sondern hat auch Sprüche drauf, daß sich alle bereits vor der Autobahn die Bäuche halten. Petrus schiebt die letzten Wolken weg, und kurz hinter dem Rasthof Ewige Heide wird es Zeit für einen ersten Stop. Der Autor vergißt nicht zu erwähnen, daß Männlein und Weiblein getrennt in die Büsche verschwinden.

Im Idealfall lugt noch ein Eichhörnchen um die Ecke, und wenn unser Dr. Steigauf aus dem Wald zurückkommt und sich als Gag eine alte Plastiktüte auf den Kopf gesetzt hat, dann zerreißt es wirklich auch den letzten Miesepeter vor Lachen.

Sagenhaft auch, was unser Dr. Steigauf vertragen kann und trotzdem jeden Tag um acht total senkrecht im OP steht. Während sich im Bus Skatrunden bilden oder Ich-sehe-was-was-du-nicht-hörst gespielt wird, erreichen wir Kloster Sanwald, wo ein reichhaltiges Mittagessen auf uns wartet.

Es wird uns im Bericht nicht vorenthalten, daß Kloster Sanwald bereits im 17. Jh. vom Hl. Sanwald (1653–16??) gegründet wurde, einem der Legende nach taubstummen Hirtenjungen, der nach einer Offenbarung im Wald aus Dankbarkeit wöchentlich ein Kloster gründete. Als unser Dr. Steigauf beim Betreten der Klosterschenke sagt: »Lieber taubstumm als staubdumm«, schaffen es zwei Damen nur noch mit Mühe auf die Toilette, vor Lachen. So geht der Tag dahin, und kein Detail wird ausgelassen, alles wird fein säuberlich aufgeschrieben, was sich in Reiseprospekten und Wanderführern finden läßt: Berghöhen und Seetiefen, Einwohnerzahlen, Gründungsdaten, Jubiläen, Abfahrtszeiten, Essenspreise – schließlich ist Schriftführer Gottlieb seit Jahren dafür gefürchtet, daß er alles weiß. Spätabends kommen dann alle müde, aber zufrieden zurück, natürlich nicht, ohne zuvor bei Speis und Trank den Tag harmonisch ausklingen zu lassen, und zwar zum dritten Mal. Wirklich alle haben Verständnis, daß Gottlieb mindestens zwei Wochen braucht, bis er den Bericht vorlegen kann. In der Zwischenzeit kann man ja mal die der letzten drei Jahre lesen.

Rollerblades

Folgende Floskel steht am Anfang unserer heutigen Betrachtungen: Petrus hat ein Herz für Mütter. Kein Wunder, daß bei herrlichem Muttertagssonnenschein Millionen Deutsche den lockenden Strahlen folgten und unbeschwerte Stunden im Grünen verbrachten. Doch halt: Eine erste Stimmungswolke schiebt sich ins Bild, denn es gilt, den ebenfalls im Freien anwesenden Rollerbladern Grundsätzliches mit auf den holprigen Weg zu geben.

Liebe Rollerblader. Können wir davon ausgehen, daß Inlineskaten respektive Rollerbladen das Rollschuhfahren des Informationszeitalters ist, der Generation Golf und der Generation X sowie der Spaßgeneration mit Fun und Party und so? Gut. Dann muß es erlaubt sein, darauf zu verweisen, daß die Ausübung dieser Sportart mustergültig zu besichtigen ist an Orten wie etwa Venice Beach im sonnigen Kalifornien. Was sehen wir dort auf Rollerblades? Austrainierte Körper, lange Beine, knackige Hintern, V-Oberkörper bei Herren, welche der heterosexuellen Liebe abhold zu sein scheinen. Das alles gepaart mit lässigen Bewegungsabläufen, coolen Sonnenbrillen und einer ziemlich sexy wirkenden Beiläufigkeit bei der Ausübung. Und nun nach Köln.

Was um alles in der Welt treibt ein blondes Pummelchen, dessen gesäßmäßige Ausstattung allenfalls nach einem Tourenrad mit Kettenschoner schreit, auf Rollerblades in den Park? In engsten Radlerhosen, mit Knie- und Ellbogenschonern und – ich schwöre es! – Baseballmütze verkehrt, rollt sie krampfig auf eine Fußgängerampel zu, an der sie breitbeinig Halt findet. Mit anderen Worten: Die Babsi kann nur bremsen, indem sie auf die Ampel knallt. Diese erfrischend entwürdigende Haltung wird durch das perfekte Outfit (meine erste Inlinemontur!) noch potenziert. Wir wenden erschreckt den Blick und müssen erkennen: Leider kein Einzelfall. Auf der anderen

Straßenseite fährt ein Pärchen in Bundfaltenjeans händchenhaltend. Genauer: Er fährt und hält sie an der Hand wie eine Frischoperierte, die wenige Stunden nach dem Erwachen aus der Narkose die ersten Schritte im Krankenhausgarten macht. Mal findet sie Halt auf einer Kühlerhaube, mal an seinen Gesäßtaschen, mal zieht sie sich an einem Zaun aus Maschendraht mühsam wieder hoch, während unten die Füßchen wegknicken. Das Outfit ist hier eher Marke »Ein Tag an der PH«, die Knieschoner über den Jeans haben einen leichten Touch ins Orthopädische.
Deshalb lieber erst mal nachts bei Regen üben oder im Hausflur oder ruhig auch mal dran denken: Sonnenschein ist auch immer böses UV. Vorhänge zu und drinbleiben.

Tinka kocht super

Lange wurde sie mir angekündigt: Freundin Tinka, die grandiose Köchin, deren Künste am Herd, versehen mit den Attributen wie »supergut« und »total lecker«, einem schon weit im voraus »das Wasser im Mund zusammenlaufen ließen«. (Ist dieses Bild noch gebräuchlich? Stelle wachsende Furcht vor veralteten Bildern fest.)

Tinka wurde als Köchin der Endstufe annonciert, welche sogar die höchste Kunst beherrscht: das Würzen. Normalerweise wird nämlich beim akademischen Freundinnenkochen zum Würzen eine Spezialistin eingeflogen, die sich in einer Art Trance zwischen Gewürzregal (total cool: in altem Krankenhausbeistelltisch untergebracht) und Küchentisch (da bleibt man sitzen, da gehören Rotwein – und Wachsflecken drauf) bewegt und unter ekstatischen Zuckungen megaseltene Gewürze aus dem Iran und der Provence mischt.

Überhaupt die Provence. Selbst aus dem dumpfesten Fachabiturientengesicht flackert einem beim Satz »Ich fahr in die Provence« eine Geheimniskrämerei entgegen, die wohl suggerieren soll: »Dort male ich, dort schreibe ich, dort trage ich beim Milchkaffee unter alten Bäumen luftige Gewänder – nenn mich Picasso!«

Wir aber denken: Fahr und bleib, und falls du doch wiederkommst, dann verschone uns mit mitgebrachten Kräutern und Open-air-Konzert-bei-Lavendelduft-Geschichten.

Habe ich schon erwähnt, daß die Würzvirtuosin einstimmig gepriesen wird mit dem Juchzer: »Eli würzt total genial«? Besondere Aufmerksamkeit ist geboten, falls eine die geniale Eli und die supertolle Tinka mal einen Abend lang »total bekochen wollen«. Voraus geht ein Einkauf, natürlich »alles frisch vom Markt«.

Muß bei jedem »tollen Essen« Oregano, Majoran und Salbei »frisch vom Markt« gekauft werden, obwohl Tonnen davon seit Jahren im Krankenhausbeistelltischchen auf ihren Einsatz warten? Auch wird in Mengen eingekauft, welche die Frage nahelegen: »Kommt Besuch aus Ruanda?« Nach stundenlanger Vorbereitungszeit und etwa achtstündiger Menüdauer (der Nachtisch braucht irre lang!) sitzt man vor der Geschirrmenge eines mittleren Kreiskrankenhauses und denkt: »Irgendwie hat meine Mutter früher so was gekocht, wenn's mal schnell gehen mußte.« Und geschmeckt hat es auch. »Nein, wir wollen keinen Digestif, den Bea zufällig in einem total schnuckeligen Laden in Quimperle entdeckt hat«. Mahlzeit!

Truman Show (ON)

Zum wiederholten Male wenden wir uns an dieser Stelle dem besonderen Erlebnis zu, einen Film in einem jener Kinos zu sehen, die einen leicht alternativen Anstrich haben, aber unvermeidlich sind, wenn man den Film in der Originalsprache sehen will. Das Erlebnis beginnt auch dieses Mal bereits beim Warten auf den Einlaß. Neben mir auf den Stühlen der kleinen Kino-Cafeteria sitzt ein Pärchen, der vermutlich weibliche Teil davon hat schätzungsweise achtzig Prozent des Kleiderschrankes am Leib. Fast jeder, der vorbeikommt, hört den Satz: »Komm mir bloß nicht zu nahe, bin tierisch erkältet.« Wir wissen nicht, ob die junge Frau bereits in unserem boomenden Arbeitsmarkt integriert werden konnte oder ob sie die Woche dazu nutzen kann, sich (homöopathisch?) auszukurieren, und deshalb den Sonntag schniefend und triefend im Kino verbringt.

Wir wissen auch nicht, ob es eine naturwissenschaftliche Heilmethode gibt, derzufolge eine Erkältung schneller abgebaut wird, wenn man in der Cafeteria die kurzen Beine mit den Bergstiefeln dran auf den Stuhl gegenüber legt. Wir werden Zeuge einer leicht gebremsten Begrüßungsaktion mit einem befreundeten Pärchen (»kommt mir bloß nicht zu nahe ...«), das offensichtlich ganz doll verliebt ist. Der junge Mann mit der szeneüblichen Raspelbirne zieht dabei ein Bewegungsrepertoire ab, wie man es von Menschen kennt, die siebenmal bei der Aufnahmeprüfung einer Schauspielschule durchgefallen sind. Weil er offenbar ganz doll verliebt ist, übersieht er, daß die Schenkel seiner Partnerin für eine 501 definitiv zu dick sind. Im Taumel der Gefühle stört es ihn auch nicht, daß sie ungefähr die Zeit, in der sie ein Bier aus der Flasche nimmt, braucht, um den Namen *Gwyneth Paltrow* phonetisch in die Nähe des Erkennbaren zu rücken.

Gut, könnte man sagen. Ist ja quasi noch außerhalb des Kinos.

Drinnen geht es aber weiter. Kaum Platz genommen, stehen die dicken Schenkel in der 501 wieder auf, um Nachschub zu holen. Sie ist schon fast an der Tür – mit dem Gang von Frauen, die Kind geblieben sind –, als sie wieder umkehrt, um die Reihe abzuzählen, in der sie sitzt. Kurz vor Filmbeginn betritt ein Herr den Mittelgang, über dessen aktuelle Staatsbürgerschaft wir nichts sagen können, der aber seine Wurzeln zweifellos in Afrika hat.

Was er noch hat, sind zwei große, schwere Reisetaschen, eine XXL-Tüte Popcorn und zwei Flaschen Cola. Er bleibt im Mittelgang stehen und nimmt etwa der Hälfte des Publikums die Sicht. Auch fünfzig Jahre nach Kriegsende zeugt es nicht von rassistischen Tendenzen, daß er keinen Platz mehr findet, die anderen waren einfach pünktlich. Unser ausländischer Mitbürger legt sich daraufhin in den Mittelgang, den Kopf auf einer der Reisetaschen. Wenig später wird eine komplette Popcorntüte über ihn gekippt. Ku-Klux-Klan mitten in Deutschland?

Falsch. Einem sensiblen Deutschen, der bis unmittelbar vor Filmbeginn *Mein Herz so weiß* gelesen hatte, ist die Tüte beim Versuch, seinen Schal in seinem Dufflecoat zu verstauen, von der Lehne gelappt. Als übrigens kurz vor Filmende Jim Carrey das zusammengeklebte Foto seiner Angebeteten im Segelboot betrachtet, schreit der Herr im Mittelgang »fuck her«. Good afternoon, good evening, good night.

Verwechslungen

Heute ist von Menschen zu berichten, die ziemlich gut Bescheid wissen, nur hin und wieder etwas verwechseln. Zum Beispiel Holly Hunter mit Helen Hunt. Oder Jane Austen mit Paul Auster. Tommy Lee mit Tommy Lee Jones. Joseph Roth mit Joseph Conrad. Joseph und Jerry Cotton. Jack Nicholson und Mike Nichols. Wolfgang Gerhard und Rollo Gebhardt. Heinz und Franz Schubert. Birgit Breuel und Grit Breuer. Mario Basler und Albert Schweitzer.

Wolfgang Schäuble und Edmund Stoiber. Kai Wiesinger und Thomas Heinze. Kurt, Michael, Ralph und Toni Schumacher. Manchmal auch Bernd Schuster. Tanja Szewszenko und Magdalena Brzeska. Bocelli und Botticelli. Hans Maier und Hans Maier. Hans Maier und Hans Meiser. Hans Meiser und Wilhelm Meister. Gerd und Hansi Müller. Verlaine und Verheugen. Rimbaud und Baudelaire. Mussorgski mit Kandinsky. Wischnewski mit Wapnewski. Günther von Lojewski mit Wolf von Lojewski. Apollinaire mit Appollinaris. Canaris mit Canabis. Dora Maar mit Hans Mahr. Helmut, Dieter, Ludwig und Jörgl Thoma. Gern auch Georg Thomalla. Götz und Stefan George. Dieter, Peter, Heiner, Wolfgang, Harald und Bernd Müller. Helmut Kohl. Michael Kohl.

Michael Kohlhaas. Kohlhiesels Töchter. Kann ja alles mal passieren. Läßt sich ja alles korrigieren. Solange einer dabei ist, der ungefähr weiß, wann Stefan George seinen ersten Tatort gedreht hat und welche Bilder Mussorgski in seiner berühmten Ausstellung zeigte. Sinnvoller als ständige Nörgelei ist es, eine Gesprächsrunde zu finden, in der Einigkeit darüber herrscht, daß die SPD seit Toni Schumacher nie mehr so stark war wie jetzt. Der Adenauer wußte schon, warum Gerhard Schröder schon bei ihm Minister war. Und Franz Schubert kann machen, was er will, der bleibt immer Ekel Alfred. Da war er am besten. Sagen ja auch die Sprichworte. Oder Sprich-

wörter: Schuster, bleib bei deiner Leiste. Wie ein Tropfen auf den heißen Sand. Manche Menschen haben solche Sprichworte nicht ganz korrekt parat. Das bringt dann schnell das Faß zum Überquellen. Die brauchen mal einen Schuß vor den Kiel. Kann im Gespräch leicht nervig werden, wenn man dasitzt und wartet, wann die nächste Variante kommt.
Da beißt die Maus nichts ab. Wo gehobelt wird, da fallen Tränen. Lesen Sie demnächst: Wie ein deutscher Großindustrieller in einer Hotelbar über den Unterschied von effizient und effektiv bei Wachhunden lallte.

Vieltext

Ist es erlaubt, an dieser Stelle darauf hinzuweisen, daß ziemlich viele Zeitgenossinnen und fast noch mehr Zeitgenossen erstaunlich viel Text für überraschend wenig Inhalt ablassen? Dabei ist nicht so sehr die Rede von sagen wir mal Fernsehmoderatoren oder Kolumnisten, die berufsbedingt die Füllmenge eines mittleren Heißluftballons abzuliefern haben. Wissenschaftlich analysiert werden soll die Verbaldiarrhöe von Menschen, die etwa den Inhalt »Soll ich ein Paket Zucker kaufen?« vermitteln möchten. Auf besagte Frage kann die Antwort »Ja« oder »Nein« relativ zügig die Problematik einer Klärung nahebringen. Doch anstatt daß der Fragende nun hinaus ins Leben tritt und Zucker kauft oder auch nicht, kommt immer häufiger Tiefgreifendes der Kategorie »Ich sag das mal, weil viele ja keinen Zucker mögen«. Durch zustimmendes Nicken kann nun eine Suada ausgelöst werden, die niemand ernsthaft wollen kann. Ob brauner Zucker eher angesagt ist oder weißer oder Würfelzucker. Daß das mit dem braunen Zucker in Sachen Gesundheit wahrscheinlich auch eher Quatsch und wahrscheinlich dieser Zucker doch eher dreckig ist und ob das überhaupt o.k. geht, wenn man wegen Zucker fragt, oder einfach mitbringen soll. Irgendwann sind dann selbst diese Ergüsse vorbei, und halb bewußtlos hofft man, daß das Gegenüber nun geht. Falsch. Wie von einer plötzlichen Lähmung betroffen, sehen wir eine gerade noch geistvolle Gestalt im Türrahmen lehnen und in den Raum starren. Peinvolle Sekunden der Stille liegen wie Zuckerguß über der Situation. Erlösung bringt eines der großartigsten Satzgebilde des ausgehenden Jahrhunderts: »Ich bin dann weg.« Noch enttäuschender ist es, zufällig das Textprogramm einer äußerst attraktiven Frau am Nebentisch eines Cafés mitzubekommen. Eine Frau, deren Äußeres allenfalls lasziv gehauchte Wortfetzen wie »Wochenende in Deauville« oder »Herbst auf Marthas Vineyard« erwarten läßt, und die dann den Satz bringt »Am Wochenende hat mich die Mutti total lecker bekocht«. Sind derartige Sätze auch von Jackie Onassis überliefert? Sind wir im Urteil zu hart? Nein. Denn unser Ohr erreicht auch noch »Da bin ich nicht der Typ für«. P.S. Bitte ohne Zucker. Schwarz. Sag ich jetzt mal so.

Weltfrauentag

Was wollen Weiber wirklich? Nicht nur der Wagner-Fan wird angesichts dieser vollendeten Alliteration ins Schwärmen geraten. Zusammengefaßt und stark vereinfacht ist diese Frage das Ergebnis – zumindest aus männlicher Sicht, oder doch wenigstens aus der des Verfassers – des Weltfrauentages 1998. Aus Platzgründen muß hier die ausführliche Analyse der Problematik entfallen, daß Frauen beispielsweise in Afghanistan etwas anderes erwarten als Babs in Hamburg oder Kerstin in Köln. Babs/Kerstin, zielgruppentechnisch Mitte Zwanzig bis Mitte Dreißig, hat in etwa folgenden Lebensplan: Nach ihrer Summa-cum-laude-Promotion in den Fächern Kunstgeschichte, Atomphysik und Politologie sowie mehrjährigen Auslandsaufenthalten (UNO, Bank of China, Louvre) sitzt sie in ihrem 200-Quadratmeter-Loft und grübelt: 300 TDM Jahreseinkommen, feste Beziehung ohne Besitzdenken, zwei feste, freie scheinselbständige Lover – was fehlt? Ein Kind? Irgendwo ja, irgendwie aber auch nein. Einerseits graust es unserer Superwoman, wenn sie sich die Dicker-Bauch-und-Ring-am-Finger-Abteilung ihrer Freundinnen vor Augen führt. Andererseits gibt's ja auch das Modell Madonna: Her mit dem knackigen Fitneßtrainer aus Südamerika, Knackarsch, Waschbrettbauch – und tschüß nach der Befruchtung! Schon cool, wie Madonna das alles geregelt kriegt. Babs/Kerstin würde allerdings rein genetisch so einem Fitneßtrainer mißtrauen. Knackarsch und Waschbrett – schön und gut. Aber bißchen was in der Birne sollte schon sein. George Clooney mit Literatur-Nobelpreis. Leonardo di Caprio am Tag, als er Einstein korrigierte. Müßte doch zu finden sein. Haben wir vergessen zu erwähnen, daß unsere Superwoman aussieht wie die jüngere Schwester von Christie Turlington? Babs/Kerstin gerät im Depriwetter des Weltfrauentages ins Träumen. Blättert das TAZ-mag durch, die nur von TAZ-Männern gestaltete

Beilage zum Thema. Verunsicherung in allen Formen und Schattierungen. Da klingelt es. Al Pacino fragt, ob er den Müll runterbringen kann. Hinter ihm steht Richard Gere. Er möchte Zärtlichkeit und kuscheln, ohne daß es gleich als Einstieg zum Sex mißverstanden wird. In der Küche zaubert Rupert Everett, ein Baby auf dem Arm, während er dem größeren Schwesterchen vorliest. Superwoman schmilzt dahin, als eine tropfende Gestalt den Traum in ein finales Stadium bringt mit dem Satz: »Wo sind denn frische Handtücher?«

Müde

Bei diesem Wetter fühlt man sich leicht müde. Im Sinn von matt und abgeschlagen. Es ist ja nicht heiß, sondern eher drückend. Sieht man im Fernsehen die Bilder von Menschen im Stau, fragt man sich, warum die Menschen in die Kamera winken, wenn sie zu fünft im Golf gezeigt werden. Sind sie wirklich fröhlich? Haben sie echt gute Laune? Oder sind sie schon so auf Fernsehen geeicht, daß sie automatisch gute Laune zeigen, wenn eine Kamera auftaucht? Genau so das V-Zeichen. Welchen Sieg feiert ein Vater im Unterhemd auf dem Klappstuhl an der Autobahnraststätte, der ihn zu diesem Zeichen verleitet? Blut, Schweiß und Tränen – mehr kann er seiner Familie nicht geben? Steht der Verschwitzte in der Tradition von Churchill?
Man wacht ja morgens schon müde auf. Weniger müde als nicht ausgeschlafen. Wobei die Luft wenige Kilometer außerhalb gleich ganz anders ist. Frischer im Sinn von kühler. Immer mehr Dinge müssen im Sinn von irgendwas erklärt werden, weil sie nicht mehr eindeutig sind. Alt im Sinn von verbraucht. Morbid im Sinn von brüchig. Gewinn im Sinn von Erfolg. Keinen Sinn hat, oder auf der Höhe der Zeit formuliert: Wenig Sinn macht es zu fragen, woher die Gleichsetzung von Bankangestellten mit spießig im Sinn von bieder zu gelten hat. Neulich saß beim Friseur eine Frau neben mir, die hatte zu dicke Beine im Sinn von auf den Kopf gestellten Kegeln, die aussahen, als hätte man sie an den knöchelhohen Schuhen abgeschnürt und dann mit Wasser gefüllt. Dazu trug sie flauschige Leggings in einem Weiß, das bei diesem drückenden Wetter als schmuddelig bezeichnet werden kann. Sie gab Anweisungen, die Strähnchen anders zu ziehen als beim letzten Mal, denn sie habe ausgesehen »echt wie eine Bankangestellte« und nach dem ersten Waschen wie eine »Filialleiterin«. Filialleiterin war als Abstufung gemeint. Ihre weiteren Ausführungen wurden unterbrochen von einer

Kundin, die in den Salon kam und noch mal nachschneiden lassen wollte, weil sie »rechts zuviel Haare hat. Hier, guck mal, irgendwie.«

Wenn auch bei drückender Schwüle im Stau V-Zeichen gemacht werden und gleichzeitig Frauen rechts zuviel Haare haben oder in ihrem Selbstwertgefühl auf Filialleiterinnen zurückgestuft werden, dann kann man sagen, daß Deutschland auf einem guten Weg ist. Allerdings sprechen viele Menschen von Luft, die sich »im Kessel staut«, obwohl wenig deutsche Städte in einem Kessel liegen. Aber man weiß, was gemeint ist. Sehr entscheidend in diesen Zeiten. Wissen, was gemeint ist. V-Zeichen und rechts zuviel Haare am Kopf. Wir haben verstanden.

DER ALLTAG oder: Flandrisches Licht

Hier stoßen wir bereits auf die im Vorwort angesprochene Problematik: Würde mancher Text aus der Rubrik »Alltag« nicht eher zu »Mitmenschen« passen oder zu »Kultur«? Vielleicht empfindet die geneigte Leserschaft ja individuell unterschiedlich.
Mein Tip: Einfach rausreißen und in geeignet erscheinendem Kapitel einkleben.
Oder in einem lochverstärkten Ringbuch alles neu ordnen.
Oder eigene Texte anstelle der gedruckten setzen.

Altersvorfreude

Kann es im Goethe-Jahr etwas Schöneres geben, als einen Brief zu bekommen, mit dem man nicht gerechnet hat? Und wenn dieser Brief dann noch in Frankfurt, City of the Euro, aufgegeben wurde, wohnt diesem Vorgang ein Zauber inne, der die Schreibkünste des Autors dieser Zeilen weit überfordert.
Lassen Sie uns deshalb, gewissermaßen um die Spannung nachzuempfinden, welche der Adressat kurz vor dem Öffnen des Frankfurter Briefes empfand, diesen Text mit einem Rätsel beginnen, an welchem vielleicht auch der Geheime Rat Gefallen gefunden hätte. »Initiative Altersvorfreude – jetzt anfangen mit dem Aufhören.«
Wer verschickt einen Brief mit dieser Anfangszeile? Ist es eine Sterbehilfeorganisation, die einen rechtzeitigen Abschied in Würde anbietet (»anfangen mit dem Aufhören«)? Oder ist es ein Seniorenclub, der um die wenigen Freuden weiß, welche das Alter bereithält und der deshalb ein größeres Bewußtsein für die »Altersvorfreude« wecken möchte, getreu der Weisheit, daß Vorfreude ja bekanntlich die schönste Freude ist, bekannt aus Wörtern wie Vorspiel, Vorfahrt oder Vorkriegsberlin?
Alles möglich, doch alles falsch. Der Brief kommt von der *Commerzbank!* Und er kommt just in time, wie wir Spediteure sagen, denn »wohl jeder möchte den Zeitpunkt des beruflichen Ausstiegs selbst bestimmen«. Natürlich, und wir alle kennen fremdbestimmte Fälle zuhauf. »Schön zu wissen, daß man mit der Initiative Altersvorfreude der Commerzbank sich eine zusätzliche finanzielle Absicherung aufbauen kann.« Schön zu wissen, aber wieso »zusätzlich«? Ist das andere denn schon in trockenen Tüchern? Weiß die Commerzbank mehr als der Finanzminister? Tiefe Beruhigung tritt ein, als wir im weiteren Verlauf lesen, daß »Ihr Geld ... ausgewogen und vor allem profitabel« angelegt wird. So was macht richtig Laune, denn häufig tun sich die Banken ja eher schwer mit dem Pro-

fit. Also dem des Kunden. Und dann wird die Commerzbank ungewohnt präzise. »Im Laufe der Zeit kommt da schon ein stattlicher Betrag zusammen.« Na bitte! Wer ist denn schon so pingelig, daß er genau wissen will, in wieviel Jahren wieviel Prozent Rendite (Fachbegriff, sorry!) zu erwarten sind. Schon ein stattlicher Betrag halt, im Laufe der Zeit eben. Da fragt man sich direkt, ob es sich angesichts solch rosiger Aussichten überhaupt lohnt, mit dem Anfangen anzufangen, ob man nicht gleich mit dem Aufhören anfangen sollte.
Für diesen Fall hat der Brief ein PS, das ein bißchen so klingt, als wäre es von Ferrari: Je eher sie einsteigen, desto früher können sie aussteigen.

Farbbandwechsel

Zum tieferen Verständnis der folgenden Zeilen ist es notwendig zu wissen, daß dem Verfasser die Fachbegriffe fehlen. Also, in mein Faxgerät kann man richtiges Papier reinlegen. Das ist nicht so eins, wo so eine Rolle reinkommt und der Text dann erst langsam gelb wird und dann ganz weg ist. Auch heute bin ich noch sparsam. Immer um Mitternacht druckt mir mein Fax zum Beispiel einen Tagesbericht aus, auf dem häufig steht, daß ich heute nichts gefaxt habe. Das steht nur ganz schmal oben, und der ganze Rest der Seite bleibt leer. Ist doch klar, daß ich diese Seite noch mal ins Gerät lege (bedruckte Seite nach oben), und wenn ich dann was Wichtiges gefaxt kriege, steht halt hinten drauf, daß ich gestern nix gefaxt habe. Stört mich aber nicht. Früher, als ich echt arm war und teilweise nur 10 TDM pro Tag verdient habe, war ich so sparsam, daß ich das abgelaufene Farbband wieder zurückgedreht habe. Diese Zeiten sind natürlich vorbei. Neulich las ich in diesem Schriftfenster (Display?) »Farbbandwechsel«.

Also rasch das im Büro gestohlene Farbband geholt, den Dekkel geöffnet und genau gemerkt, wie das alte Band drin lag, denn das neue mußte ja andersrum rein. Aber es wurde nicht transportiert. Ach so, die Rädchen an der Seite mußten beim alten Band abgezogen werden. Zwischenzeitlich hatte ich aber vergessen, ob die dicke oder dünne Rolle unten hinkommt. Ich rief eine enge Vertraute an, die mir telefonisch beschrieb, daß da so ein »geriffelter Pfeil« drauf ist, der nach unten zeigen muß, während das Band, wenn man »es umdreht, so 'nen Himmel bildet«. Hab ich gemacht, plötzlich leuchtet »Kopierpapierstau« auf. Es staute sich aber kein Kopierpapier, sondern das Farbband wurde ins Fax gezogen. Als ich es vorsichtig rausziehen wollte, riß es ab. Jetzt mußte ich das gerissene Band um die dünne Rolle wickeln und gleichzeitig glattziehen. Zwischenzeitlich hatte mein Fax ungefähr zehn unbedruckte Seiten ausgedruckt. Vielleicht mußte das Dünne doch oben hin? Macht es einen Unterschied, ob man Bedienungsanleitungen gleich wegwirft oder vergißt, wo man sie hingelegt hat? Plötzlich funktionierte es wieder. Keine Ahnung, warum. Aber die letzte Stunde hatte ich sinnerfüllt verbracht.

Frühjahrsputz

Frühjahrsputz ist in. Auch in coolen Kreisen gibt man jetzt offen zu, am Wochenende »voll in die Gummihandschuhe zu steigen« und den Siff rauszuschaffen. Systematik ist angesagt. Bevor wir dem Lenz die Fenster öffnen, müssen wir erst mal die Jalousien hochziehen. Und siehe da: Ein leicht öliger Film hat sich über die Wintermonate auf die Lamellen gelegt. Ein Film aus Fett und Staub. Ziemlich eklig, den wieder wegzukriegen, aber wer kommt schon auf die Idee, Lamellen einzeln zu putzen. Ganz böse sieht es auch auf der Therme aus.

Entgegen allen Regeln besitzen wir immer noch keine Haushaltsleiter und holen uns einen Stuhl aus dem Eßzimmer, um auch mal »oben hinzukommen«. Die Konsistenz des Schmutzfilms auf der Therme ist ähnlich wie der Lamellenbelag, aber höher. In diesem Fettfilm sind zwei Brittschwämmchen und ein Vileda-Spültuch festgekrustet. Keine Ahnung, wie die da hinkommen. Müssen noch vom Vormieter sein. Der Vileda-Lappen ist so alt, daß er sich an den Rändern nach oben biegt und bei der ersten Berührung bricht. Außerdem ist irgendwas zwischen Wand und Thermenverkleidung gerutscht, das aussieht wie ein Spezialbesen, mit dem man zwischen die Rippen der Heizkörper kommt. Auch auf diesen Rippen liegt der Staub fingerdick. Jetzt rächt sich, daß die Vorstellung, mit einem Spezialteil auch mal zwischen die Rippen zu gehen, stets als extrem spießig empfunden wurde. Im Bad erleben wir einen meditativen Augenblick. Es sind jene Minuten, in welchen wir das vom Rasierschaum gekrönte Wasser beobachten, das ganz langsam durch den Abfluß strudelt. Hier wird der Lauf der Zeit bewußt. Im letzten Herbst schien es nur so, als flöße das Dreckwasser langsamer ab. Um Weihnachten herum war eindeutig eine Verlangsamung zu bemerken.

Kurz vor Weiberfastnacht konnte nahezu Stillstand diagnostiziert werden, obwohl mit Zeigefinger und dem Stiel einer alten Zahnbürste Haarbüschel entfernt wurden, die sich um den Metallstift geschlungen hatten, der den Stöpsel hoch und runter schiebt. Das Entfernen des Abflußkrümmers erfordert einige Erfahrung, vor allem das korrekte Wiederranmachen. Meistens zerbröselt einem irgendeine Dichtung, und dann muß man ständig nach dem Händewaschen aufwischen. Jemanden kommen lassen oder doch erst mal noch eine Flasche Abflußfrei pro Woche weiterprobieren? Eine zentrale Frage des Frühjahrsputzes, verbunden mit Wut, Trauer und Verzweiflung, kann hier nur angedeutet und ein andermal ausführlicher geklärt werden: Warum gehen Motten nur in die teuren Klamotten?

Gameboy an Bord

Die Welt der Erfolgreichen wird noch größer. Bisher ließ sich der Bedeutungsgrad eines Leistungsträgers daran ermessen, wie knapp vor dem Flugzeug er sein Handy noch benutzte. Im Bus sowieso, wobei die Frage erlaubt sein muß, ob man auf der VIP-Skala noch ganz oben steht, wenn man Maschinen benutzt, zu denen man im Bus gebracht wird. Der Handybenutzer hat hier zweimal Gelegenheit, besonders armselig auszusehen: Erstens im Bus, wo es saukalt reinpfeift, bis der letzte Nachzügler sich wie ein Volltrottel lautstark von einem Vokuhila-Bodenpersonalangehörigen den Unterschied zwischen Ticket und Bordkarte erklären lassen mußte. Zweitens nach dem Aussteigen aus dem Bus, während man im eisigen Schneeregen wartet, bis weiter oben die Können-Sie-meinen-Mantel-aufhängen-Diskussion abgeschlossen und in die Was-hamse-denn-für-Zeitungen-Auseinandersetzung übergegangen ist.
Im sogenannten Finger, der direkt an die Maschine führt, wird bis zum mahnenden Blick der Stewardeß telefoniert, der wiederum mit einem stummen Insidernicken erwidert wird: Als Vielflieger weiß ich Bescheid! Ausschalten!
Mit ihrem feinen Gespür für die Bedürfnisse ihrer Kunden kann es die Lufthansa vielleicht schaffen, daß der irgendwie klassenlose Zustand in den Zonen 1–6 beendet wird. Laptops, Gameboys und CD-Player sind ab dem 28. März 1999 in den Maschinen erlaubt, auch für die Passagiere. Die Info-Elite muß seitdem ihre Bewegungsabläufe so koordinieren, daß das Zuklappen des Handys synchron mit dem Aufklappen des Laptops erfolgt. Durch die richtige Anzeige auf dem Bildschirm kann man sich auf der Liste der achtzig Millionen wichtigsten Deutschen schlagartig um -zig Nullen hinter der Eins verbessern. Tiefe Ehrfurcht wird links und rechts einkehren, sollte auf dem Mittelplatzschoß »18 Uhr Get together

bei R. Herzog« aufleuchten. Sicher, auch bisher gab es schon Möglichkeiten, auf sich aufmerksam und Mitfliegende neidisch zu machen, aber die traditionelle Methode, einen Stapel DIN-A4-Blätter so in den Mittelgang fallen zu lassen, daß das Deckblatt mit der fetten Zeile »Geheime UNO-Pläne im Kosovo« oder »AIDS-Gegenmittel gefunden« deutlich sichtbar wurde, erforderte ausführliche Vorbereitung und handwerkliches Geschick. Bei aller Vorfreude auf den ersten Schnäuzerträger, der sich kurz nach Erreichen der Reiseflughöhe O-Saft in die Tastatur kippt – es muß darauf hingewiesen werden, daß elementar notwendige Geräte des alltäglichen Bedarfs an Bord verboten bleiben werden: Sprechfunkgeräte, drahtlose Computermäuse sowie – besonders schwerwiegend – CD-ROM-Brenner. Hat Deutschland den Anschluß ans nächste Jahrtausend nicht schon verspielt, wenn die Lufthansa drahtlose Computermäuse einsam auf dem Rollfeld ihrem Schicksal überläßt, dafür aber den Passagieren mit Schokotalern zugunsten der Dresdner Frauenkirche die Finger verklebt?
P.S.: Ausweichen auf Deutsche BA ist sinnlos. Dort erfolgt Folter durch witzige Borddurchsagen.

Kater Kafka

Niemand, wirklich niemand bestritt, daß Kafka ein total süßer Kater war. Vier Wochen alt, silbergraues Fell, mit einem schwarzen Fleck unter der Schnauze, der aussah wie ein Kinnbart.
Kafka war das Weihnachtsgeschenk der Zahnarztfamilie an dieselbe, hauptsächlich für die Kinder. Vor allem die fünfjährige Coco hatte sich unheimlich lange ein süßes Kätzchen gewünscht. Bruder Tizian (11) hatte eher einen Hund favorisiert, war aber mittlerweile eh nicht mehr vom Computer wegzukriegen, wenn er nicht gerade Hockey spielte oder Termine als Kindersynchronsprecher hatte. Zahnarztgattin Sabine, die schon von ihrem Ex-Mann nur Summse genannt wurde (»summsummsumm, Bienchen summ herum«), feierte eines Morgens mit einem Glas Sekt das Einjährige von Paulina als Putzhilfe im Zahnarzthaushalt.
Als Summse eine weitere Flasche aufmachte, erzählte Paulina von ihrer Katze Schoko, die demnächst Junge bekommen würde. Da mußte Paulina Summse ganz fest versprechen, daß sie sich das Süßeste der jungen Kätzchen für Coco aussuchen durfte.
Und das war ganz klar Kafka. Der Name Kafka für den kleinen Kater war Summses Idee.
Kafka war ganz klar Summses absoluter Lieblingsautor. Früher, als sie noch zum Lesen gekommen war. Für Summse war glasklar: Kafkas absolutes Spitzenbuch war »Der Käfer«. Summse kannte ähnliche Gefühle wie dieser Samson beim Aufwachen, aber Kafka konnte das natürlich viel besser ausdrücken. Total schizophren, irgendwie, aber echt supergeil.
Deshalb stand Kafka als Name für den Kater fest. Die Alternativen von Tizian (Bruce) und Coco (Archibald) standen nie wirklich zur Diskussion. Der Vorschlag von Gatte Matthias (»Carlo oder irgend sowas«) hatte fast etwas Kränkendes, ließ

er doch ein gewisses Desinteresse ahnen. Allerdings hatte Summse bei Matz noch etwas gutzumachen. Sie hatte ihn nämlich Heiligabend früh gefragt, ob er heute noch mal in die Praxis komme. Als Matz nickte, sagte sie ihm, dann könne er sich ja noch »mit dem Bohrer die braunen Stellen oben wegmachen«. Darauf war Matz ziemlich eingeschnappt, aber er fand es dann doch wieder süß, daß Summse ihm beim Getränkegroßeinkauf für die Feiertage seinen Lieblingswodka mitgebracht hatte, und die Flasche steckte in einem kleinen Nikolauskostüm. Kafka sah zum erstenmal in seinem Katerleben einen Weihnachtsbaum. Als er nach den roten Kugeln sprang, blieb er im Kabel der elektrischen Kerzen hängen. Nicht weiter schlimm, Kugeln kann man nachkaufen. Summse gibt sich auch echt Mühe, nicht ständig mit der Hand über die Kratzspuren zu fahren, die auf dem weißen Lederpolster der Couch von oben nach unten verlaufen. Auch hatte Summse nie ein besonders gutes Verhältnis zu ihrer Mutter. Aber an dem Hutschenreuther-Trompetenengel hing sie, dem letzten Weihnachtsgeschenk vor Muttis Tod. Kafka erledigte die Engel mit dem Schwanz während einer gleichermaßen tapsigen wie eleganten Drehung auf dem Couchtisch. »Drecksvieh«, heulte Summse, und Matz schenkte ihr zur Beruhigung einen Doppelten von ihrem Lieblingsgin ein. Seit einigen Tagen sind Summses Augen rot verquollen. Trauer um die Engel oder Katzenallergie? Irgendwie hat Summse nicht mehr so panische Angst, Kafka könnte plötzlich unbewacht auf die Straße laufen ...

Péage

Wie ich so auf der französischen Autobahn vor mich hinfahre, denke ich mir, daß ich diese Woche noch gar kein Thema für die wöchentliche Kolumne habe. So erreiche ich die Kontrollstelle Senlis, ungefähr 60 Kilometer vor Paris. Ich weiß nicht mehr genau, ob es 62 Francs Gebühren waren, aber ich weiß noch ganz genau, daß mich ein junger Herr in blauer Uniform in die Mitte des großen Platzes nach der Zahlstelle winkte, vor einen kleinen blauen Bus. Mit Zahlen hatte ich in Französisch während meiner vierzehnjährigen Schulzeit immer ziemlich viel Probleme, aber »centquatrevingtetun« habe ich relativ flüssig verstanden: 181! Es ist allgemein bekannt, daß im Land des Weltmeisters Tempo 130 auf Autobahnen vorgeschrieben ist! Und ich weiß es besonders genau, weil ich mich am Abend vorher noch ausführlich darüber unterhalten habe, wie gnadenlos die Franzosen kontrollieren und wie genial einfach ihr Abkassiersystem funktioniert: Irgendwo zwischen zwei Zahlstellen sitzen Herren in Blau bequem in einem französischen Kleinwagen am Rand der Autoroute und geben per Funk durch, daß in Kürze wieder so ein deutscher Trottel mit überhöhter Geschwindigkeit an der Kontrolle eintrifft, es folgen Fahrzeugtyp und Kennzeichen. An der Zahlstelle warten dann die Kollegen, die den neuen Spender nur noch aus dem Stand ranzuwinken brauchen.

Senlis ist weiterhin geradezu ideal, weil es der erste Stop aus Richtung Norden ist, im Kleinbus wird ein Stück Europa Wirklichkeit mit blechenden Deutschen, Beneluxen und Engländern sowie kassierenden Franzosen. 181 km/h kosten 900 Francs, bar oder per Scheck. Der deutsche Herr neben mir, der ohne Französischkenntnisse (We only brought se kids tusse airport) mit Tempo 201 registriert wurde, soll 2500 Francs auf das Tischchen legen. Er füllt selbstverständlich ein Protestformular in deutscher Sprache aus, während der Pro-

zeß gegen mich 1,2 Sekunden dauert: »181, c'est bon pour vous? – Oui.« Leider habe ich keine 900 Francs in bar bei mir und auch keine Schecks, also öffnet sich für mich eine Schranke am Rand der Autobahn, und nach drei Kilometern stehe ich in Senlis am Geldautomaten.
Auf der Rückfahrt zur Autobahn höre ich dauernd »Schau mal, die süßen Häuser. Guck mal, die Gärten, wie schön.« Außerdem läuft im Recorder zum sechsundachtzigsten Mal »Kleiner Dodo, was spielst du?« Dafür finde ich das kleine Sträßchen vor dem Rondell nicht mehr. Doch plötzlich ist es da, allerdings eine Einbahnstraße. Aber mit 900 Francs, süßen Häuschen und kleinem Dodo kann ich darauf keine Rücksicht mehr nehmen. Gegen die Einbahnstraße fahre ich zu der Stelle, wo ich die Autobahn verlassen habe. Zu Fuß überquere ich zwischen hupenden und fluchenden Spießern, die alle nicht 181 gefahren sind, die Autobahn zum Polizistenbus. Cash bezahlt, Papiere zurück und bon voyage. Die Polizisten waren übrigens freundlich und hatten die Gelassenheit von Leuten, die das alles viele, viele Male am Tag durchziehen.

Putzi

Seit ich in einem Interview mit einem Kriminalpsychologen gelesen habe, daß besonders Schwerkriminelle häufig einen fast pathologischen Hang zur häuslichen Sauberkeit haben, putze ich selbst. Vor allem die Problemzonen und Krisengebiete in meinen eigenen zweiunddreißig Wänden konnten von bisherigen Putzfrauen nicht zufriedenstellend einer Reinigung nahegebracht werden.
Als da wären die einzelnen Lamellen der Jalousien. Meine Jalousien, die ich in besonders beschwingten Momenten auch Jalousetten nenne, bleiben während der gesamten Wintermonate geschlossen. Also von September bis April. Bei einzelnen Jalousinchen würde ich von Zeit zu Zeit gerne die Stellung der Lamellen ihren Schrägheitsgrad betreffend ändern, aber der Stab, mit dem dies geschehen könnte, ist abgebrochen. Es geht nur noch rauf und runter. Da bildet sich natürlich ein klebriger Fettfilm mit durchgehender Staubauflage, an den eine durchschnittlich motivierte Putzhilfe nicht rangeht. Da hilft nur ein Eimer mit Lauge, und dann gibt's einen Nachmittag lang Fettfilmfestspiele. Also, ich bin noch nicht dazu gekommen, aber immer, wenn ich mit dem Finger sekundenlang klebenbleibe, nehme ich es mir vor.
Ein weiteres Problem sind tote Stubenfliegen in Designerlampen. Man sitzt abends im milden Schein, und plötzlich fängt es an zu stinken. Kabelbrand? Selbstverbrennung im Untergeschoß? Zehnjähriges Verfallsdatumsjubiläum der Remoulade im Kühlschrank? Nichts von alledem. Für eine Fliege wurde es noch mal sehr hell und sehr heiß, bevor sie an der Halogenlampe festklebte. Einmal wäre ich fast erblindet, als ich von oben in der Stehlampe nachschaute, ob es wieder ein Insekt erwischt hatte. Oben offene Lampen sind noch einfach. Man nimmt die verkokelte Ephemere einfach raus, und nichts weiter bleibt als ein kleiner Brandfleck auf der Birne. Schwie-

riger ist es bei den Lampen, die über ein Lüftungsgitter verfügen und in denen sich Generationen toter Fliegen angesammelt haben. Im letzten Jahr klebten sogar zwei in Fett gebackene Tierchen im Umluftfilter meines Herdes. Ich wollte ihn wechseln, aber er war so alt, daß er ganz porös in seinen Einzelteilen auf das Ceranfeld schneite. Filterwechsel ist eine äußerst undankbare Fummelarbeit. Man sollte versuchen, sie beispielsweise einer neuen Lebensabschnittspartnerin als ersten kleineren Liebesbeweis im häuslichen Bereich zuzuschieben. Übrigens bin ich nie dahintergekommen, wer die Lichtschranke an meinem CD-Player ruiniert hat. Wahrscheinlich beim Versuch, die Glasfront mit Scheuermittel zu reinigen. Der CD-Player öffnete sich, wenn man mit der Hand so vorbeiwischte, wie bei einem Bewußtlosen, um zu sehen, ob er noch Reaktionen zeigt. Seit sich die Tür nicht mehr öffnet, höre ich verstärkt Radio. Dazu muß man die Tür nicht öffnen. Wenn ich doch mal eine CD einlege, versuche ich das schmerzliche Knakken nicht zu hören, das beim gewaltsamen Öffnen von Hand entsteht. Bald erzähle ich Ihnen, wie mir mal Parkett angefault ist, weil hinter einem langen Vorhang ein Heizkörper getropft hat. Gerade noch gemerkt, bevor der Schimmel auf die Couch überging.

Strafzettel

Was hat es zu bedeuten, wenn man sich über Strafzettel nicht mehr aufregt? Wenn man nicht mehr wie ein Irrer (Achtung: keine Diffamierung geistig Behinderter oder in psychiatrischem Gewahrsam Lebender, sondern nur Beschreibung eines Zustandes vorübergehenden emotionalen Außer-sich-Seins) aus einem Schuhgeschäft auf die Straße stürzt, um zu verhindern, daß man aufgeschrieben wird? Wenn man nicht mehr stammelnd nach Erklärungen sucht (»Ich stehe grad mal zwei Minuten hier«, fast so gut wie »Im Moment wollte ich wieder weg«)?

Hat man eine neue Stufe der Erkenntnis erreicht? Ist einem noch mehr wurscht als am Vortag? Beschleicht einen das Gefühl, daß sich die Politesse mit dem Ausstellen des Strafzettels selbst demütigt, ohne es zu merken? Oder würde man in Wahrheit vor Haß am liebsten explodieren und der Politesse mit Mitteln eindeutig jenseits der Genfer Konvention zeigen, was man von ihr hält?

Wahrscheinlich ist es ein Gemisch aus allem. Grundsätzlich ist man immer der Ansicht, ein Strafzettel sei zu Unrecht ausgestellt. Entweder liegt zwar theoretisch ein Verstoß gegen die Straßenverkehrsordnung vor, aber keine praktische Behinderung, oder man war wirklich »nur mal kurz in der Bank«. Manchmal verliert man auch nur das Spiel »Ich riskier's«! Kein Kleingeld für die Parkuhr, keine Lust, bis zu diesen modernen Dingern zu laufen, die so einen Zettel ausdrucken, auf dem die Uhrzeit steht und den man dann hinter die Windschutzscheibe legt.

Ein Strafzettel nervt bereits in der Art, in der er einen erwartet. Aus der Ferne sieht man schon diesen kleinen Fleck hinter dem Scheibenwischer, in dieser gräßlichen Hülle, einer Mischung aus Kondom und transparenter Mülltüte. Allerdings kann man eine gewisse Spannung nicht verhehlen: Wie teuer

wird's denn diesmal? Wobei mir der Unterschied nicht klar ist zwischen den Strafzetteln, die schon ein ausgefülltes Formular zur Überweisung mit dabei haben, und dem Anschreiben, daß sich die »Stadt mit mir in Verbindung setzen wird« zwecks Anhörung und dem ganzen Quatsch.
Mein derzeitiges monatliches Falschparkervolumen beläuft sich auf durchschnittlich 250 (i. W.: zweihundertfünfzig) Mark. Nicht gerade billig, aber immer noch günstiger als eine Garage, selbst wenn es eine gäbe. Als psychologisch hilfreich hat sich erwiesen, diese Summe einfach ins monatliche Budget aufzunehmen. Meine Anfrage nach einer Einzugsermächtigung wurde leider negativ beschieden, jeder Fall muß juristisch unabhängig gesehen werden. Natürlich gibt es überzeugte Demokraten, die auch für ein »Knöllchen« (volkstümlicher rheinischer Ausdruck für Strafzettel) »bis nach Karlsruhe gehen«. Aber dort gibt's auch keine Parkplätze. Versetzen wir uns also abschließend in die Psyche einer Politesse. Was geht in einer Frau vor, die in einer unförmigen blauen Steppjacke langsam die parkenden Autos abschreitet und dann langsam zu diesem kleinen Taschencomputer greift, um zu vollstrecken? Ich vermute, die Damen müssen sich tagaus tagein viel Schlimmes anhören. Neulich stand ich zwei Schritte neben einer, als sie mein Auto aufschrieb. Als sie den Zettel hinter den Scheibenwischer klemmte, spürte ich ein wohliges Zittern. Ich habe nichts gesagt, und sie hat nichts gemerkt. Mentale Pumpgun.

Tamagotchi

Mir wurde ein Tamagotchi auf den Tisch gelegt. Natürlich wußte ich nicht, daß es sich um ein Tamagotchi handelte, es sah aus wie ein Schlüsselanhänger oder eine Minitaschenlampe. Da ich nicht mal weiß, wie ein Videorecorder programmiert wird, in-line nicht von on-line unterscheiden kann und Begriffe wie E-mail oder Mailbox beliebig benutze, nur um beim Gegenüber ein Staunen zu bemerken, konnte ich auch mit der Eieruhr oder dem Uhrei (so etwa die Übersetzung von Tamagotchi) nichts anfangen.

Sogleich stürmten hilfsbereite Menschen herbei, um mir die Funktion eines Tamagotchi zu erklären. Und siehe da: Weichheit legte sich auf die Züge, Fürsorge klang aus der Stimme, Zärtlichkeit trat in die Augen der Erklärenden. Da wird so ein schutzloses Küken geboren, braucht etwa fünf Minuten, bis es herangewachsen ist und zum ersten Mal piept. Nun setzt der Beschützerinstinkt des Tamagotchi-Besitzers ein: Was will uns das Küken sagen?

Hat es Hunger, braucht es Erziehung, Sonne oder einen Baseballschläger? Der Baseballschläger ist das faszinierendste Symbol im Display. Seine Bedeutung vermittelt sich nicht auf Anhieb. Will das Ding Sport treiben? Mutiert es zum Skin? Oder braucht es ganz simpel einen Schlag auf den Kopf? Auch mit dem Essen ist es nicht so einfach. Gibt das Tamagotchi ein Hungerpiepsen von sich, gilt es zu erraten: Meal oder Snack? Drückt man die falsche Mahlzeit, ruckt das aufsässige Teil ekkig mit dem Kopf hin und her, wobei es so blöd aussieht, daß man ihm am liebsten eins mit dem Baseballschläger verpassen würde.

Wirklich niedlich ist es hingegen zu sehen, wie das Tamagotchi Stuhl ins Display absondert. In diesem Fall wird es notwendig, die Häufchen durch ein Räumungsküken beiseite schaffen zu lassen. Geschieht dies rechtzeitig, signalisiert das

Kleine: Ich bin happy. Und nun kommt das Traurige. Während eines Wochenendes ließ ich mein Tamagotchi achtlos auf dem Schreibtisch zurück. Dabei muß es an seinen Häufchen erstickt sein. Traurig lag es da, kein Pieps. Ich schlug es mit dem Baseballschläger, ich bot ihm Snacks an – alles nutzlos. Da kam eine freundliche Kollegin und drehte dem Tamagotchi irgendwo hinten die Spitze eines Korkenziehers rein. Neues Leben entstand. Das schafft nicht mal die Gentechnologie.

Telefonpreiskrieg

Viele Mitmenschen haben einen neuen Teilzeitlebensinhalt gefunden: Rausfinden, mit welcher Gesellschaft welches Telefonat am billigsten zu führen ist. Ganze Abendunterhaltungen werden mittlerweile davon bestritten. Natürlich sitzt ein Mensch, für den sich die Welt weiterhin in Orts- und Ferngespräche unterscheidet und der außerdem schon fast lyrisch immer noch vom *Mondscheintarif* spricht, zwangsläufig stumm daneben.

Auch war es für ihn interessant zu erfahren, daß *Gebührenmanager* ein weiteres kleines Kästchen ist, welches noch auf dem Schreibtisch Platz finden soll, keinesfalls ein neuer Job. Wird es da nicht langsam Zeit, die guten alten Gebühren gebührend zu würdigen? Noch intelligenter formuliert: Könnte es sein, daß jemand, der ohne nachzudenken einfach weiter mit der zwar supermodernen, aber irgendwie doch auch guten alten Telekom telefoniert, am Monatsende plusminus und pimaldaumen genausoviel zahlt wie ein Gigant des neuen Telefonzeitalters, der bei jedem Gespräch irgendeine andere Nullnummer vorne dranhängt? Gleicht der mörderische Preiskampf im Rahmen unserer schönen Marktwirtschaft nicht am Ende alles aus?

Das Gemeine an den Telefonkampagnen sind doch die Sternchen. Lautet die Annonce beispielsweise *Jetzt umsonst telefonieren,* ist mit Sicherheit ein kleines * dran, und unten wird dann erklärt, dieses * bedeutet zwar in gewisser Weise umsonst telefonieren, aber eigentlich nie dann und dorthin, wann und wo es gerade angenehm wäre. Sicher, es gibt Telefongesellschaften, die vor allem für junge Frauen interessant sind, die täglich zwischen elf und dreizehn Uhr etwa eintausenddreihundertzweiundsiebzig Ortsgespräche führen. Auch Kundengespräche über mehr als zwölftausend Kilometer um drei Uhr morgens soll es förmlich schon umsonst geben.

Aber werden nicht auch schon die Stimmen lauter, die einzel-

ne Vorwahlen zwar als *absolut die billigsten* schildern, aber – leider – immer besetzt! »Dakommseniedurch.« Als vorbildlichen Kundenservice haben wir deshalb folgendes Telefonierverhalten ermittelt, bei dem es uns nicht wundern würde, wenn Sie noch was rauskriegen:
Nachdem Sie in Ihrem mittlerweile selbstverständlichen Internetanschluß den absolut billigsten Anbieter herausgefunden haben, wählen Sie sofort zwanzigmal hintereinander dessen Vorwahl. Da Sie aus Kostengründen nie mehr länger als drei Minuten sprechen, stört es Sie auch nicht, wenn nach zwanzig Sekunden der erste Werbespot ertönt. Da Sie nur noch mit dem fernsten Ausland telefonieren, stört Sie eine eventuell fünfstellige Telefonrechnung im Monat nicht im geringsten.
Schließlich zahlen Sie ja keine Grundgebühr. Tut. Tut. Tut.

Urlaubszeit

Die treuesten unter den Lesern wissen es: Dies ist nicht der Ort für Floskeln. Deshalb sei gesagt: Bald naht die schönste Zeit des Jahres. Der Urlaub.

Da der Deutsche nach subjektiver Einschätzung des Verfassers etwa dreimal pro Jahr für sechs Wochen verreist, fällt es schwer, auf interessierte Fragen nach dem Urlaubsziel einfach zu antworten: »Ich bleibe hier.« Und nicht etwa, um mal so richtig Urlaub zu Hause zu machen, mit Grillabenden auf dem Balkon, Radtouren in die nähere Umgebung oder Besuchen im Heimatmuseum – nein, man bleibt einfach hier und arbeitet weiter. Weil man keinen Bock auf Urlaub hat und die Arbeit richtig Spaß macht. Gibt es. Ehrlich. Weil es einem überall zu voll ist und zu heiß, oder zu öde und zu kalt. Weil man nicht scharf ist auf Städtetouren am Wochenende und Massen, die sich durch einschlägige Städtchen in der Provence oder der Bretagne schlängeln. Natürlich gäbe es auch die Variante, gewisse Berufe (vor allem »kreative«) vom Urlaubsort weiter zu betreiben. Neuerdings ist ja viel zu lesen von Milliarden von Deutschen, die angeblich »mit dem Laptop« von Mallorca aus »ihre Geschäfte in Deutschland betreiben«.

Hier wäre anzumerken, daß tatsächlich eine zunehmende Zahl deutscher Businesspeople (yes!) durch irgendein modernes Kommunikationsmittel mitgeteilt bekommt, schleunigst den Heimflug anzutreten, weil es nämlich in der Heimat nichts mehr gibt, das sich vom Laptop aus noch managen ließe. Pech, wenn das Handy in Andraitx schon der größte Posten in der Konkursmaße ist. Zunehmend abschreckend wirken auch die Planungen, die immer mehr Urlauber vor ihrer Reise anstellen. Von der Ankunft in San Francisco bis zum ersten Kaktus im Death Valley über 3,5 Stunden in Las Vegas mit anschließendem Trip zum Grand Canyon (inkl. Ponyreiten und Flugzeugrundflug) steht alles minutiös fest. Bu-

chungsnummer der Reiserückholversicherung an oberster Stelle (»falls man sich da drüben ein Bein bricht«).
Mindestens zwei Nationalparks und drei Canyons sind Pflicht (6.300 Meilen in zwei Wochen!), sonst wird die Reise als sinnlos empfunden. Was sie vielleicht auch ist. Singen wir also an dieser Stelle das Hohelied des wenigen Urlaubs, wie ihn Amerikaner kennen (zwei Wochen), oder Japaner (zwei Stunden). Ok, ok, die Japaner sind momentan vielleicht ein bißchen ins Trudeln geraten – ein Grund mehr, zu Hause zu bleiben. Private Forschungen haben ergeben, daß irgendwas schieflaufen muß, wenn der Satz »Urlaub ist die schönste Zeit des Jahres« als richtig empfunden wird.
Was ist mit den anderen 30–46 Wochen. Anderer Ansicht? Dann lesen Sie bitte demnächst: Warum ausreichend Urlaub so wichtig ist.

Spülen

Viel zu selten ist in der Weltliteratur über die mediative Kraft des Spülens geschrieben worden. Wie fast überall in der modernen Welt, so ist auch hier der existentielle Wunsch des Menschen nach Reinigung und Klarheit einer Maschine anvertraut worden, die anonym summend zwar oberflächliche Sauberkeit erzielt, letzte Dinge aber doch nicht schafft.

Wie anders das Spülen von Hand! Schon das Einlaufen des Wassers bietet Gelegenheit, sich gedanklich über Ursprung und Ziel menschlichen Daseins zu verbreiten. Weiß das Wasser, Quell allen Lebens, welchen Weg es gehen wird? Zwar ist es eine alte Weisheit unserer in schwierigen Zeiten schlingernden Bauindustrie: Wasser sucht sich seinen Weg (z.B. an der Duschtasse im ersten Stock vorbei in die Rigipswände). Aber kennt auch das Spülwasser seine Bestimmung, wenn es jungfräulich ins Becken strömt? Ahnen die Tropfen, welche von Zitronenseife benetzt werden, daß es sich um ein letztes Aufschäumen handelt, bevor sie beschmutzt unter der Erde verschwinden? Auch wir Menschen können nur ahnen, wo der schmale Grat liegt, an dem die Mischbatterie noch angenehm warmes Wasser spendet, während nur Millimeter weiter brühendheißes Naß über unsere Hände strömt, welches das Dichterwort Wahrheit werden läßt: Der Mensch ist ein Lehrling, der Schmerz ist sein Meister, und keiner kennt sich, eh er nicht leidet.

Was soll nun zuerst gespült oder zumindest einer Spülung nahegebracht werden? Natürlich die Gläser! Solange das Spülwasser noch sauber ist, ohne Kartoffelreste oder angebranntes Pesto, drehen wir die bauchigen Weingläser vorsichtig im Wasser und wenige Millimeter über dem Beckenboden. Wie oft brach in spülerischen Anfangszeiten das Glas, weil wir es zu heftig ins Becken legten! Sicher, man könnte eine Gummispülmatte auf den Grund legen, welche den Stoß dämpft, doch ließen wir uns damit jenen spannungsreichen Moment entgehen, der entsteht, bevor ein Glas die endgültige Spülbeckentiefe auslotet. Dann die Teller! Befreit vom gröbsten Schmutz, lassen wir sie stapelweise und nach Größe geordnet zu Wasser. Ja, es gibt einen Spülschwamm! Ja, es gibt eine Spülbürste! Doch wer wird sich um die prickelnde Erregung bringen, welche sich einstellt, wenn wir mit bloßen Fingernägeln unter Wasser Gratinreste von Prozellan kratzen. Unmittelbar nach dem Herausziehen aus dem Wasser prallen zwei Kulturen aufeinander: Gleich ins Abtropfgestell oder erst mit klarem Wasser nachspülen? So viele Fragen, so viele Möglichkeiten! Finde es heraus. Spül und werde!

Der Vordermann

Gibt es schon Analysen darüber, welche vielleicht traumatischen Auswirkungen es haben kann, wenn einem Säugling beim Stillen in einer *Cessna Golden Eagle 421 II* der Finger eingequetscht wird? Gibt es vergleichbare Zwischenfälle auch aus einer *Boing* oder einem *Airbus* zu vermelden?
Wird dort vielleicht eher mal ein Klapptisch auf den Babykopf gedonnert oder ein Beinchen gestaucht, wenn der Vordermann den Sitz nach hinten klappt? Ist dies nicht überhaupt der wahre Luxus? – Leben ohne Vordermann? Warum klappen so viele als erstes im Flugzeug den Sitz nach hinten? Einfach, weil es möglich ist? Klappen die auch den Küchenstuhl oder den Wohnzimmersessel nach hinten? Natürlich nicht! Aber im Flugzeug geht's ja, man hat ja schließlich bezahlt, also wird geklappt. Und zwar erst mal so, daß beim Hintermann die Kniescheiben knirschen. Dann stellt man fest: Hoppla, war ein bißchen zu weit, und läßt die Lehne wieder nach vorne krachen. Solche Menschen müssen auch Zehntelsekunden nach Erreichen der Reiseflughöhe aufstehen, um noch mal was aus dem Gepäckfach zu holen. Weil sie dabei ganz hinten im Fach wühlen müssen (hinter Mänteln, Plastiktüten und Gummiigelrucksäcken), drücken sie dem Sitzenden am Gang ihre Plauze ins Gesicht. Modisch hat man es dabei vor allem auf Berlinflügen mit dem Fraktionsgeschäftsführerlook zu tun: Blaugestreiftes Hemd, Krawatte mit Elefanten drauf und senffarbenes Sakko. Zwischen Gürtel und Nabel spannt das Hemd so sehr, daß es nicht mehr richtig schließt und der Blick wahlweise auf a) Feinrippunterhemd, b) Käsebauch mit behaartem Muttermal oder c) Baumwollfusseln in angegrauter (hoffentlich Brust-)Behaarung fällt. Kann es überraschen, daß der schwitzende Berlinflieger das Gesuchte nicht gefunden, dafür aber den Gepäckfachinhalt beinahe in den Flur gekippt hätte? Dies konnte nur mit Ausfallschritt nach hinten vermie-

den werden, wodurch der gegenüber sitzende Gangpassagier sein Gesicht zur Hälfte in einem trevirabespannten Massivgesäß vergraben findet. »Sorry«, tropft es aus dem schmuddeligen Kurt-Masur-Bart. Es soll nicht unerwähnt bleiben, daß unser Vordermann Getränke bestellt, die von der Stewardeß nicht einfach vom Servicewagen genommen werden können, sondern ganz unten vorgekramt werden müssen: Ginger Ale! Säuft das der Dicke noch irgendwo außer im Flugzeug? Ist die Maschine dann gelandet, wird nicht etwa sitzend gewartet, bis man bequem aussteigen kann, sondern man steht im Neunzig-Grad-Winkel gebückt unter den Gepäckfächern, bis man endlich dran ist. Doch sollen derartige Petitessen nicht von der anfänglichen Frage ablenken: Wie ist das mit dem Stillen in der Cessna? Weiß David Blieswood Rat?

Fragen

Ist es denkbar, daß Frauen im Klimakterium während der ersten zehn Minuten nach Beginn der Vorführung von *Place Vendôme* bis zu viermal die Plätze im Kino wechseln müssen? Kann es daran liegen, daß der Platzanweiser »Viel Spaß bei Pleiss Wenndoum« wünscht? Zwei Fragen, die vielleicht nebensächlich erscheinen, die aber noch nirgends zufriedenstellend beantwortet wurden. Kann es weiter sein, daß der Dioxin-Skandal in Belgien den deutschen Verbraucher irgendwie kaltläßt?

Daß zwar sämtliche Medien in gewohnter Aufregung vor allem warnen, was nur irgendwie nach Huhn, Rind, Eiern oder Milch aussieht, daß die verehrte Kundschaft jedoch vor laufenden Kameras erfrischend gleichgültig die Schultern zuckt? Ziemlich klein wird die Meldung eines Hamburger Wissenschaftlers gedruckt, normale Muttermilch enthalte durchaus höhere Dioxinanteile. Wer jetzt hektisch auf die Uhr schaut, um zu sehen, ob es vielleicht wieder mal fünf vor zwölf ist, der muß eventuell feststellen, daß er ein mit krebserregenden Farb- und Konservierungsstoffen verseuchtes Lederarmband trägt – die allerneueste Erkenntnis. Wieviel Zeit bleibt jemandem noch für die Dinge des Lebens, wenn sein Armband die Höchstgrenze von aromatischen Aminen um das Vierfache überschreitet? Wie kommt es eigentlich, daß unsere gute alte Umwelt samt ihrer schönen Schäden und Gifte irgendwie aus der Mode gekommen ist? Sind daran, wie eigentlich an allem, die Grünen schuld? Was macht eigentlich das gute, alte Waldsterben, das uns in so vielen Talkshows und von allen Kabarettbühnen herab so viele Jahre treu begleitet hat? Wie geht es unseren Robben, über deren Zustand wir mit Meldungen lange Zeit fast erschlagen wurden? Ist die Nordsee gekippt? Was macht das Öl auf unseren Bohrinseln. Alles dicht? Warum ist das Ozonloch so

ins Off gedrängt worden? Die Polkappen müßten doch eigentlich bald geschmolzen sein.
Kopfschüttelnd schlagen wir das Frühstücksei auf, von dem wir nur wissen, wo es verpackt, nicht aber, wo es gelegt wurde. Frage: Wissen Sie eigentlich, mit welchem Kleber Ihr schönes, altes Parkett verlegt wurde?

Mein Jogginganzug

Seit einiger Zeit verbringe ich meine Wochenenden im Jogginganzug. Es wäre Verschwendung von kostbaren Anschlägen pro Zeile, würde hier darauf hingewiesen, daß alle Klischees und Vorurteile über den Jogginganzug respektive seinen Träger bereits mehr als ausgewalzt wurden.
Ist es also denkbar, einem Kleidungsstück völlig naiv und ohne vorgefertigte Meinung gegenüberzutreten, bevor wir reinschlüpfen?
Noch vor meiner Jogginganzugperiode wollte ich übrigens mal im Bademantel im Supermarkt einkaufen gehen, wie Nick Nolte in Hollywood. Habe ich mich aber nicht getraut. Zwar gibt es auch in meinem Umfeld Menschen, die im Bademantel zu Lidl gehen, die sitzen aber nicht bei der Oscar-Verleihung in Reihe 1. Höchstens beim Tele-Star. Nun begab es sich, daß sich der Todestag von Frank Sinatra jährte, und aus diesem Anlaß präsentierte Larry King eine Sendung auf CNN. Und wer saß zwischen Nancy (with the laughing face, soweit die vollen Lippen dies erlaubten) und Tina? Jerry Lewis! Und zwar in einem Jogginganzug der Firma, die Andy Möller angeblich nach Kaiserslautern verschachern will.
Zugeschaltet war ebenfalls Sinatra-Verehrer Barry Manilow, der aus humanitären Gründen seit vielen Jahren anscheinend nur noch von vorn gefilmt werden darf. Aber mein Idol seit Jahrzehnten – Jerry Lewis – in einem Jogginganzug, der ziemlich weh tat. Was doch auch wieder so nicht stimmt. Denn Jerry erzählte, wie sehr ihm die alten Kumpels Dean Martin und Sammy Davis jr. und vor allem der unvergleichliche Francis Albert Sinatra fehlten. Nancy hakte sich bei ihm ein und kämpfte mit den Tränen, und mit jeder Sekunde wurde der Jogginganzug cooler.
Derselbe Jogginganzug an einem Sonntagmorgen in einer Kölner Tankstelle löste eine Assoziationsreihe aus, in der

Vollproll und *Asipack* noch die politisch korrektesten Begriffe sind. How come? Mein Jogginganzug ist von der Firma, die so heißt wie der Politiker, der früher mal über Schottland mit dem Fallschirm abgesprungen ist und dann den Rest seines Lebens in Spandau verbracht hat. Hat nichts mit der Firma zu tun, heißt aber so, obwohl er sich anders schreibt. Hört man aber nicht. So ein Jogginganzug ist äußerst bequem, vor allem, wenn man ihn drei Tage quasi nicht auszieht. Ich besitze einen in Grau und einen in Dunkelblau. Auf das Oberteil des grauen habe ich mir schon Brombeerjoghurt, Ahornsirup und Ovomaltine gekleckert. Die Knie sind ausgebeult. Neulich bin ich in ihm eingeschlafen und unmittelbar nach dem Aufwachen am folgenden Morgen einkaufen gegangen. Dazu trage ich schwarze Slipper. Sneakers kämen cooler, sind aber zu umständlich, was Anziehen und Binden betrifft. Nur in Jogginghose und T-Shirt sah ich Sonntag vor Pfingsten, wie Sergej Lochthofen von der *Thüringer Allgemeinen* im ARD-Presseclub mit einer Bleistiftspitze von Faber-Castell spielte. Die ist nicht billig. Ich fühle mich provoziert. Sergej Lochthofen sieht aus wie Klaus Allofs mit grauer Raspelbirne. Er hat einen grauen Dreitagebart, aber pechschwarze Augenbrauen und einen ziemlich schwarzen Schnäuzer. Ist es vorstellbar, daß sich Journalisten die Augenbrauen färben? Neben Sergej Lochthofen sitzt Hans-Ulrich Jörges von der *Woche.* Aus der Nähe sieht er aus wie Jürgen Fliege mit Nackenmatte. Aus der Ferne sieht er aus wie Bernd Clüver ohne randlose Brille. Ich frage mich, ob die beiden privat Jogginganzüge tragen und wann der erste Journalist im Jogginganzug beim Presseclub erscheint. Vielleicht Hans D. Barbier, der kürzlich sehr poetisch formulierte, warum Gladbach keine Fohlenelf mehr hat. Wäre recht cool.

GELD oder: Wozu braucht die Burgeoisie Verzweiflung

Ein wirklich fundiertes Brevier für den angehenden Millionär. Keine flatterhaften Heilsversprechungen, sondern eine solide Analyse nach der alten Zauberformel Pi mal Daumen.
Allgemein ist zu sagen, daß einige Texte ungewöhnlich kurz erscheinen. Das liegt daran, daß ich einige Monate lang Anschläge pro Zeile mit Anzahl der Zeilen pro geliefertem Text verwechselt habe. So wie Dividende mit KGV und Brutto mit Netto: Und von wem ist wohl der Untertitel in der Überschrift entliehen?

Amnestie

Dr. Theodor Waigel, nicht zu beneiden während seines Jobs als Bundesfinanzminister, hatte in einem Gespräch mit n-tv eine mögliche Amnestie für Steuersünder angedeutet. Gnade für alle, die ihre Spargroschen von ausländischen Konten wieder nach Deutschland schleppen und hier versteuern.

Dies macht eine Selbstanalyse notwendig zum Thema: Selbstdemütigung durch Steuerflucht. Dabei soll nicht die Rede sein von den Hausfrauen und Heimwerkern, die ihre Spargroschen nach Luxemburg oder ins Klein-Walsertal schaffen, voller Angst, mit 10 000 Mark Bargeld im Anorak in einen Autounfall verwickelt zu werden und samt dem sauer Ersparten zu verkohlen, respektive beim Wasserlassen auf einer Autobahnraststätte von einem inländischen Mitbürger ohne Perspektive auf dem Arbeitsmarkt mit dem Kopf gegen den Kondomautomaten geschleudert und anschließend ausgeraubt zu werden.

Diese eher folkloristisch anmutenden Steuerbetrüger erleben meist einen Kulturschock, wenn sie mit einem Aktenkoffer à la Derrick am Sparkassenschalter antreten und erleben müssen, daß 100 TDM ganz bequem in einen normalen Briefumschlag passen.

Unsere Aufmerksamkeit gilt auch nicht solchen Großindustriellen, die sich in Österreich oder auf irgendwelchen Cayman-Inseln verbunkern, um statt 4 eher 8 Milliarden oder so zu sparen. Diese Mitbürger haben bereits alles, wovon die Info-Elite noch träumt: Privatjet, Ferienhäuser, Weiber, Ehen, Yachten und so weiter. Wenn sich die aktuelle Gattin aus Rache am seitenspringenden Gemahl ein Collier für 200 TDM kauft, bemerkt dieser das nicht. Zudem haben diese Herrschaften bereits ein Alter erreicht, in welchem sie ohne fremde Hilfe nicht mal mehr den Löffel abgeben können. Beglückwünschen wir sie also zu weiteren am Fiskus vorbeigeschleusten Milliarden.

Nun aber richtet sich unser Blick auf jene, welche sich mit dem Steuersparen richtig Streß machen, die mit ausländischem Wohnsitz in Belgien, Holland oder Monaco. Gratis-Tip: Damit dieses Modell (Doppelbesteuerungsabkommen) auch wirklich funktioniert, muß man auch tatsächlich dort wohnen.
Schon mal in Monaco gewohnt und in Leverkusen gearbeitet? Schon mal nachts bei Glatteis nach Belgien gerast, damit die 183 Tage in Deutschland nicht überschritten werden? Schon mal in Vaals (NL) aus dem Fenster geguckt und dann die Frage zugelassen: Wofür genau sitze ich eigentlich hier und spare Steuern? Und das bei einem Jahreseinkommen von 300 TDM, der Armutsgrenze in der deutschen Fernsehindustrie. Wäre es da nicht weit sinnvoller, sich an den phantastischen legalen Steuersparmöglichkeiten zu beteiligen, die unser Staat bereithält (ostdeutsche Flugzeuge, Immobilien unter liberianischer Flagge, Frachtschiffe in der Leipziger City)? Denn wie sagt der alte Indianer, der zu dumm war, um zu merken, daß man Geld nicht essen kann?! »Erst wenn ihr die letzte Steuer gespart und das letzte Mietshaus abgeschrieben habt, werdet ihr euch fragen: Wofür eigentlich?«

Crashle

Cool geblieben beim letzten Börsencrash, der mal wieder gar keiner war und der uns Kleinanleger auf eine Nervenprobe gestellt hat, die nach Meinung der Experten mit Bravour bestanden wurde. Glückwunsch.

Die goldene Regel lautet einfach: nicht verkaufen und weiterschlafen. Denn sämtliche Kurven in allen Zeitungen zeigen eindeutig: Jeder schwarze Freitag, blaue Montag oder goldene Oktober seit Erfindung der Börse war insgesamt nicht mehr als ein Zacken nach unten, der auf lange Sicht nur mit der Lupe wahrnehmbar bleibt.

Volkstümlich sei hiermit ausgerufen: Auch in finsteren Zeiten steigt die Börse schneller als die Rentenbeiträge. Die »Abkühlung« unserer »überhitzten« Börse (im Gegensatz zur »wirtschaftlichen Schräglage Asiens, bei allerdings kurstechnisch gleichem Effekt: Rrrrums!«) wird allgemein als stabilitätsfördernd empfunden, lediglich der Börsengang des Erfolgsunternehmens Borussia Dortmund könnte sich dadurch leicht verzögern.

Auch die Gerhard-Schröder-Werke in Wolfsburg (früher VW) haben zunächst auf eine Kapitalerhöhung verzichtet. Wahrscheinlich fürchtet man, vom gemeinen Volksaktionär als Telekom auf vier Rädern eingestuft zu werden, shareholdervaluemäßig. Damit haben wir nahezu vorbildlich den Bogen von der Aktie zum Automobil geschlagen und werfen ein kritisches Licht auf den verunsicherten Konsumenten zwischen Tigerstaaten und Elchtest. Die »Pressefreiheit« hat mittlerweile dazu geführt, daß sich unser internationales Vorzeigeunternehmen Daimler Benz von einem dahergeschleuderten Schweden anpissen lassen muß, um in der Elchmetapher zu bleiben. Wenn Mutti mit der vollbeladenen A-Klasse von IKEA nach Hause fährt, dann sitzt der Elch auf dem Rücksitz! Angeschnallt! Nüchtern, Herr Schwede!

Bei uns kann man sowieso nicht schneller als 50 fahren, da kann der Elch ab 70 ruhig kommen. Hat sich jemals ein deutscher Autotester darüber ausgelassen, wie sich die Karosserie eines Volvo verhält, wenn dieser von einem zugekifften Studienrat gegen das geschlossene Garagentor gesetzt wird? Na also.
Mein untrügliches Gespür für wirklich wichtige Themen gebietet mir an dieser Stelle Einhalt, denn durch einen Tränenschleier lese ich in der WamS die menschlich wertvollste Schlagzeile des Jahres: »Familienzusammenführung« für homosexuelle Ausländer. Auf Betreiben der Grünen plant dies das nordrhein-westfälische Innenministerium. Wir in NRW, die politische A-Klasse, machen es möglich: Ob serbische Lesbe oder schwuler Sudanese – willkommen in Dülmen und Bad Berleburg. Schluchz!
P.S.: Sorry, liebe Heteros. Gilt nur für Schwule. Das Girlie aus Bangkok und der Rasta-Hengst aus der Karibik haben es nicht ganz so einfach. Gemein!

Employability

Es war an der Zeit. Das haben wir gebraucht: »Employability«, das Zauberwort, ohne welches kaum ein Wirtschaftsteil mehr auskommt.

Der deutsche Arbeitnehmer, der nicht länger über die Parteiflügel, sondern stramm durch die Neue Mitte kommt, muß in Zukunft seinen ganz persönlichen Trend zur Employability verstärken, das bedeutet: Er muß nicht mehr länger nur beschäftigungswillig, vielmehr muß er überhaupt beschäftigungsfähig sein. Dabei droht Konkurrenz von allüberall. Kaum einer hatte doch bisher den Nicht-EU-Spargelstecher auf der Rechnung, der den Spargelstandort Deutschland aufs billigste untergräbt. Während also ganze Kolonnen von fröhlich singenden Ingenieuren, Ärzten oder Lehrern, deren Employability im erlernten Job momentan eher nicht so hoch ist, Richtung Spargelfelder unterwegs sind, ist dort schon der Nicht-EU-Spargelstecher zugange, mit einer geradezu ans Unfaßbare grenzenden Employability. Die Spargelstecherbranche ist vielleicht eh kein so gutes Beispiel, weil der Spargel dummerweise zu einer Tageszeit gestochen wird, zu der sich deutsche Gewerkschaften eher noch mal auf die andere Seite drehen oder gleich ganz querlegen, was der Employability nicht ganz zum Vorteil gereicht. Der Wirtschaftslaie in uns könnte Employability fälschlich für eine milde Form von Totalitarismus im Spargelfeld halten: Wurscht, was du gelernt hast – dein Volk braucht dich im Kampf gegen die Nicht-EUStecher. Allerdings sind noch nicht allzu viele junge Menschen an der Schwelle zum Berufsleben mit Employabilitis infiziert. Ein Staat, der nicht davor zurückschrecken würde, den bandscheibengeschädigten fünfundfünfzigjährigen Kontokorrentbuchhalter in die menschenverachtenden Spargelfelder zu schicken, darf sich nicht wundern, wenn junge Arbeitskräfte eher weniger den Trend zur Employability zeigen, weil sie a) nicht mit vierzehn Tagen Urlaub

ihr Berufsleben beginnen können, b) eher weniger ihre Gehaltsvorstellung von 7.000 (ungern brutto) verwirklicht sehen und c) am ersten potentiellen Arbeitstag leider ihren kranken Onkel in Bielefeld besuchen müssen.
Lesen Sie dazu demnächst: Dienstleistungsparadies Deutschland – Friseure am Hochofen.

Ergo

Lateiner aufgepaßt! Dem kleinen Wörtchen aus der Überschrift kommt künftig eine weit größere Bedeutung zu als bisher. Ergo sum. Also bin ich. Falls cogito. Ich denke. Derartiger linguistischer Schabernack muß in diesem »Sommer« 1997 erlaubt sein, denn Ergo wird der Name einer neuen Superversicherung, genauer von »Deutschlands zweitgrößtem Erstversicherungskonzern«.

Toll, sagen da wir, die sympathischen kleinen Beitragszahler mit Hang zum Versicherungsbetrug und Empörung »über diese Ärzte«. Kleiner Nebengedanke: Der kardiologisch unbedarfte Laie neigt (bei Hitze) zu bedenklichen Blutdruckwerten, weil er skandaltechnisch Herzkatheter und Herzklappe durcheinanderwirft (auch mancher, hicks, Arzt, hahaha?). Dies kann zu Herz-Kreislaufbeschwerden führen, welche den Einsatz eines Herzkatheters notwendig machen, wobei eine private Krankenversicherung nicht schaden kann. Ergo haben wir das ursprüngliche Thema wieder mitten ins Herz getroffen. Für den deutschen Sicherheitsjunkie, der gerne mal achtzig Prozent seines Einkommens in Versicherungsbeiträgen investiert, hat der neue Riese einen gigantischen Vorteil: Alles unter einem Dach (Vorsicht, Schneebretter! Gut versichert?).

Ob D.A.S. (supertolle Anwälte), Hamburg-Mannheimer (an den neuen Herrn Kaiser können wir uns irgendwie nicht so richtig gewöhnen) oder DKV (mit stundenlangen Werbespots, in denen so ein alter Chef auf einen jungen Typen mit Gipsarm einquasselt) – alles Ergo, oder was?

Größter Vorteil: Es kommt nur noch eine Vertretertype, die uns ein Ohr abquatscht. Egal, ob Chefarztvisite im Zehn-Minuten-Takt, sofortige Weiterleitung aller Strafzettelprozesse an das Bundesverfassungsgericht oder Rückholung im Privatjumbo wegen zu enger Wanderstiefel – diese Megaleistungen sind in Zukunft mit einer Unterschrift zu holen. Auch scheint der Name Ergo sehr überlegt gewählt. Schließlich beginnen die Außendienstmitarbeiter ihren Vortrag am heimischen Küchentisch häufig mit den Worten: »Also ... ich sag mal, wenn Ihnen der Blitz durch die Schüssel in den Fernseher fährt, sieht's mit Ihrer momentanen Versicherung schlecht aus.« Vielleicht kann dann auch endgültig der häufigste Streitfall in intellektuellen Zirkeln geklärt werden: Ist das CERAN-Kochfeld in der Hausratversicherung inbegriffen?

5000

Bei obenstehender Zahl muß heute nicht mehr erklärt werden, worum es sich handelt, denn wir sind ein Volk von Aktionären geworden. Seit die Torte zum Durchbruch in die Frankfurter Börse geschoben wurde, outen sich immer mehr Leute mit fiebrigen Augen: Ja, ich auch. Metzger, Bauingenieure, Taxifahrer, Krankenpfleger und angehende Abiturienten – alle sind »mit drin«. Xetra, Stop-Loss, put/call, blue chips und Neuer Markt sind Begriffe geworden, vertraut wie »Heimspiel« oder »Freistoß«. Vor allem der Neue Markt läßt Gesichtszüge heller werden, fast atemlos werden Namen hervorgestoßen, so wie früher beim Skat geboten wurde: LHS, lundl, Hunzinger, Mobilcom – weg. Interessant dabei ist, daß kaum jemand beim Neuen Markt eingestiegen ist, aber man hätte sollen. Wenn man so hört. Was da. Wahnsinn. Ähnliches gilt für BMW. Wenn man sieht, wo die heute. Und letzten Herbst. Unglaublich. Aber damals hat auch »mein Banker«. Überhaupt wird »mein Banker« immer mehr zu einer Figur, die im Glücksfall mit dem Korrigieren der Prognosen gerade noch hinterherkommt.

Mein Banker sieht zum Beispiel die Zinsen seit Jahren wieder steigen. Also, kann sein. Klar, momentan, absolut im Keller, aber Sie wissen selbst. Plötzlich. Steckt man ja nicht drin. Asien, Jelzin – kann ja oft schnell gehen.

Auch die »Analysten« führender »Häuser« korrigieren jetzt nach oben.

Der Dax knallte schon in Richtung 5000, da sahen ihn viele Experten immer noch bei maximal vierfünf. Aber jetzt trauen sie ihm durchaus fünfzwo/fünfdrei zu. Außer natürlich, er fällt. Dann haben sie rechtzeitig gewarnt, vor der hohlen Blase, vor der ungesunden Überhitzung. Wie sollen sich nun Lieschen Soros und Otto Normalkostolany verhalten? Am besten, sie vergessen »mein Banker« und hören auf das, was erfahrene Spekulanten schon immer gebetsmühlenartig predigen: ZUR AKTIE GIBT ES KEINE ALTERNATIVE. Aktien steigen immer: Seit Kriegsende gab es in Deutschland zwar mal Ausrutscher nach unten (hihi), insgesamt aber war keine Anlageform erfolgreicher als die Aktie. Und welche? Ganz einfach: Augen auf im Straßenverkehr! Schon beim Frühstück wird klar, wie gut wir alles überversichert haben (Allianz, Münchener Ruck). Mit dem eigenen PKW (Porsche, Daimler, VW, BMW, Fiat) geht's zur Arbeit (Ok: nicht für alle, aber das wird ja in Zukunft besser. Thyssen, Siemens, VEBA, Microsoft ...). Mittags lecker essen in der Kantine (Bayer, BASF) mit Pudding (Höchst). Abends jede Menge Fun (adidas, Sixt, Coca-Cola, Disney), danach total happy ins Bett (Schon wieder Chemiewerte!). Und nicht vergessen: An der Börse wird nicht geklingelt!

Stahlgewitter

O Welt! O ungerechte Welt! O schwer zu verstehende Welt! Dies scheint mir ein angemessener Einstieg zu sein an einem Tage, an dem sich die Ereignisse wieder einmal »überschlagen« haben, wie der Volksmund sagt.
Nehmen wir zum Beispiel mal Thyssen. Was wußte unsereins bisher von Thyssen? Doch eher wenig. Eigentlich nix. Und Krupp? Na gut, sag ich mal, da wußte man schon ein bißchen mehr. Von wegen hart wie Villa Hügel, Berthold Beitz, Kanonen und vor allem Arndt von Bohlen und Halbach, der ja über viele Jahre hinweg sozusagen eine heitere Note ins stahlharte Geschäft brachte. Aber hätten sie auf Anhieb gewußt, ob Thyssen größer ist als Krupp oder umgekehrt? Sehnse!
Jetzt hatte man sich sozusagen grade vonne Kumpelstreiks erholt und gesagt »Siehste, die Regierung hat dat alles geregelt gekricht«, da fängt doch das kleinere Krupp an, heimlich das größere Thyssen wegzukaufen. Kauft sozusagen Thyssen sich weg, ohne daß Thyssen das merkt. Obwohl die Familien der Chefs befreundet sind. Sagt man. Hört man so. Da gehen also so Leute scheinbar harmlos pfeifend an der Börse rum, und andere fragen »Was machstn so« – »Och nix, hab bloß son paar Aktien gekauft« – »Was denn?« – »Och, son paar Thyssen. Nix Besonderes«. In Wirklichkeit rennen die aber sofort mit ihren nagelneuen Thyssenaktien nach Krupp und geben die denen. Und eines Tages macht Thyssen dann eine Aktionärsversammlung, und dann sitzt da nur noch der Kruppchef unten. April, April!
Nun ist diese Fusion (oder Zusammenarbeit oder Annäherung oder wasauchsonst) zwar notwendig (sagen alle), kostet aber mit Sicherheit Arbeitsplätze (sagen auch alle). Was tun? (fragen alle). Man schiebt alles acht Tage auf, redet miteinander und zieht dann alles wie ursprünglich geplant durch (vermute ich jetzt mal). Betroffen sind davon nicht nur Krupp-

und Thyssenarbeiter, sondern auch in nicht geringem Maße die ThyssenAktionäre. Hier sind Werte gefragt (Dax und Moral). Nehmen wir mal an, da hat so ein kleiner, unschuldiger Aktionär vor kurzem Thyssen-Aktien für 290 Mark gekauft, die heute ungefähr 100 Mark mehr wert sind und bald vielleicht noch mehr. Wenn so ein unschuldiges Aktionärlein nun ein heiseres Flüstern vernimmt: »He, du, gib mir deine Aktie, und ich gebe dir fuffzig Prozent Gewinn in vier Monaten«, wie soll das Aktionärlein sich da verhalten, hm? Wer hilft ihm da in seiner Glaubenskrise? Vielleicht Pfarrer Fliege, Thema: »Begehrt und verzweifelt – Der Thyssen-Aktionär«.
P.S.: Wer unter euch auch nur vier Sixt-Aktien besitzt, soll alsbald eine geschenkt bekommen. Was steckt dahinter?

Steuerflucht!

Unser gewohnter Hang zur Diskretion verbietet an dieser Stelle, den Namen zu nennen, aber ein prominenter deutscher Wimbledonsieger – nicht Michael Stich – sah sich vor einiger Zeit wieder einmal verschärften Kontrollen durch die Finanzbehörden ausgesetzt. Soviel zum Thema Boris Becker. Für alle Interessenten am Thema »Steuer sparen durch Wohnsitz im Ausland« sei an dieser Stelle intensiv darauf hingewiesen: Es funktioniert nur, wenn Sie auch wirklich im Ausland wohnen. Echt. Und zwar mindestens für die Hälfte des Jahres. Dies wiederum ist nur möglich, wenn Sie einen Beruf haben, der dies dem Finanzamt glaubhaft erscheinen läßt. Bei ganz gewöhnlichen Tätigkeiten (Daimler-Benz-Chef oder so) ist dies nicht möglich.

Doch muß an dieser Stelle die Frage erlaubt sein: Lohnt sich denn die nervenaufreibende Flucht vor der Steuer, wenn Vater Staat für seine Spitzenverdiener Modelle bereithält, die ihn die Vorteile unserer Heimat (schlechtes Wetter, miese Laune bei Verkäufern etc.) genießen lassen, bei gleichzeitiger Tendenz gegen Null für den Steuersatz? Nein! Denn keine Steuern zahlen ist total legal und zudem völlig unabhängig von sagen wir mal der Bundestagswahl.

Beliebtestes Steuersparobjekt ist nach wie vor die Immobilie. Dummerweise will die Bank dafür mittlerweile kaum noch Zinsen haben, aber wir können ja tüchtig sanieren, um die Kosten in die Höhe zu treiben. Bitte nicht durchs Hintertürchen selbst einziehen, sonst ist alles putt. Wer also täglich ein leicht ramponiertes Zehnfamilienhaus erwirbt, muß aufpassen, daß er vom Finanzamt nicht noch was zurückkriegt.

Aus Platzgründen müssen wir hier auf zeitraubende und nicht besonders effektive Möglichkeiten wie Fahrtenbuch, Arbeitszimmer oder gar die illegale Möglichkeit »Luxemburg« (für 4 %?) verzichten. Wir brauchen auch jede Zeile, um auf den Hit unter den Steuersparmodellen hinzuweisen: AKTIEN. Angenommen, Sie verstehen davon aber auch rein gar nichts, haben aber vor ungefähr einem Jahr, einfach weil alle davon geredet haben, Aktien von VW, SAP Vorzüge und Thyssen gekauft schon haben Sie ihr Geld verdoppelt. Und zwar steuerfrei. Völlig legal. Mit völlig unspektakulären, grundsoliden deutschen Wertpapieren. Die Abschaffung dieses kleinen Steuervorteils haben bisher nicht mal die Grünen gefordert, trotz Formel 1 und lebenslänglich. Wozu da noch ins zubetonierte Monaco oder auf die von Wirbelstürmen bedrohten Karibikinseln flüchten? Netto kassieren, ruhig schlafen.

Demographiefaktor

Was hat ein Deutscher Anfang Vierzig in Zukunft von der Rente zu erwarten? Wenn er sich mit Mitte Vierzig so langsam in den wohlverdienten Ruhestand begeben will, kann er dann mit den erhofften monatlichen fünfstelligen Überweisungen rechnen, oder muß er die Kinder nach archaischem Vorbild arbeiten schicken, um im Alter nicht auf der Straße zu sitzen? Ein irritierender Begriff hat kürzlich Einzug in unsere Medien gehalten. Zwangsrente. Ausgedacht hat ihn sich Walter Riester, der Bundesarbeitsminister. Zwar ist er von dieser nicht unschönen Idee mittlerweile wieder abgerückt, aber eigentlich wollte er, daß jeder Arbeitnehmer zusätzlich zur gesetzlichen noch eine private Altersvorsorge abschließt. Setzt aber Zwangsrente nicht auch in gewisser Weise Zwangsarbeit voraus? Schließlich kann nur Rentenbeiträge einzahlen, wer auch Arbeit hat.
Und damit kommen wir zu einer die Grenzen der Begeisterung streifenden Meldung. Die Rentenbeiträge sollen gesenkt werden! Ja, fehlt denn da nicht irgendwo was, fragt sich der Frührentner in uns? Doch, aber dafür hamwa doch die Milliarden aus der Ökosteuer! Ach so, Ökosteuer rauf, das macht ja schon Hans Eichel. Und Beiträge runter, das macht Walter Riester. So haben alle was davon. In besonders glücklichen Fällen sind die erhöhten Ökosteuerzahler sogar identisch mit den gesenkten Rentenbeitragszahlern. Weiß eigentlich Finanzminister Eichel schon, daß der Aufbau der Zusatzrente steuerlich gefördert werden soll? Wo er uns doch gerade erst die Pizzabelege weggenommen hat. Und was genau bedeutet es, wenn die Rente für zwei Jahre dem Anstieg der Lebens- und Unterhaltskosten des Vorjahres angepaßt werden soll? Wessen Lebenskosten? Leben denn nicht schon fast alle Rentner auf Mallorca oder den Kanarischen Inseln? Und wird das Leben dort nicht immer teurer? Sollte die Rente an die Inflation angepaßt werden, wie verhält es sich dann mit Menschen,

die den Lebensabend in sonnenverwöhnten Gefilden des südamerikanischen Kontinents verbringen, mit durchaus zwei- bis dreihundert Prozent Inflationsrate pro Jahr? Kann man sich die Rente mit entsprechendem Ausgleich dorthin überweisen lassen? Fast hätten wir die subventionierte Schlachtung einer der heiligsten Kühe vergessen: die Besteuerung der Lebensversicherung. Hat also ein Zwangsrentner die Zusatzversorgung endlich unter Dach und Fach, sollen ihm gleich wieder 25 Prozent der Prämie abgenommen werden, falls er sich die Summe komplett ausbezahlen läßt (Modell bekannt: Einmalig 200 Mio. oder lebenslang 200 TDM pro Monat allerdings inkl. Risiko demographischer Faktor (= unbekannter Löffelabgabetermin)). Nach Expertenmeinung tut Alter Riester das Richtige. Aber wer erklärt's den Menschen draußen im Lande und drinnen in der Partei? Lesen Sie dazu demnächst exklusiv: Walter R.: »Wie ich für das geschlachtet wurde, wofür Norbert B. nur Prügel bezog«.

Scheinselbständigkeit

Nein, es handelt sich hierbei nicht, wie gerne vermutet wird, in erster Linie um ein steuerliches, sondern zunächst einmal um ein sprachliches Problem. Es heißt »Selbständigkeit« und nicht »Selbstständigkeit«, wie häufig allzu schludrig artikuliert wird. Sodann erfordert der Schein eine genauere Prüfung. Wir kennen den Schein als Gegensatz zum Sein, wobei das Sein an dieser Stelle nicht erwähnt werden kann, ohne an das Haben zu denken. Wo allerdings über Sein und Haben nachgedacht wird, dort ist das Nichts nicht fern. Kann das Werden im Zusammenhang mit dem Sein hier vernachlässigt werden? Es muß, denn der Raum (auf dieser Seite) ist nicht unendlich. So also heißt es: Stirb oder werde! Stirb, Versklavter, und werde selbständig. Aber stirb auch, Scheinselbständiger, und werde wieder Mitglied im Heer der Abgabenzahler. Zwar kennen wir Scheingefechte, Scheinschwangerschaften, Scheinehen und Scheinwerfer. Wer aber unter euch scheinselbständig ist, der kann nicht mal den ersten Stein werfen, wenn es ihm einfällt, sondern der braucht einen, der ihm sagt: Geh hin und werfe! Das Zauberwort im Zusammenhang mit der Scheinselbständigkeit heißt *weisungsgebunden.*

Weisungsgebundene arbeiten mit tränenumflortem Blick auf ihre Lohnsteuerkarte, Selbständige dagegen stellen bombastische Rechnungen mit umwerfender Mehrwertsteuer. Natürlich weiß unsere moderne Bundesregierung, daß die Giganten des Informationszeitalters irgendwie alle in einer Garage angefangen haben. Auch viele Berufsanfänger bei uns sind bereit, das zu tun, allerdings ist das nicht ungefährlich. So was kann leicht in einem weltweit operierenden Konzern enden mit vieltausend Mitarbeitern, und dann wird's unübersichtlich. Deshalb hat die Regierung die Pflicht, junge Menschen mit Umschulungsprogrammen, Fördermaßnahmen und ABM-Stellen vor der eisigen Luft der Eigeninitiative zu schützen. Wer erst mal im sozialen Netz liegt, ist doch einfacher zu erfassen als irgendwelche umtriebigen Einpersonenbetriebe, die nur ungestört arbeiten wollen. Mögen auch fast täglich Artikel erscheinen, in denen Eigeninitiative und Flexibilität als unabdingbar für das Berufsleben der Zukunft angeführt werden – erst mal die Lohnsteuerkarte abgeben. Da trifft es sich gut, daß uns aus den USA der faszinierende Begriff der *adhocratischen Netzwerkwirtschaft* erreicht, als Zukunftsmodell in Sachen Firmenstruktur im nächsten Jahrhundert: Wenn der Job erledigt ist, gehen alle wieder auseinander und wenden sich neuen Aufgaben zu, als unabhängige Akteure, die durch die Wirtschaft zirkulieren. Kommt einem aus der Politik irgendwie bekannt vor, wenn dort auch nicht ganz freiwillig. Kann es übrigens sein, daß über Deutschland derzeit insgesamt ein Hauch von Scheinselbständigkeit liegt?

GESUNDHEIT oder: Noch Tee, Frau Kleist?

Mein Lieblingsthema, mein einziges Thema, mein Thema, um das sich alles dreht. Nur der Respekt vor der Leserschaft und das Recht auf Abwechslung verbieten es mir, jede Woche zum Thema Gesundheit zu schreiben.
Fast alles wurde schon an mir persönlich exerziert. Alles wurde gespiegelt, entgiftet und geöffnet. Mein Grundgesetz ist der Pschyrembel.
Demnächst ein Sonderband zum Thema »Der kranke Mensch in gesunden Zeiten«?

Chlamydia pneumoniae

Urlaub schon gebucht? Vorsicht! Oberflächliches Lesen kann leicht zur irrigen Annahme führen, bei den neuerdings häufig in unseren Zeitungen auffindbaren *Chlamydien* handle es sich um einen Geheimtip in der griechischen Inselwelt (»Nur einmal in der Woche mit kleinem Fischerboot erreichbar.«). Auch sind die *Mykroben* kein Paradies der gleichgeschlechtlichen Liebe (oder doch?) jenseits von Mykonos, ebensowenig wirken Jupp Heynckes und Ewald Lienen derzeit auf den *Koronarien.* Wem dies alles als Warnung nicht reicht, der sei abschließend darauf hingewiesen: *Helicobacter* bedeutet nicht Hubschraubertransfer inkl. ein Deoroller gratis beim Aussteigen. Nein. Bei all diesen Begriffen handelt es sich um Fachausdrücke, die sich neuerdings wie Kranzgefäße um die unangefochtene Nummer Eins unter unseren Todesursachen ranken, gewissermassen den Abräumer: der Herzinfarkt! War das kerngesunde Volksempfinden bisher der Meinung, Margarine statt Butter zwischen Brötchen und Schnitzel, zu Fuß Zigaretten holen und kein Alkohol vor zehn Uhr morgens böten hinreichend Schutz vor dem Herzkasper, so konfrontiert uns die Forschung neuerdings mit der *Chlamydia pneumoniae.*
Was in seinem volkstümlichen Rhythmus auffällig nach *Patrona bavariae* klingt, bezeichnet in Wahrheit ein Bakterium, übertragen durch Tröpfcheninfektion (pfui Teufel!), welches uns am Ende den Herzinfarkt beschert. Für die Schlagzeilenindustrie:
HERZKASPER ANSTECKEND?
Gehören demnach Antibiotika (auch außerhalb der Nahrungsmittel) zu unserer täglichen Ration? Muß ein Medizinstudium nachweisen können, wer einigermaßen erraten will, was ihm der verseuchte Arbeitskollege in etwa mit seinem widerlichen, von Auswurf begleiteten Hustenanfall an den Leib gerotzt hat? Denn, das Dumme ist, so spricht der Arzt, »man

weiß nie, wann man sich das Zeug geholt hat«. Gilt ja für so manches. Bevorzugter Aufenthaltsort der Chlamydia ist eine »weißgraue Schlacke aus Fett und Kalk«. Wer dächte dabei nicht an die ARD-Show »Frühlingsfest der Volksmusik«? Damit wäre der Bogen geschlagen zu einer der erfolgreichsten Fernsehshows der Zukunft: Die große Herzkaspergala. Wer redet noch von AIDS, Krebs und ähnlichem, sollte der Herzinfarkt wirklich ansteckend sein? Die gesamte Parade der verfetteten, versoffenen und verqualmten Publikumslieblinge könnte den Millionen an den Schirmen signalisieren: Schaut uns an, das Bakterium ist schuld! Rauchen, saufen, spenden – nachdenken können Sie woanders!

Freund Pickel

Vor einiger Zeit habe ich damit begonnen, meinen Pickeln Namen zu geben. Jeder, der sich über Jahre hinweg von Akne begleitet sieht, wird die Erfahrung bestätigen, daß kein Pickel dem anderen gleicht, daß jeder Pickel sozusagen ein unantastbares Individuum ist. Es gibt böse Teile, üble Geschosse, fiese Dinger und Mordsömmel. Der erfahrene Pickelträger kann bereits während der Entstehungsphase erkennen, welche Variante sich entwickelt. Wie zum Beispiel Olaf, der sich über einen größeren Zeitraum bei mir zwischen linker Augenbraue und Lid entwickelte und der im Endstadium die Sehfähigkeit des linken Auges um etwa 30 Prozent beeinträchtigte. Olaf war von Anfang an sehr schmerzhaft, weil er nicht richtig reifte. Im Gegensatz zu Knut am Kinnwinkel, dem nach rascher Blüte hygienisch einwandfrei der Garaus gemacht werden konnte.
Wobei allseits bekannt ist: Nicht drücken! Aber kaum einer kann der Versuchung widerstehen, vor allem Menschen, die ansonsten frei von Pickeln sind und beim kleinsten »Wimmerl« in absolute Panik verfallen und auf ihrer Wange rumquetschen, bis sie wochenlang einen roten Pflatschen von der Größe einer Mini-CD mit sich rumtragen. Recht so! Auch renommierte Dermatologen bringen es auf die Formel: Gegen Pickel hilft nix. Wer kennt nicht den Fall des armen Schweins, das nur von ferne einen Schokoladenriegel im Regal sieht und sogleich blüht wie ein Streuselkuchen? Im Gegensatz zu den Typen, die sich mit Erdnüssen, Currywurst und Alkohol die Nächte um die Ohren schlagen und dennoch eine Haut haben wie ein Pfirsich. Brennesseltee, Salben, Salzwasser, Antibiotika, Höhensonne, Kleie, Breie, Obst, Gemüse, Sauna – man sollte alles mal versucht haben, um sogleich festzustellen: Boah, da kommt ja schon wieder so ein Riesenteil. Wie bei mir kürzlich Hanni und Nanni, ein echt fieser Doppelpickel, bei dem unter einem relativ kleinen Hügelchen ein Hammerteil in

einer tieferen Hautschicht nachkam, das sich mit dem Oberteil zu einem untherapierbaren Megageschoß entwickelte, welches fast das erste Quartal '98 in Anspruch nahm. Hier gilt: If you can't beat them – join them.
Demnächst: Der Unterschied zwischen Akne und einem von den Augenbrauen ausgehenden Ganzkörperpilz.

Frühlingsdiäten

Sicher, wir alle sündigen während der Wintermonate ein bißchen. Da kommt schon das eine oder andere Pfündchen drauf, vor allem an Stellen, wo wir es nun wirklich nicht haben wollen. Bei Männern fällt jetzt der Fettring besonders unangenehm auf, der sozusagen das T-Shirt aus der Jeans zieht. Wo bei den androgynen Models die Denims (Fachausdruck für US-Spezialisten in Sachen Jeans) locker schlackern, liegt bei Freizeitvati (verh., 2 Kinder, 1 Demo) die Fettwulst keck auf der Gürtelschnalle.

Gut, wer in solchen Fällen die eiserne Disziplin und das ernährungswissenschaftliche Know-how für eine der zahlreichen Diäten hat, die nach Meinung von Ärzten samt und sonders sinnlos sind und nichts bewirken außer den Jojo-Effekt: unter unsäglichen Entbehrungen drei Kilo runtergehungert und kurze Zeit später sechs Kilo wieder drauf. Aber man soll sich ja nicht entmutigen lassen. Da wäre zunächst mal die Model-Diät: Zum Frühstück eine Ananas, ansonsten nichts außer 20 Liter Mineralwasser, abends auf keinen Fall Bier, höchstens eine Droge.

Diese Diät ist sehr schwer durchzuhalten, probieren Sie es lieber mit der *Kohlehydrate-Diät.* Die wird von unseren Spitzensportlern bevorzugt. Zum Frühstück Kartoffeln, mittags Nudeln, abends nichts. Schon nach einem halben Jahr können Sie aussehen wie Ivan Lendl, allerdings sollten Sie dann auch pro Tag mindestens acht Stunden Hochleistungssport treiben, idealerweise bei vierzig Grad im Schatten. Überhaupt: Bewegung ist das Allerwichtigste. Wer sich regelmäßig bewegt (Aufstehen statt Fernbedienung, Kaffee selber holen etc.), kann eine wesentlich angenehmere Diät durchziehen, bekannt unter dem Fachbegriff *Sauf und lauf.* Wer kennt nicht das Beispiel vom durchtrainierten Bademeister, der abends locker bis zu acht Weizen zischt, tagsüber allerdings bis zu zweihundert Kilome-

ter Dauerlauf macht. Top-Figur, der Mann. Damit wären wir bei der Königin der Frühjahrsdiäten, Zauberwort *Trennkost.* Sie können alles essen, wirklich alles! Doch, ehrlich! ALLES!!! Nur nicht gleichzeitig. Also die Pommes nach dem Schnitzel und das Steak nicht parallel zur Currywurst, und bitte die Torte nicht vom selben Teller wie das Gyros. Aber sonst: Hauptsache, es schmeckt! Der Körper nimmt sich, was er braucht! Und was er nicht braucht, das hängt er einfach im T-Shirt über die Jeans. Gewarnt werden muß übrigens vor den Superstars im Diätgeschäft, den *frischen und knackigen Salaten.* Immer mehr Salatjunkies fallen schon nachmittags kreidebleich von den Rolltreppen und aus den Umkleidekabinen, Fachausdruck: *Unterzuckert.* Schnell ein Schokocroissant oder zwei Schokoriegel, und schon sind die Lebensgeister wieder da.
P.S.: Nicht jede, die ein Amarettokeks ablehnt, macht Diät. Manche mögen keinen Marzipangeschmack!

Hühneraugen

Die Umstände erfordern es, daß der Autor die geneigte Leserschaft, welche für gewöhnlich von ihm mit messerscharfen Analysen zur Lage der Menschheit im allgemeinen sowie die unseres – nur geliehenen – blauen Planeten im besonderen versorgt wird, diesmal mit einem extrem subjektiven, in seiner Allgemeingültigkeit jedoch global bedeutsamen Thema konfrontiert:
meine Hühneraugen.
Mit modischem Schuhwerk habe ich mir einen solchen Clavus, wie wir Mediziner sagen, eingefangen.
Er befindet sich an der Dorsalfläche der fünften Zehe, hat einen Durchmesser von etwa einem Zentimeter und dringt mit einem zentralen Zapfen äußerst schmerzhaft in die Subcutis vor. Äußerst schmerzhaft ist untertrieben. Er macht mich wahnsinnig.
Dieser höllische Schmerz in Kombination mit unstillbarem Haß auf die aktuelle Schuhmode hat mich eine völlig neue Bedeutung des Namens »Scholl« erkennen lassen. Scholl war bisher für mich Mehmet. Jetzt weiß ich: Scholl mit seinen heilbringenden, strahlenden, gelben Packungen ist einer der großen Glücksfälle für die Menschheit. Scholl macht nicht nur einfach Hühneraugenpflaster. Scholl rückt dem gemeinen Clavus mit einem NATO-würdigen Arsenal an Spezialpflastern zu Leibe. Auf den Zehen, zwischen den Zehen, mit Fersenpolster, schmerzlinderndem Druckschutzring, hypoallergenem Klebstoff und wasserabweisend. Vor allem mit dem supergeilen chemischen Kampfstoff Salicylsäure. Leider habe ich im ersten Schmerz übersehen, daß sich diese Säure auf einem kleinen runden Plättchen in Extra-Verpackung in der gelben Schachtel befindet, und das Emplâtre Coricide zwei Tage einfach so draufgeklebt. Hat zwar den Schmerz gelindert, aber das Hühnerauge nicht bekämpft. Danach habe ich zur Strafe bis zu drei neue

Pflaster täglich komplett mit chemischer Keule in Anschlag gebracht. Der Clavus wurde weiß vor Angst!
In diesem Zusammenhang ist es notwendig zu vermelden, daß das Tragen von Romikaschuhen Größe 47 den Heilungserfolg dramatisch beschleunigt. Modisch gesehen ist es hier nur notwendig, die landläufige Meinung »Romika Größe 47 zum Anzug sieht Scheiße aus« durch geschickte PR- Strategie zu wandeln in »Voll der Kult!«.

Kein Alkohol

Habe ich schon die grandiose Mitteilung gemacht, daß ich zur Zeit keinen Alkohol trinke?
Angefangen hat es am Aschermittwoch, denn 1998 war auch bei Gottlosen verstärkt der Trend zu bemerken, »mal die Fastenzeit durchzuziehen«. Also über Karneval noch mal richtig gekübelt und dann Abstinenz. Während der ersten Tage ließ sich abends eine gewisse Nervosität diagnostizieren, welche die Frage nahelegte: Bereits Sucht oder einfach nur Langeweile, weil man nach vollbrachtem Tagwerk nicht wie gewohnt ein Fläschchen öffnen konnte? Macht nichts, trinken wir eben Wasser. Nach einiger Zeit wird das Wasser öde, gute Gespräche bei einem guten Glas Wasser wollen nicht so recht in Gang kommen, da machen wir uns doch einen Tee. Wer die Fähigkeit hat, sich gewißermaßen von außen zu beobachten, der wird zum Schluß gelangen, daß es das irgendwie nicht gewesen sein kann, sich abends einen Tee machen. Zu Hause geht's aber noch. Schwierig wird's im Restaurant.
Alle beugen sich über die Weinkarte, man selber hört sich »Apfelschorle« sagen. Die Reaktionen der Tischgenossen und des Personals sind etwa so, als hätte man gesagt: »Bitte räumen Sie die Nebentische, ich habe offene Tbc.« Besorgte bis entsetzte Blicke. Krank? Alkoholiker? Leber? Migräne? Krebs? Alles gleichzeitig? Es folgt eine ziemlich routiniert vorgetragene Erklärungsskala von wegen in der Fastenzeit angefangen und sich total fit gefühlt und kein Sodbrennen mehr und morgens viel besser ausgeschlafen und überhaupt. Mitleidiges Lächeln, der Wein wird bestellt. Ob man nicht mal probieren möchte? Auch keinen kleinen Schluck? Einen Spritzer ins Mineralwasser? Wie lange soll das jetzt so gehen? Nach dem Essen wird eine »Grappa auffe Haus« angeboten. Nein? Fernet? Cognac? Sonse was? Man gewöhnt sich relativ schnell daran, keinen Alkohol zu trinken. Man kann vor moralischer

Siegerlaune kaum laufen, so fit ist man. Der innere Schweinehund liegt deprimiert in der Ecke und traut sich keinen Mucks zu machen. Aber die anderen! Die ständigen Erklärungen! Die tief besorgten Blicke! Wie lange soll das jetzt so gehen? Keine Ahnung. Noch 'ne Apfelschorle.

Kleine Helfer

Am Karsamstag 1997 beging Ernst Jünger im Kreise seiner Lieben seinen 102. Geburtstag. Sein zitierter Wunsch: »Sehnsucht nach Sonne und Süden, am liebsten möchte ich jetzt nach Sumatra, wo es noch so wunderbare Käfer gibt.«

Da fragt sich natürlich der von vorgezogenem Ruhestand, Rentendiskussion und Kostendämpfung im Gesundheitswesen verunsicherte Staatsbürger: Wie wird man 102? Vom Ecrivain aus Wilflingen (lange habe ich darauf gewartet, diesen Ausdruck verwenden zu können!) heißt es, er dusche jeden Morgen kalt. Außerdem täglich Champagner und Zigaretten (Dunhill international).

Eine Überprüfung meiner aktuellen Medikamentenliste läßt den Schluß zu, daß das Erreichen des 102. Wiegenfestes damit keineswegs garantiert werden kann. Für mich beginnt der Tag mit einer gepflegten Tablette *L-Thyroxin 75* für die Schilddrüse. Angeblich reguliert die tägliche Einnahme dieses Medikaments die Schilddrüsenfunktion geradezu vorbildlich und erspart zukünftigen Ärger mit den beiden Hormonlappen. Dazu nehme ich seit einiger Zeit morgens und abends *ZinkorotatPOS,* magensaftresistente Tabletten zum Einnehmen, die die natürlichen Abwehrkräfte des Körpers so was von stärken, da – man höre und staune – vor allem überwiegend einseitige Salatkost zu Zinkmangel im Alter zwischen 12 und 102 führen kann.

Nie betrete ich die ozonverseuchte Umwelt, ohne die liposomale Lichtschutzlotion *Daylong 16* auf meinem Antlitz verteilt zu haben. Einmal auftragen pro Tag genügt, hält auch nach mehrmaligem Baden. Sollte nach dem Mittagessen ein leichtes Sodbrennen auftreten – kein Problem, schließlich führe ich stets ein 100-ml-Fläschchen *Cholagogum-Tropfen* bei mir, die ich allerdings nicht erst langwierig 30-Tropfenweise auf den Löffel zähle, sondern nach Gefühl direkt in den

Mund kippe. Bei häufiger auftretendem Sodbrennen empfiehlt sich der Besuch eines Facharztes, eventuell gleich mit Gewebeentnahme wg. *Ösophagus-Ca.* Niemand kann sicher sein, ob die Fette in unseren Gaststätten nicht aus jener Zeit stammen, als Ernst Jünger zum ersten Mal den Halley-Kometen gesehen hat. Eventuellen Protestreaktionen der Magen-Darm-Flora begegnen wir prophylaktisch durch Einnahme von *Perenterol-Kapseln* und *Paspertin-Tropfen* oder *-Zäpfchen.*

Gegen 17 Uhr kann ein *Aspirin* nicht schaden, zumal eine neue Studie besagt, daß die medikamentöse Behandlung nach Herzinfarkten eine weitaus größere Überlebenschance bietet als aggressive Therapien. Ein anderes Mal möchte ich mich ausführlich mit der Frage beschäftigen, was meine Sehnsucht nach der Kindersalbe *Mirfulan* zu bedeuten hat.

Privatpatienten

Nun, da das Jahr 1997 zur Neige geht, erfreuen uns die privaten Krankenkassen mit einer kleinen Beitragserhöhung um 5 Prozent. Schande über jene, welche hier Raffgier wittern, die Kassen geben lediglich die um unvorstellbare 9 Prozent gestiegenen Kosten für Arzt und Medikamente an den Endverbraucher weiter und machen mit diesem Akt der Barmherzigkeit immer noch 4 Prozent Miese. Clevere Versicherungsnehmer können allerdings mit ein paar simplen Kniffen ihre Monatsbeiträge drastisch senken. Wozu den teuren Einzelzimmerzuschlag? Weit günstiger ist es, sich zunächst in ein Mehrbettzimmer einzuquartieren und dem Mitpatienten gehörig auf die Nerven zu fallen. Fenster aufreißen (»sonst krieg ich Kopfweh«), laut knirschend Paprikachips knabbern, während im Nachbarbett eine frische Mandeloperation liegt, auch ungefragtes Monologisieren zu den Themen »Ärztepfusch, Fehldiagnose und Infektion im Klinikbett« raubt den meisten Rekonvaleszenten den eingeklemmten Nerv, so daß der Zimmergenosse nach kurzer Zeit auf eigenen Wunsch aus dem Zimmer geschoben wird. Manchmal wird auch der Querulant verlegt, in ländlichen Hospitälern gerne ins »Sterbezimmer«, was psychisch zu gewissen Belastungen führen kann, vor allem wenn das Personal nicht informiert wurde, daß der Blinddarm aus Zimmer 4 keinen letzten Ausgang befürchten läßt, sondern nur als »unausstehlicher Kotzbrocken« in die einsame Kammer geschoben wurde.
Als vorbildlich beitragsdämpfend kann auch die Methode empfohlen werden, trotz Besitzes mehrerer Mietshäuser seinen Studentenausweis zu behalten. Das führt zwar nicht zum Genuß einer Privatpatientenbehandlung, bringt aber auf Segeltörns und beim Gletscherskifahren jede Menge beifälliges Nicken. Nähern wir uns nun der wunderbaren Welt der Selbstbeteiligung. Wer kennt nicht die Kleinkrämer, die jedes

Heftpflaster bei der Kasse einreichen oder sich von standortschädigenden Pharmazeuten statt ärztlich verordneter Betablocker Sonnenmilch aushändigen lassen. Solch entwürdigendes Vorgehen erspart sich, wer seiner Versicherung eine Selbstbeteiligung an Medikamenten in Höhe von 20 000 Mark pro Quartal anbietet.

Bei diesem Betrag ist es nicht unwahrscheinlich, daß man von der Kasse noch was rauskriegt. Noch schneller mehrt sein Vermögen, wer unter der Rubrik »Erstattung bei Zahn- und Kieferchirurgie« sensationelle 0 Prozent (i.W.: NULL!!!) einträgt. Dies erfordert allerdings penible Mundhygiene, da es maximal zu einem kleinen Löchlein im Schmelz kommen darf. Sollte irgendwann doch eine komplette Steinway-Klaviatur im Oberkiefer nötig werden, ist diese gegen Cash auf die Kralle in Budapest meisterhaft und immer auch extrem preiswert erhältlich.

Womit wir elegant den Bogen zur stinkteuren Kategorie »Tagegeld« geschlagen hätten. Gerade der Neuling unter den Privatpatienten läßt sich hier von scheinbaren Pfennigbeträgen täuschen. Für siebzig Pfennig Beitrag im Monat 10 Mark pro Tag im Falle des Krankenhausaufenthaltes – das klingt verlockend. Wer fühlt sich nicht geschmeichelt, wenn er von Versicherungsfritzen hört: »Um Ihren Lebensstandard halten zu können, brauchen Sie bestimmt 10 000 Mark pro Tag.« Schon löhnt der vermeintliche Großverdiener 700 Mark Beitrag. Deshalb: Erst rechnen – dann krank werden.

P.S.: Neulich in Köln: Im Mietwagen Innenbeleuchtung angelassen, Batterie leer. Zehn Minuten nach dem Anruf am Sonntagvormittag war der freundliche Herr vom SIXT-Notdienst zur Stelle. Bei Erich ruckt's!

Prost!

Kurz und knapp: Ich würde gerne mehr saufen! Alkoholismus hin, Schädigung des Bruttosozialprodukts her – manchmal beneide ich Menschen, die sich in aller Ruhe zuschütten können. Spätfolgen müssen da sicher in Kauf genommen werden, aber – wie der Name schon sagt – Spätfolgen.
Ich selbst bin leider ein Opfer ziemlich übler Sofortfolgen. Hicks et nunc. Ähnlich wie mit stilvollen Trinkern – und nur von denen ist hier die Rede, nicht vom blutunterlaufenen, versifften Suffkopp, der sich nach dem fuffzehnten Pils den Weg vom Tresen zur Toilette spart (ich weiß, ich weiß, irgendwann enden alle so). Trotzdem geht es mir bei würdigen Trinkern ähnlich wie mit genußvollen Rauchern: Häufig beneide ich sie. Leider haben mir Zigaretten nie so richtig geschmeckt, vertragen habe ich sie sowieso nicht – aber sich in der richtigen Situation so ganz relaxed eine Fluppe ins Gesicht schieben hat schon was.
Immer hat mich bei Überzeugungstrinkern fasziniert, daß sie nicht mehr nach entwürdigenden Ausreden für ihren Alkoholbedarf suchen (fettes Essen, Magen verdorben, Kreislauf pushen), ganz unverblümt fragen sie: Trinkt jemand mit? Morgens um elf während der Besprechung ein Glas Weißwein, vor dem Essen einen eisgekühlten Wodka, zum Hauptgang eine Flasche Riesling, hinterher Grappa, Fernet oder Cognac – es gibt wirklich Leute, bei denen so etwas animierend wirkt.
Nicht nur auf sie selbst, sondern auch auf andere. Oft habe ich bestaunt, mit welcher Sorgfalt und Umsicht ein Gewohnheitstrinker seinen Bedarf organisiert. In abgelegenen Landhäusern, Stromausfall an der Tagesordnung, wurde in größter Julihitze nachmittags perfekt gekühlter Champagner aufgetischt. Mit einem Lächeln, welches stilistisch weniger strenge Textlieferanten sogleich als entwaffnend bezeichnen würden,

kam der Sektkübel auf den Tisch. Die Augen signalisieren: Heiß heute, gell?
Aber ich habe vorgesorgt!
Vielleicht wäre das ja eine lohnende zukünftige Aufgabe: Im Selbstversuch zu testen, wie bringt man vormittags Whiskey, mittags Weizenbier, zum Kaffee Cognac, während der Happy Hour Cocktails und abends jede Menge Roten so in Einklang, daß der soziale Absturz in ein sanftes Rutschen umgewandelt werden kann? In diesem Sinne, ab halb acht beim »Seehofer«.

Sozialverträgliches Frühableben

»Dann müssen die Patienten mit weniger Leistung zufrieden sein, und wir müssen insgesamt überlegen, ob diese Zählebigkeit anhalten kann oder ob wir das sozialverträgliche Frühableben fördern müssen.« Allüberall lesen wir im Dezember 1998 dieses Zitat des Ärztepräsidenten Karsten Vilmar aus einem Interview mit dem NDR. Die Aufregung ist groß. Genauer gesagt: Je kleiner die Zeitung, desto größer die Aufregung. Horden von Gutmenschen schwingen die Moralkeule, B- und C-Politiker bringen sich noch kurz vor dem Fest ins Gespräch, nicht nur von den Tannenspitzen hört man es »Rücktritt« schallen. Warum die Aufregung? Ist der Ärztepräsident ein medizinischer Brandstifter? Oder gar ein latenter Antipatient? Wohl kaum. Denn was sagt der Volksmund: »Wenn du arm bist, mußt du früher sterben.« Ist das falsch? Werden Reiche älter? Lasset uns das Ganze streng wissenschaftlich betrachten.

Zunächst handelt es sich bei »sozialverträglichem Frühableben« um eine brillante Formulierung, die auch Raum für Gestaltung läßt. Von geradezu humanistischer Dimension ist der Begriff »sozialverträglich«. Schon mal ein altes Mütterchen schimpfen hören, »der alte Lump soll doch endlich verrecken«? Noch nie eine Erbengemeinschaft jammern hören, »bald ist das ganze Haus für's Pflegeheim draufgegangen«? Hier läßt sich ahnen, was »sozialverträglich« bedeuten kann. Ein Tschüß im Dienst der Gemeinschaft. Im Namen der Volksgesundheit könnte an den Rändern Platz geschaffen werden für eine sich »pumperlgsund« ausdehnende Neue Mitte. Für mindestens ein halbes Jahr dynamitösen Diskussionsstoff müßte eigentlich die Wortschöpfung »Frühableben« sorgen. Was ist früh? Was wäre eher zu spät? Und vor allem – wann wär's denn recht? Kennt man nicht aus der Musik- und Literaturgeschichte den Begriff des »frühvollendeten Kurzlebens«?

Für die Info-Elite sei hier nur kurz Georg Büchner erwähnt. Volkstümlicher gefragt: Was hätte Mozart der Menschheit noch hinterlassen, wäre er so alt geworden wie Willy Millowitsch (»Ne Kölsche Jong weed 90«)? Ganz anders die Zählebigen. Picasso wurde auch ohne Künstlersozialkasse 91, und von Ernst Jünger ist nicht überliefert, ob sich die Erfüllung von Johannes Heesters Herzenswunsch (»Ich möchte hundert Jahre werden«) auch lohnt – Schwierigkeiten also, wohin man schaut.

Da ist es gut, bei einer schönen Kiste Wein im vertrauten Kreis schon mal aus Medizinermund gehört zu haben: »So richtig teuer wird ein Patient erst auf den letzten Metern.« Also auf jenen, die zum Beispiel Raucher nicht erreichen. Oder »jugendliche Zweiradfahrer ohne Helm«, so eine Transplantationskoryphäe, »sind einfach die idealen Organspender.« Sicher, gerade in der Vorweihnachtszeit mag das für manchen als gewisse Härte das Ohr erreichen.

Allerdings ist der Arzt eindeutig näher dran. Er weiß, »wann es für die Leber auf Zimmer 8 sinnlos wird«. Legen wir also eine Platte auf mit dem »Hobellied«, gesungen von Paul Hörbiger, und schreiben zur Übung einen Besinnungsaufsatz zum Thema: Was meinte der nicht sehr zählebige Curd Jürgens mit dem Satz: »Lieber den Jahren mehr Leben geben als dem Leben mehr Jahre«?

Topfit

Als mir neulich der Schlüssel runterfiel, merkte ich beim Aufheben, daß ich mit den Fingerspitzen nicht mehr auf den Boden komme, wenn ich die Knie durchdrücke. Gleichzeitig ein starkes Ziehen hinten an der Wirbelsäule, das den Eindruck vermittelte, ich komme auch gleich nicht mehr hoch.

Wenn der Mann in den besten Jahren (zwischen 16 und 92, aber eher so jenseits der 40) erst nicht mehr runterkommt und dann nicht mehr hoch, dann wird es Zeit, was zu tun. Konsequent. Ohne Ausreden. Und zwar fangen wir gleich morgen damit an. Also, so gut wie morgen. Weil diese Woche wirklich nicht mehr geht. Terminmäßig. Aber dann wird gejoggt. Wie im Lehrbuch. Eine Minute laufen, dann eine Minute Pause, dann wieder eine Minute laufen und so weiter, bis sich dieses unbeschreibliche Glücksgefühl einstellt, bei dem einem die Endorphine aus den Ohren rausschwappen. Allerdings braucht man zum Joggen erst mal Schuhe. Wird zeitlich momentan ein bißchen knapp mit Schuhe kaufen. Vielleicht wäre Schwimmen für den Anfang besser. Schwimmen ist überhaupt besser. Entlastet die Wirbelsäule. Sagen alle. Aber ins Freibad bei diesen Temperaturen? Und die Hygiene? Fußpilz? Am besten wäre eigentlich Gymnastik zu Hause. Schonend, immer mit angezogenen Knien bei den zweihundert Situps, wegen der Bandscheiben. Ganz ideal ist es zu Musik. Welche nehmen wir denn da ...? Vielleicht noch mal kurz bei n-tv reingeschaut, wie die Börse heute aussieht. Bitte was? SAP 10 Prozent runter? Nur 40 Prozent Gewinn? Das müssen wir genauer verfolgen. Erst mal schnell in die Küche, grünen Tee machen. Ist jetzt aber irgendwie zu umständlich, mit dem Tee. Kaffeemaschine an und wieder ab vor den Fernseher. Kaffee wollten wir zwar eigentlich stark reduzieren, wegen der Magensäure, aber die Katastrophe von bloß noch 40 Prozent Gewinn bei SAP entschuldigt wohl einiges. Radfahren wäre übrigens auch ideal, fällt mir ein. Mal überlegen, wo der

Fahrradschlüssel sein könnte. Ob das Rad noch funktioniert, seit der letzten Tour vor fünf Jahren? Man darf das mit der Fitneß nicht ewig rausschieben. Morgen geht's los. Bald. Bestimmt. Wenn der Dax wieder bei 4000 liegt. Idealer Einstieg.

Viagra

Pfizer-Aktien müßte man haben. Der Kurs der Pfizer-Aktie zeigt so steil nach oben, daß er in der Nachmittags-Talkshow der verehrten Arabella Kiesbauer überhaupt nicht mehr abgebildet werden dürfte. Die Pfizer Inc. ist glückliche Herstellerin einer kleinen blauen Pille namens Viagra, welche eine siebzigprozentige Erfolgsquote bei impotenten Testmännern bewirkte.

Zunächst mag der Name Viagra leichte Irritationen auslösen, denn er setzt sich zusammen aus Vigor (Stärke) und Niagara (Wasserfälle). Stärke ist ja ok, aber die Niagarafälle gehen seit einigen Zeiten nur nach unten, und zwar reißend und mit einer Wucht, die den Betrachter grübeln läßt: Ob da schon jemals einer hochgekommen ist? Sei's drum! Erektile Dysfunktion ist kein hippes Techno-Label, sondern der Fachbegriff für Impotenz. Ist es ein Wunder, wenn bei 30 Millionen betroffenen Amis ein solcher Run auf die Apotheken einsetzt, daß die Ständer nicht mehr groß genug sein können, auf denen das Präparat zum Kauf angeboten wird?

Dabei wurde das Mittel zunächst gegen Herz- und Durchblutungsstörungen entwickelt, bevor der hammerharte Nebeneffekt entdeckt wurde.

Nach dem Motto: Meine Herzbeschwerden sind geblieben, aber mein. (Pointe muß entfallen, da auch häufig Kinder am Nachmittag in diesem Buch lesen.)

Nun ist es aber an der Zeit, aus der niederen Ebene der Medizin hinaufzusteigen in die leichten Gefilde der Philosophie, des Humanismus und der Erotik. Behaupten nicht unsere Gurus seit vielen Jahren steif und fest, Impotenz sei nicht in erster Linie ein medizinisches, sondern vielmehr ein emotionales Problem? Und fügen sie zum Beweis nicht eine Riesenlatte von Gründen an, welche dies belegt? Mangelnde Zuwendung in der Partnerschaft, Streß im Beruf, Leistungsdenken im Bett und vor allem übersteigerte Erwartung an Mutti nach Genuß von ArabellaShows ohne Genehmigung des bayerischen Ministerpräsidenten? Na bitte. Mancher deutsche Mann ist schon depressiv, wenn er bloß einen Teller mit weichen Nudeln sieht. Hand aufs, äh, Herz: Der normale deutsche Mann braucht doch diese modernen Mittelchen nicht, oder? Verlassen wir uns lieber auf die altbewährten Hausrezepte Licht auslassen, T-Shirt anbehalten und nachher gleich einschlafen. Soll der Ami sich doch mit Chemie vollpumpen, bis es ihm zu den Ohren rauskommt! Wir wissen seit der Steinzeit: Wenn Vati nicht kann, liegt's an Mutti.

40

Dies ist die schonungslose Selbstauskunft eines Mannes, der vor wenigen Tagen vierzig Jahre alt wurde. Zeit, innezuhalten und Selbsterforschung zu betreiben, denn ein Drittel des Lebens ist jetzt vorbei.

Häufig gehörte Frage in diesen Tagen: Und, wie fühlt man sich so mit vierzig? Phantastisch, großartig, sensationell. Bis auf das Stechen hinter dem Brustbein sowie das morgendliche Taubheitsgefühl in beiden Armen auch strotzend vor Gesundheit. Das neuerdings nach Alkoholgenuß auftretende nächtliche Sodbrennen wird nicht mehr nur aus der 100-ml-Flasche Cholagogum bekämpft, sondern im Wechsel auch mit Pepcid AC, billig erstanden in den USA, ebenso wie die obligatorische Flasche mit 500 Aspirintabletten (gegen Herzinfarkt!). AC steht übrigens für Acid Controller, was sich auch gut auf der Visitenkarte eines dynamischen mittleren Managers bei RTL 2 oder so machen würde.

Der Neuvierziger muß ständig Fragen nach der Angst vor der bevorstehenden Midlife-crisis beantworten. Kaum einer glaubt einem, daß man diese Krise bereits zwischen 18 und 39 mehrfach durchlebt und teilweise bewältigt hat. Denkt man zumindest. Mögen Jüngere und Ältere sich fragen, wo Kosmetika ohne Tierversuche erhältlich sind oder welche Umwelt wir dereinst unseren Enkeln hinterlassen – der sensationell erfolgreiche Vierziger stellt sich täglich nur zwei Fragen: a) Haare färben? und b) Kampf gegen Wampe aufgeben? Richtige Lösung: a) Nein b) Ja. Doch nun zum wichtigsten Thema: Sex mit vierzig. Ja, ja, ja! Es wird langsam Zeit, damit anzufangen. Bisher war man als Mann ja vollständig ausgelastet mit Karriere, Familie und Vermögensbildung. Doch nun sollte jeder Gedanke, der nicht für eine lebensbedrohende Krankheit benötigt wird, auf Sex gerichtet sein. »Phantasievoller, prickelnder Sex«, wie man in einer Frauenzeitschrift schreiben würde. Sex beim Einparken, Sex im Krematorium, Sex mit der Adoptivtochter oder dem Schwiegervater. Bi werden, schwul werden, oder – das geilste – sogar normal! Wenn der für zwölf Personen gedeckte Eichentisch plötzlich schwebt, weiß jeder: Ein Vierzigjähriger hat Platz genommen!

Wir gönnen uns an dieser Stelle einen Moment der Erholung und werfen einen Blick zurück über die tiefen Täler, durch welche wir geschritten, und das dünne Eis, auf dem wir gewandelt sind (Poesie). Glück gehabt. Dann wenden wir das Haupt und schließen geblendet die Augen. Kann eine Zukunft wirklich so strahlend sein, frag ich jetzt mal so?

P.S.: Ein befreundeter Journalist sagte mir kürzlich, er habe sein dauerndes Sodbrennen checken lassen und an der Speiseröhre »fast schon so was wie Heiner Müller«. Schluck!

Berliner Republik

Deutschland im Herbst 1998. Ruhe ist eingekehrt nach den hektischen letzten Wochen vor den Bundestagswahlen. Wenn es irgendwo knackst und ächzt, ist es vielleicht nicht nur ein vom Baum gefallener Ast, sondern der Aufbruch, der allüberall fast körperlich zu spüren ist. Während wir also sicher und harmonisch ins nächste Jahrtausend geführt werden, immer häufiger den wunderbaren Begriff von der »Berliner Republik« hören, bleiben noch zwei Fragen zu klären, die sowohl sozial als auch ökologisch von allerhöchster Bedeutung sind: »Wieviel Tassen Kaffee pro Tag sind gefährlich?« und »Sollte eine Waschmaschine im zweiten Stock eines Mehrfamilienhauses stehen dürfen?«

Man muß nicht unbedingt über eine gelbe Thermoskanne verfügen, wie sie auf den Präsidiumstischen einer Oppositionspartei mit klarem liberalen Profil zu sehen ist, um zu ahnen: Kaffeetrinken kann ein Genuß sein. Aber darf man uns als Spielverderber bezeichnen, wenn wir anmerken, daß es sich bei dem belebenden Gebräu um ein Suchtmittel handelt? Jeder, der schon mal eine Entziehungskur hinter sich gebracht hat, wird das bestätigen. Kaffee zählt mit! Der erschreckten Kaffeelobby sei versichert, daß wir unsere Recherchen überwiegend in Branchen angestellt haben, die als hundertprozentig kreativ gelten und deren durchschnittlicher Konsum bei mindestens zehn Tässken pro Vormittag liegt, also etwa zwo pro Meeting. Der Hinweis muß erlaubt sein, daß sich halb Deutschland permanent in Meetings befindet, aus denen es nicht rausgeholt werden kann. Die größte Gefahr geht bei Meetings übrigens nicht von diesen silbernen Designerkannen in der Mitte des Designer-Konferenztisches aus, weil man da schlecht rankommt. Um ranzukommen, müßte man sich halb über den Tisch legen, was in den schwarzen Designerklamotten eventuell nicht ganz so cool kommt. Hauptkaffeedrogenumschlagplatz sind diese Thermoskannen in den Teeküchen, bei denen man so pumpen muß und wo immer ein Zettel draufklebt »Wer leer macht, füllt auch wieder auf«. Dort füllt man sich den Kaffee in Pötte, die entweder mit einem individuellen lustigen Aufdruck versehen (Snoopy, Schlümpfe, Krokodil mit Sonnenbrille) oder knallgelb und orange sind, und auf dem Boden der Tasse steht »Romania«.

Nur schlimmste Neurotiker verdächtigen harmlose Kaffeepötte der Absonderung von Blei und ähnlichem, nur weil unten drauf steht »Romania«. Ab wieviel Tassen also wird's gefährlich? Ab wann zieht's die Schleimhäute von den Magenwänden, und nach wieviel Tassen täglich ätzt es die Speiseröhre weg? Können mehr als dreißig Extrasystolen pro Tag durch Umstieg auf grünen Tee reduziert werden? Überhaupt scheint grüner Tee das neue In-Getränk zu werden. Entschlackt, verjüngt und macht hundert. Schmeckt nur komisch, wenn man ihn eine Stunde ziehenläßt. Weil sich zum Beispiel hinter der Waschmaschine eine Art brauner Pilz gebildet hat, den man zufällig entdeckte, als man die Wäsche rausholte, während man sich einen Tee machte. Mehr dazu später. Erst mal gucken, wo das Feuchte herkommt.

Grüner Tee

Nur der Umwelt zuliebe bin ich neulich nicht gegen den Baum gefahren: Aus dem Autoradio kam eine Meldung, die mein noch jungfräuliches Gesundheitsbewußtsein um Jahre zurückzuwerfen drohte – grüner Tee ist völlig verseucht! Also, natürlich nicht völlig, auch nicht jeder grüne Tee, aber etliche Tees – viel zu selten gibt es die Möglichkeit, diesen wunderbaren Plural zu nutzen, aber das nur nebenbei – viele grüne Tees strotzen nur so von Pestiziden. Dabei gilt nicht einmal die bewährte Formel »frisch abgefüllter Tee aus dem Fachgeschäft gleich super gesund und Beuteltee ist selber schuld«, nein, wieder einmal ist der Verbraucher aufgefordert, selbst herauszufinden, in welchem Tee das Gift lauert.
Dabei war grüner Tee auf dem besten Weg, ein Superstar unter den In-Getränken zu werden. Entschlackend, belebend, verjüngend, beruhigend, nahrhaft und absolut magenfreundlich – das sind nur die wichtigsten Eigenschaften, die der kultverdächtigen Brühe zugeschrieben werden. Man kann nicht direkt behaupten, daß grüner Tee schmeckt, aber die Chinesen trinken ihn seit zweitausend Jahren. Rätselhafterweise gilt seit längerem auch in sonst eher kritischen Zirkeln alles, was die Chinesen seit zweitausend Jahren machen, als reiner Quell ewigen Lebens.
Nun sitzt man also vor seiner nagelneuen Grüner-Tee-Ausrüstung (ein Glas mit Glaseinsatz, in welchem nur die Teemenge für ein Glas eingefüllt wird, nach fast zweitausend Jahre altem chinesischen Rezept), und während das heiße, doch keinesfalls kochende Wasser über die Blätter träufelt, tendiert der eigene Gesichtsausdruck nachdenklich ins Asiatische. Hat man ein pestizidfreies Gewächs erwischt? Sollte man sich sein Leben als Neunzigjähriger ausmalen oder doch eher seine Dinge regeln, weil die Lebenskerze aufgrund des Lauspulvers quasi im Zeitraffer brennt? Während man nahezu sokratisch einen ersten Schluck aus dem Giftbecher nimmt, durchströmt

die Eingeweide ein Glücksgefühl: Immerhin ist man nicht so kaputt wie die Kaffeetrinker, die sich täglich literweise den Herz-Kreislaufkiller auf die Magenschleimhäute leeren. Ein weiterer Schluck, und da scheint es, als spräche Konfuzius selbst aus uns: Kann es nicht sein, daß gerade die Pestizide das heilende Element im grünen Tee darstellen? So wie Kinder in der DDR seltener an Allergien litten, weil sie durch schlechte Luft und mangelnde Hygiene besser abgehärtet waren als verwöhnte Westgören? Ich nehme einen weiteren Schluck und stelle fest, wie positiv sich mein Leben verändert hat, seit ich täglich vier Liter grünen Tee trinke: Die Tage werden wieder länger, die Mehrwertsteuerrückerstattung war ungewöhnlich hoch, und meine Leistungsfähigkeit liegt insgesamt bei 30 Prozent. Vielleicht sollte ich auch mit dem Rauchen wieder anfangen, denn das machen die Chinesen seit zweitausend Jahren. Hüten wir uns davor, dem Antichinesen in uns zu viel Raum zu gewähren. Sonst werden wir am Ende ein Nichtrauchervolk ohne Mauer, das den grünen Tee verteufelt hat, und was machen wir dann in zweitausend Jahren?

KULTUR oder: Orange Marilyn

Wieso nur zehn Texte? Was ist hier schiefgelaufen? Erfolgte die Zuordnung nach einem veralteten Kulturbegriff? Und wie wäre ein gültiger am Ende des Jahrhunderts zu definieren? Allerdings entdecke ich fast in der Hälfte der Überschriften Namen wie Bert, Proust und Montaigne. Kein schlechter Schnitt. Aber auch in anderen Texten in diesem Büchlein tauchen Namen auf wie Nietzsche, Bach, Spinoza oder Savonarola. Wenn nicht, bitte an passender Stelle einfügen.

Berts Geburtstag

Die Kenner wissen: Herr Brecht benötigte keinen Grabstein. Hätten die anderen aber einen für ihn benötigt (die Erben, Witwen oder die ungefähr zwoundfuffzichtausend Brechtschüler), so hätte der bescheidene Meister gerne darauf geschrieben gesehen: »Er hat Vorschläge gemacht, wir haben sie angenommen.« Warum hat Herr Brecht nicht vorgeschlagen, daß anläßlich seines hundertsten Geburtstages 1998 keine ZDF-Gala im Schauspiel Frankfurt abgehalten wird?
Oder wenn schon – denn er liebte die Dialektik –, daß dann wenigstens nicht sein Schwiegersohn samt Enkelin mit roten Pappnasen und Speichelauswurf bei den Konsonanten auf der Bühne agieren, anstatt backstage die Tantiemen zu zählen. Herr Brecht, das wissen seine Schüler, war nicht gern, wo er herkam, und nicht gern, wo er hinfuhr. Weshalb, so fragte er sich, beobachtete er trotzdem den Radwechsel mit Ungeduld? Vielleicht, weil er sich dachte: Warum helfe ich, Bert Brecht, geboren in den schwarzen Wäldern, dem Fahrer nicht, sondern sitze, eine Virginia rauchend, am Straßenrand? Vielleicht wartete er auch darauf, daß Milva vorbeikam, im schwarzen Satinunterrock, sich mit ziemlich viel Piccolo und relativ wenig Teatro auf den Boden warf und ihre Unterhose zur Kenntlichkeit brachte?
Liebhaber von Herrn Brechts Hauspostille wissen, daß Jakob Apfelböck in mildem Lichte den Vater und die Mutter sein erschlug. Nicht erschlagen wurde dagegen ein Bänkelsänger namens Maza, welcher in Frankfurt heftig grimassierend die »Ballade von den Seeräubern« vortrug, wozu er sich auf dem Akkordeon begleitete. Ja, da muß man sich doch einfach hinlegen, wenn man solches zwischen Landesbühne und Fußgängerzone geboten bekommt! Da ist nun einer schon der Satan selber, der Metzger, er und alle andern Kälber, und dann kommt auch noch Hans Magnus Enzensberger und liest von

total zerknitterten DIN-A4-Blättern an einem total proletarisch einfachen Holztisch. Die Blätter sahen so aus, als hätte Herr Brecht einen Requisiteur des wissenschaftlichen Zeitalters losgeschickt mit den Worten: »Geh, hol mir zerknitterte DIN-A4-Blätter. Der Enzensberger will auf die Nacht eine Lesung machen!« Bleibt die Frage: Warum wurde die ZDF-Gala zum hundertsten Geburtstag von Bertolt Brecht nicht von Dieter Thomas Heck moderiert? Seine Show hat schon im Titel, was der große Sohn Augsburgs zeitlebens schaffen wollte: Melodien für Millionen.

Endspurt

Es ist soweit: Das Jahrhundert, sogar das Jahrtausend, geht auf die Zielgerade. Man braucht kein Prophet zu sein, um die Voraussage zu wagen: Gegen Jahresende '99 werden sich die Rückblicke und Ausschauen förmlich drängen. Unsere geneigte Leserschaft hingegen hat das Recht, bereits jetzt eine verbindliche Analyse des zu Ende gehenden – Achtung! – Milleniums zu erwarten.

Was auffällt: Die ersten fünfhundert Jahre waren eher ruhig. Sehen wir mal vom berühmten Wandteppich ab, der anno 1066 anläßlich der Schlacht bei Hastings geknüpft wurde, damit in unseren Englischbüchern was drin ist und Baveux was zum Besichtigen hat.

Auch gab es noch jede Menge Friedriche zum Verwechseln. Merken sollte man sich zum Stichwort Kyffhäuser Friedrich I. und zum Thema mehrfach umgebettet Friedrich den Zwoten. Diesen aber keinesfalls verwechseln mit dem ebenfalls Zwoten, aber Alten Fritz, lockere fünfhundert Jahre später, Stichwort Sanssouci. Ansonsten wurde in den ersten fünfhundert Jahren noch der Buchdruck erfunden, es war kalt, und viele Krankheiten tobten, und das war's dann auch.

Hör mal, wer da klopft, möchte man fast im Jahre 1517 fragen. Dr. Luther erfand die Evangelische Kirche. Auch Leonardo und Michelangelo sollten nicht vergessen werden. Schon krachte es dreißig Jahre lang im gleichnamigen Krieg, Prager Fenstersturz und Westfälischer Friede müssen als Kurzinfo genügen.

Von nun an wurde es musikalisch. 1685, das Geburtsjahr von Johann Sebastian Bach. Shakespeare hätten wir leicht früher fast vergessen, aber schon sind wir im achtzehnten Jahrhundert, wo regelrecht die Post abging. Mozart, Haydn, Beethoven, Goethe, Schiller, Kleist, Lessing, Voltaire, Robespierre, Danton, gut, die beiden letzten waren weniger Komponisten,

aber bei ihnen war auch Musik drin. Im neunzehnten Jahrhundert (geht's zu schnell?) wurde auch komponiert, aber eher für nachmittags, dafür wurde verstärkt gemalt und vor allem in Rußland tüchtig geschrieben. Soweit die ersten 1900 Jahre, sympathische Randereignisse wie die Entdeckung Amerikas oder Napoleon können aus Platzgründen leider nicht berücksichtigt werden, waren aber auch gut.
Kommen wir nun zu unserem Jahrhundert. Es wurde erfunden, was das Zeug hält. Kühlschrank, Fernseher, Walkman, Fußball-WM, Weltkriege, Revolutionen, Attentate, Ostzone, Soffjetunion, Minipli, Pille, Plateauschuhe, VW, D-Mark, Picasso, Strawinsky, Schimanski – unser Jahrhundert war Spitze, natürlich auch mit Seiten, die wo nicht so gut waren. Prinzipiell und generell, ohne allerdings pauschal zu werden, läßt sich sagen: Anno 99 sind alle super drauf, die Atmo ist spitze, und wenn das mit den Nullen im Computer zum Jahreswechsel 2000 noch hinhaut, wird das nächste Jahrhundert Fun in Reinkultur.
Wissenschaftler geben übrigens für die Zukunft den Viren und Bakterien mehr Chancen als dem Menschen als solchem. In diesem Sinne: Party on!

Hoo Dunnit?

Ich sitze und lese einen Dichter. Es sitzen viele im Saal, aber man spürt sie nicht. Sie sind in den Büchern. Manchmal bewegen sie sich in den Blättern, wie Menschen, die schlafen und sich umwenden zwischen zwei Träumen. Potztausend, höre ich da die geneigte Leserschaft ausrufen, welch ein Anfang, welch ein Text, da sitzt jedes Wort, das hat einen Rhythmus, wie es ihn nicht alle Tage gibt.
Manch einer jedoch aus der Info-Elite wird grübelnd das Heft auf die Knie sinken lassen und einen Seufzer tun, die Lesebrille von der Nase nehmen und bei sich denken: dieser niederträchtige Schelm! Dieser armselige Knecht einer wackeligen Grammatik – das sind nicht seine Worte, die hat er gestohlen von einem Großen! Ja, schallt es von den Bergen und in den Tälern – jedoch welchem edlen Geist flossen jene Sätze aus der Feder? Ist es möglich, daß ein gebildeter Kopf subito et hic et nunc den Namen des Dichters ehrfürchtig von seinen Lippen fließen läßt? Ist es möglich, daß man jeden einzelnen erinnern müßte, er sei ja aus allen Früheren entstanden, wüßte es also und sollte sich nichts einreden lassen von den anderen, die anderes wüßten?
Ja, es ist möglich. Klaro, bis hierher ist es echt tierisch schwer. Aber vielleicht können ja namensmäßig und rätseltechnisch ein paar kleine Tips weiterhelfen. Eine gewisse Laxheit in Fragen des geistigen Eigentums ermöglichte die Entnahme der als Literatur erkennbaren Sätze aus einem Werk, das so ähnlich klingt wie ein berühmter Hilfsdienst. Aber nur die beiden ersten Silben des Namens, der wie der Familienname des vom Dichter ersonnenen Verfassers klingt, als spräche ein Pfälzer das Wort »Brücke« aus. Um den mittleren Namen zu erraten, sollte man über die intellektuelle Ausstattung eines durchschnittlichen Nobelpreisträgers verfügen. Zuerst nehme man die italienische Bezeichnung für den sechsten Ton der Tonlei-

ter, fügt sodann den Schweizer Kanton hinzu, welcher stets zusammen mit Schwyz und Unterwalden genannt wird, und schließe das Ganze mit der Typenbezeichnung des Wagens an, in welchem Michel Piccoli zu Beginn des Films »Les choses de la vie« einen tödlichen Autounfall erleidet. Hammermäßig, oder? Im Erfolgsfall hätten wir damit den Titel des Buches, dessen erster Begriff übrigens beim Fernsehen das Gegenteil von Live bedeutet, und zwar im Plural. Doch wer ist der Verfasser? Hierzu ein neckischer Hinweis: Vielleicht wissen es die Bürger von Calais, denn ihr Schöpfer hat ihn mal als Sekretär beschäftigt. Niemandes Schlaf soll geraubt werden, doch ein letzter Tip vielleicht: Sein berühmtestes Gedicht hätte fast mit der Zeile geendet: »Heute ist nicht alle Tage, ich komm wieder, keine Frage!«

Monaco Jimmy

München darf wieder mal beneidet werden. Wochenlang schien für uns Außenstehende ein Thema die bayerische Landeshauptstadt an vorrangiger Stelle zu beschäftigen, welches andere Städte erst gar nicht haben oder geräuschlos per Fax erledigen: neuer Dirigent gesucht.
Dabei ist es nicht so, daß es in der Perle Oberbayerns bisher keine Dirigenten gäbe. Künstlerisch tätig sind bereits die Herren Mehta und Maazel, aber schließlich gibt es auch die drei Tenöre, und der FC Bayern hat Franz, Kalle und Uli, also braucht man auch einen dritten Dirigenten, selbstverständlich auf Championsleagueniveau.
Hier wird es nötig, auf das Glück einer Stadt zu verweisen, welche eine Grüne Fraktion in ihrem Stadtrat hat. Die Grünen hatten nämlich die absolut geniale Idee, Mr. James Levine, Superstar aus New York, gefeiert in Bayreuth und Salzburg und überall, dazu mit Handtuch von der Quadratmeterzahl eines durchschnittlichen Ökohauses um die Schulter und insofern auch der Münchner Grand-Slam-Gemeinde vermittelbar, Mr. James aus New York solle vor der Festanstellung nach BAT oben offen ein Leumundszeugnis erbringen. Riesig, super, Respekt! Damit haben die Münchner Grünen zwei Dinge geschafft:
Erstens kriegt man a bissl Sehnsucht nach der SPD, und zweitens wird auch einer größeren Kundschaft in Erinnerung gerufen, daß Münchner Künstler von Brecht über Thomas Mann bis zu Faßbinder und Sedlmayer schon immer über einen erstklassigen Leumund verfügten. Vereinzelt waren diese Herrschaften sogar künstlerisch nicht ganz bedeutungslos. Verständlich, daß man da von einem aus New York was Schriftliches braucht. Dort soll's ja ganz schön zugehen, was man so hört.
Überhaupt ist eine Stadt zu beglückwünschen, deren Grüne

Fraktion ihre gesamte Erfahrung aus Stadtteilkultur, Straßentheater und Pantomime gegen AIDS in die Verhandlungen mit einem künftigen Chefdirigenten der Münchner Philharmoniker einbringen kann.

Der Leumund von Mr. Levine ist übrigens, was man so hört, branchenüblich erstklassig, vergleichbar mit dem von Mr. Bernstein. Mittlerweile hat sich der Münchner Stadtrat mit 44 zu 30 für James Levine ausgesprochen. Von Jimmy, wie wir Grünen ihn nennen, war bei Redaktionsschluß noch nichts Definitives bekannt, aber man geht davon aus, daß er nach München kommt, obwohl die grünen Kosmopoliten gegen ihn gestimmt haben und ein CSU-Stadtrat lieber gleich pinkeln gegangen ist. Aber wie sagt man in Jimmys New York: Who the fuck cares?

Montaigne

Eine erfrischende Mode hat sich in Deutschland etabliert: Große Geister tragen ihre Debatte via Briefwechsel in den Zeitungen aus. Da wollen wir nicht hintanstehen. Unser Adressat ist Herr oder Frau WMS aus dem Feuilleton der SZ. Natürlich glauben wir ziemlich genau zu wissen, um wen es sich bei WMS handelt, nämlich um einen Herrn, von dem die gebildete Damenwelt behauptet, er sei der *Omar Sharif für Intellektuelle.* Es ist nicht Aufgabe dieses Artikels zu fragen, warum WMS vorne den Johannes weggelassen hat und aus welchen Motiven er uns das *ill* im Namen vorenthält, allerdings dürfen wir entsetzt, bestürzt, betroffen, verletzt, geschockt, gelähmt, sprachlos und verzweifelt darüber sein, was WMS unter der Überschrift *Montaigne als Meßbuch* in der SZ schreibt.

Natürlich geht es dabei um die neueste Ausgabe der *Essais* aus dem Eichborn-Verlag, tatsächlich groß und schwer wie ein Meßbuch, in dunkelblauem Leinen gebunden, goldene Buchstaben auf dem Titel und auf Papier gedruckt, das Lust macht auf Anfassen. Unsereins hat das Buch zum Beispiel gekauft, weil es so geil aussieht und sich so toll anfühlt, und plötzlich fängt man an, drin rumzulesen, und findet amtliche Äußerungen zu wirklich jedem Thema.

Nach den ersten Lesestunden, bei denen man sich dabei ertappt, daß man hin und wieder einfach nur mit den Fingerspitzen über das Papier streicht, läßt sich Montaigne schon mal für alle zukünftigen Fans soweit vereinfachen: »Relax, Baby, deine Zeit ist begrenzt, bloß keinen Streß, shit happens.«

Irgendwie beruhigend, weil schon um 1580 erkannt. *Wms* aber ist das Buch zu groß. Für ihn ist es ein *Coffeetable-book.* Nun sollte das für uns kein Problem sein, wir frühstücken eh in der Küche. Auch zeigt sich der Feuilletonist verwundert darüber, daß die *Scharteke* (lang gesucht oder echt täglicher Wortschatz?) ein Renner ist. Wo er doch eher das *Klein-Ok-*

tav-Format bevorzugt, zum Unterstreichen und Notizen machen, im Bett und auf Reisen.
Tja, lieber WMS, ist nicht das ganze Leben irgendwie Klein-Oktav-Format? Ist es nicht erfreulich, daß ein Buch für immerhin 98 Mark (noch bis zum Frühjahr) offensichtlich starken Absatz findet? Was lernen wir daraus? Mehr Leute als man so denkt haben vielleicht die Schnauze voll von Klein-Oktav. Die wollen weder im Bett unterstreichen noch auf Reisen notieren. Die lehnen sich am *Coffee-table* zurück, lesen den grandiosen Text und freuen sich am sinnlichen Genuß, dieses Buch in den Händen zu halten. In diesem Sinn: schwarzen Schnauzbart wachsen lassen und das Buch kaufen. Setzen!

Proust Neujahr

An Neujahr überfiel mich plötzlich der Gedanke, meinen Namen zu ändern. *Reynaldo Hahn* gefiel mir nicht schlecht. Später, die Idee mit der Namensänderung hatte ich wieder verworfen, machte ich mir Vorwürfe, weil ich häufig an dieser Stelle den Mond zu klischeehaft beschrieben hatte.

Fahle Sichel oder *Frau Luna* hatte ich der Leserschaft zugemutet, auch von einer *bleichen Scheibe* war die Rede gewesen. Woher kommt's? Weil unsereins zuviel liest! Schon morgens, während einem die Haushälterin noch eine Tasse Milchkaffee und ein Croissant ans Bett bringt, schmökert man in den dicksten Wälzern der europäischen Literatur, anstatt sich der einfachen Dinge zu erfreuen und einen eigenen Gedanken zu fassen. Damit soll es nun ein Ende haben. Kurz nach dem Jahreswechsel bemerkte ich folgendes: Manchmal zog durch den Nachmittagshimmel schon der noch nebelweiße, heimliche, glanzlose Mond wie eine Schauspielerin, die erst später auftritt und vom Zuschauerraum aus in Straßenkleidung einen Augenblick ihren Kollegen zuschaut in dem Bestreben, selbst im Hintergrund zu bleiben und nicht beachtet zu werden. Na also! Geht doch. Einfach mal in Ruhe nachgedacht, und schon kommt eine Formulierung zustande, die man so noch nie gelesen hat. Daraufhin sorgfältigst die Neujahrsausgaben der Zeitungen studiert. *Portrait de l'artiste sans barbe, Bassin aux Nympheas et Sentier au Bord de l'Eau, Orange Marilyn, Jeanne Hébuterne, Le Grand Canal, Le Château Noir, L'Estaque vu à travers les Pins, Femme nue, Jeanne Hébuterne assise dans un Fauteuil, Le Bassin aux Nympheas, A Bearded Man in Red, Canotiers à Argenteuil* – die teuersten Bilder bei Versteigerungen des gerade vergangenen Jahres. Doch muß man nicht die für unsereins unerschwinglichen Meisterwerke besitzen, um einen Blick zu entwickeln für den Wert, welche die Dinge an sich haben. Wer schon einmal vor den Salzfässern und Schaumlöffeln eines *Jean Baptiste Chardin* gestanden hat, wird nachempfinden können, wovon hier die Rede ist. Dann fiel ich in einen tiefen Schlaf, und mir träumte, der Bundeskanzler hätte die Neujahrsansprache in Babysprache gehalten. Für die ganz Jungen. Er hat ein Abtommen vordeschlagt. Danz, danz ehrlich. Nich delügt.

Dann kam Fräulein Rottenmeier und hat ihn ausdeschimpft. Ab ins Bett! Diese Adelheid hat keinen guten Einfluß auf dich! Nach dem Aufwachen eine neue Frage: Wenn es stimmt, daß ein großer Schriftsteller des sich neigenden Saeculums es nicht ertragen konnte, wenn sich Menschen mit »bye, bye« oder gar »bye« verabschiedeten und vom Mittelmeer als »la grande bleue« sprachen sowie von England als »Albion«, was bitte sollte man dann mit Menschen machen, die »tschüssikowski« sagen und »zwischen den Tagen« statt »zwischen den Jahren«? Vielleicht mal lesen *Wie Proust Ihr Leben verändern kann* von *Alain de Botton,* erschienen bei S. Fischer.

P.S.: Wem gehört eigentlich heute das Ritz? – Ach so!

Ryan's Homerun

»Die ersten zwanzig Minuten sind überwältigend.« Diesen Satz werden Sie brauchen, wenn Sie bei öffentlichen Äußerungen über Spielbergs *Saving Private Ryan* auf der sicheren Seite sein wollen. Danach können Sie getrost etwas von einer »eher dünnen Rahmenhandlung« sprechen, von »nie gesehenen Bildern, verstümmelten Soldaten und ohrenbetäubendem Schlachtenlärm«.

Auch darüber, daß die US-Flagge am Anfang und Ende des Films natürlich ganz was anderes ist als etwas dick aufgetragener Patriotismus.

Das wäre die Gelegenheit, ein bißchen Cineastentum einfließen zu lassen. Kamera stets auf Augenhöhe, keine Distanz zum Geschehen, der Zuschauer ist mittendrin. Zeit, den Namen John Ford zu droppen. »Von dem hat Spielberg unheimlich viel gelernt.« Die Szene, in der die Mutter auf der Veranda zusammenbricht, als sie vom Tod drei ihrer Söhne auf dem Schlachtfeld erfährt: John Ford!

Aber Ryan lebt. Wir merken uns: Lasse nie einen deutschen Kriegsgefangenen laufen, auch wenn er hysterisch »fuck Hitler« stammelt, während er ein (sein, wie der naive Kinobesucher hofft) Grab schaufelt. Denn irgendwann triffst du ihn wieder, und er Tom Hanks mitten in die Stirn. *Homerun.* Einfach in Gesellschaft mal leise diesen Begriff murmeln. Könnte ein nicht uneleganter Übergang von Ryan auf den literarischen Herbst 1998 werden. Schließlich schafft Ryan den *Homerun,* wenn auch E. T. menschlich ergreifender war als der Darsteller des alten Ryan, der weinend auf dem Soldatenfriedhof in der Normandie auf die Knie geht. Der Verfasser dieser Zeilen war sowieso abgelenkt von den drei knackigen All-American-Enkelinnen, die mit mords was unterm Acrylpulli im Hintergrund leicht irritiert auf Grandpa Ryan starrten. *Homerun.* Man wird Sie bewundern, wenn deutlich wird, daß der Cineast von gerade eben nur eine Facette Ihres phänomenalen Intellekts war, wenn Sie eine weitere Maske fallen lassen, hinter welcher der *Literaturkenner* zum Vorschein tritt. »Kann es Zufall sein, daß die bedeutendsten neuen amerikanischen Romane sich ausführlich mit Baseball beschäftigen?« Nach diesem beiläufigen Satz braucht Ihr Gegenüber erst mal Luft oder zumindest einen Drink. Sie setzen nach. *Mythos, mehr als Sport, uramerikanisch.*

Und dann bringen Sie den Namen, mit dem Sie literarisch lokker ins nächste Jahrtausend kommen. *Don DeLillo!* Jede Wette: Ihr Gegenüber strauchelt. Irrlichtert irgendwo zwischen de Niro und Mordillo. »Underworld«, dringt es wie durch einen Nebel an sein Ohr. »Baseball, Hoover, Nixon, Sinatra, Atombombe.« Diese bewußt etwas pauschal gehaltene Inhaltsangabe muß für's erste genügen. Aber nicht für's dritte, wo Sie eigentlich zu Hause sind und wo man Ihnen einen kompletten Sendeabend einräumen sollte für den Satz: WER DIESEN ROMAN NICHT WEITERLIEST, IST FÜR DIE LITERATUR VERLOREN.

Jetzt wird den Umstehenden deutlich, daß Sie für den gehobenen Small talk in etwa dieselbe Bedeutung haben wie Picasso für die moderne Komposition. Hoher Himmel – enges Tal. Die Dämmerung fällt, und Zoe Jenny klopft an die Tür des Pferdeflüsterers.

Titanic

Hilfe! SOS! Ich gehöre einer – Achtung! – untergehenden Randgruppe an! Noch immer habe ich Titanic nicht gesehen, obwohl allein in Deutschland mehr als zehn Millionen Besucher in die Kinos geströmt sind, die Säle geflutet haben.
Jetzt wird's aber Zeit, sage ich mir fast täglich, schließlich hört man von allüberall die amtliche Meinung: Das ist richtiges Kino. Das ist großer Film.
Natürlich hat mich das Noch-nicht-gesehen-Haben nicht am Kenntnisreich-Mitreden gehindert. Daß Titanic in einer Reihe genannt werden müsse mit Dr. Schiwago und Lawrence of Arabia (den nenne ich immer in Original) und James Cameron in einem Atemzug mit David Lean. Und daß Titanic in erster Linie eine Liebesgeschichte ist, zwischen Jack und Rose. Ich spreche so intensiv von Jack und Rose, daß ich manchmal selbst glaube, ich hätte den Film schon gesehen. Wie alle bin auch ich der Meinung, Leonardo di Caprio sei der neue James Dean. Allerdings hat man in sensibler Runde meine Zwischenfragen: »Hat er schon einen Sportwagen? Gibt's schon einen Baum?« zutiefst erbost ignoriert. Das ist ja gerade das Tolle an Titanic: völlig ironiefrei. Ganz aufs große Gefühl gesetzt. Deutschlands Intellektuelle bekennen in seitenlangen Artikeln: Wir können wieder weinen! Wir sehen auf der Leinwand, was wir über all die Jahre vermißt haben! Emotionen, Gefühle, Leidenschaft. Wie Rose so unglücklich ist mit dem reichen Schnösel, den sie heiraten soll. (Ertrinken eigentlich Jack und Rose? Oder kommt sie alleine davon? Muß jetzt doch mal rein in den Film.)
Titanic ist mehr als ein Schiff, mehr als ein Wrack, mehr als ein Film. Titanic treibt zum Ende des Jahrhunderts, ja zum Ende des Jahrtausends, wenn nicht gar des Millenniums, den gebildeten Ständen wieder Tränen in die Augen. Egal, ob wir das richtige Leben im Maschinenraum oder auf dem Luxusdeck durchpflügen – im Kino sind wir alle gleich. Eng aneinanderge-

kuschelt verlassen die Paare das Kino (hab ich gelesen), manche rennen gleich wieder rein – Frauen und Kinder zuerst –, man darf gespannt sein, ob es so weit gehen wird wie bei Erscheinen von Goethes Werther, der unter jungen Lesern eine regelrechte Selbstmordepidemie ausgelöst haben soll. Titanic-Tours, der ganz persönliche Untergang zum Film. Ich gehe auch bald rein, heulen, bis der Eisberg schmilzt. Rumms, schluchz, gluck-gluck.

Kaisers Rattle

Fast hätten wir geglaubt, alle wichtigen Probleme des ausgehenden Millenniums benannt zu haben, da stößt uns Prof. Dr. Joachim Kaiser in der *Süddeutschen* auf eine zentrale Frage: Ist Sir Simon Rattle der richtige Mann für die Berliner Philharmoniker?
Also, das hatten wir fast übersehen. Wir hätten geglaubt, Sir Simon ist ja richtig gut und spielt mit den größten Orchestern der Welt und macht mit Alfred Brendel und den Wiener Philharmonikern eine Einspielung von Beethovens Klavierkonzerten, die der Kritiker der *ZEIT* bei 2,37 Minuten im C-Dur-Konzert stoppt, um sich diese grandiose Stelle noch mal anzuhören, also die Berliner Philharmoniker sind ja auch vom Fach, und insofern können alle zufrieden sein.
Piano, mein Professor Kaiser. Sir Simon ist fabelhaft, aber ist er der Richtige? Denn auch manch anderer ist grandios, aber leider beim falschen Orchester. Sagt der Professor. Rattles Vorgänger Abbado zum Beispiel (»Konzertierte schwungvoll-aktiv, blieb manchmal seltsam passiv beim Probieren«) – Fehlbesetzung. Auch Barenboim in der Staatsoper Unter den Linden – falsch (»kommt als Adagio-Interpret großer Instrumentalmusik ganz zu sich«).
Professor Kaiser versäumt nicht, uns jüngere Leser auf die Tradition hinzuweisen, in welcher der »hinreißend gut aussehende« Sir Simon steht. Hans von Bülow, Artur Nikisch, Wilhelm Furtwängler. Leider erfahren wir so gar nichts über die optischen Qualitäten dieser Künstler. Erst bei Celibidache erinnert sich Prof. K. an einen »faszinierend schlanken Celi«. Allerdings, und das muß die Frage aufwerten, ob Celi der Richtige an der Spitze des Orchesters war, teilt der Prof. weiter mit: »Ich erinnere mich an eine fast zu rasche Tschaikowsky-Interpretation.«
Aha! Was nutzt ein faszinierend schlanker Rumäne am Pult,

wenn er Tschaikowsky zu rasch interpretiert? Sollten nicht überhaupt Dirigenten viel mehr nach ihrem Aussehen beurteilt werden? Vor allem von hinten? Schließlich kriegt sie Otto Normalabonnent fast ausschließlich mit der Rückseite präsentiert.

Ist also Jimmy Levine nicht etwas pummelig geworden und Wolfgang Sawallisch nicht ein bißchen alt? Paßt Kurt Masur nach New York, und gehört Lorin Maazel nicht eher nach Chicago? Wie sieht es generell mit den Tempi bei Riccardo Muti aus? Ist es ein Zeichen von Kulturverfall, wenn man Muti und Abbado verwechselt? Beides Italiener, aber Muti hat dichteres Haar. Bei Synkopen fällt es doch eindeutig weicher.

Das eindeutig elegante Grau dagegen trägt Helmut Rilling. Paßt er zur Gächinger Kantorei? Und sieht Zubin Mehta nicht generell zu gut aus für's Pult? Lenkt eine derart virile Ausstrahlung nicht von der Musik ab? Ist er nicht am besten im Dreivierteltakt? Das sind Fragen, die geklärt werden müssen, wenn im nächsten Jahrhundert noch Musik erklingen soll. Falls das mit Simon Rattle in Berlin schiefgeht – sage keiner, man hätte es nicht wissen können. Aber den Professor fragt ja keiner.

Traumnovelle

Seit dem 16. Juli ist in Amerika der letzte Film von Stanley Kubrick in den Kinos, *Eyes Wide Shut*, mit Tom Cruise und seiner Frau Nicole Kidman in den Hauptrollen.
Eine gute Gelegenheit für deutsche Urlauber, bis zum Filmstart in der Heimat am Strand die literarische Vorlage durchzuarbeiten, *Traumnovelle* von Arthur Schnitzler, in einer schönen Ausgabe in der Fischer Bibliothek erschienen, 124 Seiten, allerdings keine Bilder, was für Anfänger auf Anhieb den Unterschied zum Film verdeutlichen hilft. Die alte Pappteller-in-der-Hand-auf-Party-Frage: »Was ist besser, Buch oder Film?«, wird hier noch schwieriger zu beantworten sein als sonst, obwohl wir uns den Besserwisserhinweis sparen, daß Buch und Film zwei völlig unterschiedliche Medien sind. Man darf gespannt sein, wie deftig im letzten Film des Meisters das große Rein-raus-Spiel praktiziert wird, im Buch geht es jedenfalls ordentlich zur Sache. Zwischen Arzt Fridolin und Gattin Albertine schwelt ein sanfter Haß, denn »ein Schwert zwischen uns, dachte er wieder. Und dann: wie Todfeinde liegen wir nebeneinander. Aber es war nur ein Wort.«
Die Cruisens heißen im Film nicht Fridolin und Albertine, sondern William und Alice Harford. Noch ist William nicht soweit, seine Gattin zu verlassen, weil er nicht zu Abend essen will, wenn er nicht zu Abend essen will. Aber auf einer Party zeigt sich, daß Tür-hinter-sich-zuziehen und Zu-Fuß-in-die-Oper-gehen nicht alles ist. Kubrick hat die Handlung in die New Yorker Gegenwart verlegt, bei Schnitzler ist, zumindest für den Verfasser dieser Zeilen, nicht klar, wann genau die 1926 erschienene Novelle spielt. Vielleicht sind aber gewieftere Leser in der Lage, anhand des Hinweises auf eine Konferenz in Konstantinopel wegen eines Bahnbaus in Kleinasien, an der auch Lord Cranford teilnahm, oder der Insolvenz der Firma Benies & Weingruber die Zeit der Handlung exakt zu bestimmen. Ge-

spannt sein darf man auf die Figur des Pianisten Nachtigall, der »in polnisch weichem Akzent mit mäßigem jüdischen Beiklang« spricht. Kommt sie im Film überhaupt vor? Wird auch Tom Cruise, nachdem er einen Totenschein ausgestellt und eine kleine Hure besucht hat, von einem Nachtigall auf die wüste Orgie gelockt, auf der eine maskierte Nackte Fridolin im Buch so scharf macht, daß er sie sogar frühmorgens in der Pathologie sucht? Eine echte Sensation sollte sich sowohl der Leser als auch der Kinobesucher stets vergegenwärtigen: Laut *Vanity Fair* hatte Kubrick ursprünglich vorgehabt, die Rolle von Tom Cruise mit *Steve Martin* zu besetzten. Leider werden wir nie erfahren, warum das nicht geklappt hat. Vielleicht noch ein zusätzliches Traumgeschenk von Kubrick an die Nachwelt: Den Film anschauen und sich vorstellen, wie das alles mit Steve Martin gewesen wäre. Traumhaft!

POLITIK oder : Soul on Ice

Die Aufmerksamkeit ist hier besonders auf die alternative Kapitelüberschrift zu lenken.
Ein Buch, das mich in meiner Pubertät (1972–86) sehr fasziniert hat, von Eldridge Cleaver mit dem Satz: »Ein radikaler Weißer ist ein Gemisch aus Geschwätz und Scheiße.«
Eigentlich weiß ich nicht, ob das Zitat wirklich aus dem Buch stammt, ist auf jeden Fall gut.
Ich war nämlich mal Anhänger der Black-Power-Bewegung, damals, in Nürtingen.
Deswegen auch das aufrüttelnde wie ausführliche Politkapitel.

Böser Onkel?

Auch das noch: Mitten in den Jubel, welcher über unserem Planeten rauschte (Schalke, Bayern, superneue Demokratie im Kongo), mitten hinein in diesen auch für die jeweils ganze Region so wichtigen Jubel platzte die Sensationsmeldung: Herbert Wehner, neben Willy eines der politischen Idole jener Jahre, in welchem mein Geschlecht reifte, dieser Onkel Herbert, der Kärrner, der mit der Thermosflasche in der Aktenmappe, der Todenhöfer als Hodentöter an die Grenze zur Unsterblichkeit gerückt hatte, dieser Onkel soll ganz anders gewesen sein.

Ein ganz schlimmer Finger. Zumindest, wenn wir den Memoiren von Michael »Mischa« Wolff glauben dürfen. Ein eiskalter Zyniker soll der ehemalige Fraktionsvorsitzende der SPD gewesen sein, ein Menschenverächter, der alle zu manipulieren können glaubte, ein Intrigant und Strippenzieher – mit anderen Worten: ein Spitzenpolitiker, dem alle diese Qualitätsmerkmale posthum plötzlich negativ ausgelegt werden. Zwei Zeitzeugen brechen vor allem in diesem Zusammenhang ihr Schweigen. Zum einen Friedensforscher Egon Bahr, bekannt und beliebt als »Architekt der Ostverträge«. Er hätte sich laut STERN »für Brandt vierteilen lassen« (schluchz!) und riet dem damaligen Kanzler ab, Onkel Herbert rauszuwerfen.

Doch was ist das verglichen mit Klaus Harpprecht, der im FAZ-Feuilleton alles auf eine poetische Ebene bringt. Beginnend auf – wo sonst? – Long Island, »spät im Oktober«, big times für big shots, nämlich Klaus und Willy. Wie sie da so den Strand entlangschlendern, wird jenes »der Herr badet gern lau« aus Moskau ruchbar. Obwohl Klaus es ihm dringend riet (wie ungefähr zwoundfuffzich andere »enge Berater«), wollte Willy den Onkel nicht feuern.

Was waren das für selige Zeiten, als ein Fraktionsvorsitzender

den Bundeskanzler mit solch einem Satz noch ernsthaft in Bedrängnis bringen konnte?
Wäre heute die Antwort auf »der Herr badet gern lau« im Kreml nicht »Boris auch«? Rudolf Scharping schaffte es mit einer derartigen Äußerung über Oskar L. vermutlich nicht einmal ins Vermischte. Hat Wehner seinen Gästen zum Abschied wirklich »Muß i denn zum Städtele hinaus« auf der Mundharmonika nachgeblasen, wie bei Harpprecht zu lesen? Wäre solches vom aktuellen SPD-Fraktionschef (Wecker-Freund, Pur-Fan) vorstellbar? Fazit sowohl bei Bahr als auch bei Harpprecht: Im Grunde neidete Onkel Herbert Willy die Weiber! Kenner der gegenwärtigen Bonner Szene bestätigen, daß bei keinem der aktuellen Fraktionsvorsitzenden dieses Motiv in bezug auf seinen Parteivorsitzenden in Betracht kommt.
P.S.: Irgendwie wirkt die Zigarre bei Rudi Assauer leicht zwanghaft.

Concorde Peter

Wir staunen: Nicht nur ist mit Bill Clinton erstmals ein US-Präsident jünger als Mick Jagger, richtungweisender und für Deutschland von geradezu epochaler Bedeutung: Mit Thomas Middelhoff ist demnächst zum ersten Mal seit Erfindung der Treueprämie ein Bertelsmannchef jünger als Thomas Gottschalk. Wetten, daß?

In Zeiten, in welchen Roman Herzog fast täglich dem stillgestandenen Deutschland auf die Sprünge helfen will, ist es nicht nur bitter nötig, daß ein dynamischer Mittvierziger seinen Lebensmittelpunkt in Gütersloh wählt, noch wichtiger ist es, diese Entscheidung von Peter Glotz, dem MC Brain der SPD, in der WOCHE analysiert zu bekommen. Peter Glotz – laut geheimer Planung bei Bertelsmann demnächst der erste Filmbösewicht, der es in einer 400-Mio-Dollar-Produktion als »Herr Hirn« gleichzeitig mit Batman und James Bond aufnimmt –, Peter Glotz kennt die wichtigste Aufgabe des neuen Bertelsmannchefs: »Er muß viel in der Concorde sitzen.« Right, Peter. Aber als One-manthink-tank der SPD sollte er wissen: Drinsitzen allein genügt nicht (außer für Gerd, Oskar und Rudi), der Vogel muß auch starten! Und ab geht's zu Gesprächen mit IBMLouis, Microsoft-Bill und MIT-Nick.

Irgendwie – sorry, Peter – beschleicht uns dabei das Gefühl, daß Autor Glotz diese Namen nicht nur wegen ihrer Bedeutung als Gesprächspartner für Thomas Middelhoff erwähnt, sondern auch, um zu zeigen: I've had them all, and whenever you aus Gütersloh nicht wegkommst, just call Peter.

Wer sein ganzes Parteileben lang immer auf Charterflug machen mußte, obwohl er die Concorde als eigentlich angemessen empfand, der weiß natürlich, daß der Boss des drittgrößten Medienkonzerns der Welt (nach MDR und PRO 7) »gesprächsfähig« sein muß mit Wolf Jobst Siedler (»Im Seichten kann man nicht ertrinken«), Helmut Thoma (»Saving all

my love for you«) und Whitney Houston (US-Version von Verona Feldbusch). Überhaupt besitzt Peter Glotz eine Fähigkeit, die man bisher nur von den großen Wahnsinnigen des Boulevardjournalismus kannte: Er schreibt fast das ganze Blatt alleine! Wo er schon mal dran ist, meldet er auch gleich noch: »Italien hat den deutschen Hochmut satt.« Verständlich, daß er sich da nicht mehr unter die »22 Prominenten« einreihen will, die in der WOCHE ihre »Stimmen gegen den Stillstand« erheben. Oder, wie Peter probably sagen würde: »That's not my cup of tea.« Cheers!
P.S.: Hat Margarita Mathiopoulos schon einen neuen Job?

Deutschland ruckt

Bundespräsident Roman Herzog, gemeinsam mit Uschi Glas auf Platz eins der Beliebtheitsskala unter allen Deutschen, hat in der ersten »Berliner Rede« gefordert: »Durch Deutschland muß ein Ruck gehen.« Stimmt. Eigentlich ruckt und zuckt es ja in Deutschland an allen Ecken und vor allem Enden, es herrscht sozusagen direkt ein Überangebot an letzten Zuckungen, aber der vom Bundespräsidenten geforderte »Aufbruch ins 21. Jahrhundert« scheint für viele doch eher ein Last-Minute-Trip zu sein.

Vielleicht nicht ganz unverständlich, denn trotz mancher unschöner Ereignisse (Weltkriege, Wembley-Tor, Baseballmütze andersrum) hat uns das zu Ende gehende Jahrhundert auch viel Freude gebracht (Minipli, Afrolook, Stufenschnitt, rasierter Nacken, Dreitagebart, Strähnchen, Pagen-, Bubi- und Pilzkopf). Macht es uns da staunen, wenn viele Mitmenschen Furcht vor dem neuen Jahrtausend bekommen, zumal Deutschland ja in den vergangenen Jahrhunderten nie mehr erreichte Weltspitze darstellte (Bach, Goethe, Beethoven, Brüder Humboldt, Gutenberg, Fleming, Koch, Sauerbruch, Kleist, Lessing, Marx, Schiller, Brahms, Dürer, Luther und wie sie alle hießen, und – da können wir doch ganz offen sein – auch Mozart, Schubert, Bruckner, Strauß, Grillparzer, Musil, Hofmannsthal und Kafka. Irgendwo ist sogar Lenin einer von uns (plombierter Eisenbahnwaggon Schweiz-Rußland!)).

Weiter formulierte der Bundespräsident: »Wer 100 Meter Anlauf nimmt, um zwei Meter weit zu springen, der braucht gar nicht anzutreten.« Das mag wirtschaftspolitisch richtig sein, der armselige Verfasser dieses Artikels jedoch fühlt sich schon leicht gekränkt: Hundert Meter anlaufen, zwei Meter weit springen – ja, das war meine Leistung bei den Bundesjugendspielen 1974! Muß das denn rumposaunt werden? Ist denn nicht auch die Würde des Leichtathletikversagers unantastbar? Irgendwo, sag ich jetzt mal. Dabei haben wir Deutsche gerade in diesen Tagen allen Grund, stolz auf uns zu sein! Sicher, arbeitslosenzahlenmäßig ist das eine oder andere Ausland momentan vielleicht besser. Aber welche englische Mannschaft steht bitte im Finale von Championsleague oder UEFA-Cup? Und wann war der letzte holländische Doppelsieg in einem Formel-1-Rennen? Uff, das hat gesessen, oder?! Der Bundespräsident konstatiert bei uns weiter »Mutlosigkeit, Lähmung, mentale Depression und die Pflege von Krisenszenarien«. Sind denn nicht gerade das unsere vier Topqualitäten, die uns immer wieder in allen Bereichen doch noch an die Spitze gebracht haben (von Berti Vogts bis Botho Strauß)? Während die anderen mit ihrer Spielfreude und Lebenslust spätestens im Halbfinale nach Hause fahren? Dynamik in Asien – schön und gut. Aber acht Verwandte auf 36 Quadratmetern und das beste Zimmer für die Oma (Hongkong!) – kann das bei uns wirklich jemand wollen? Mit ein bißchen Köpfchen lassen wir einfach die anderen für uns arbeiten. Geheimtip: Wer vor elf Jahren 10.000 Dollar in Microsoft investiert hat, besitzt heute 1,2 Mio. Das schaffte nicht mal Lafontaine.

Doppelbürger

Angesichts der Diskussion um die doppelte Staatsbürgerschaft fragen sich viele ausländische Mitbürger (auch Mitbürgerinnen, sofern die Traditionen des aktuellen Heimatlandes dies erlauben): Wenn künftig zwei Pässe erlaubt sind, muß ich dann etwa einen abgeben? Gerade in boomenden Wirtschaftszweigen, wie Betäubungsmittelindustrie oder Selbstverteidigungswaffenhandel, deren Image durch einzelne schwarze Schafherden immer wieder in den Sumpf gezogen wird, ist es berufsnotwendig, beim Besuch von Staaten, die nicht zu *Euroland* gehören, eine gewisse Flexibilität in Paßfragen an den Tag zu legen.

Gott sei Dank gibt es die CSU. Wann immer die *Integration* ausländischer Mitbürger gefährdet ist, erhebt sie warnend die Stimme, auch auf die Gefahr hin, mißverstanden zu werden. Tag und Nacht ist die erfolgreiche der beiden Schwesterparteien damit beschäftigt, die *Integration* als Herzensanliegen zu fördern. Musterbeispiele liefert vor allem der Fußball. Muß einem bayerischen Ministerpräsidenten erklärt werden, daß der Doppelpaß seit Kaiser Franz und Bomber Gerd zum deutschen Kulturgut gehört? Aber halt dort, meine sehr verehrten Damen und Herren, wo er hingehört: auf den Fußballplatz! Steht der FC Bayern nicht glänzend da, wie schon seit Jahren nicht mehr? Und warum? Weil es gelungen ist, in ein fast ausschließlich deutsches Ensemble ausländische Stars zu *integrieren.* Kann man sich vorstellen, daß ein Giovane Elber einen deutschen Paß beantragt? Oder Monsieur Lizarazu. Aus tiefstem Herzen Baske mit französischem Paß. Weltmeister.

Warum sollte der den Paß eines Landes wollen, das von einer ehemaligen jugoslawischen Teilrepublik vorzeitig zur Heimreise gezwungen wurde? Halt!, wird da so mancher Fußballfreund rufen. Sind die Franzosen nicht Weltmeister geworden, und spielen die Holländer nicht seit Jahren attraktiven Fußball, weil die Nachfahren ehemaliger Einwanderer mittlerweile zu leistungstragenden Staatsbürgern geworden sind? Das ist richtig, doch sind diese Spieler dann bereits im jeweiligen Land geboren. Vor schneller Einbürgerung wird gewarnt: *Sean Dundee* sei hier als mahnendes Beispiel in Erinnerung gebracht. Wo ist der eigentlich heute? Eine Gewinnerin der Diskussion steht jetzt schon fest: Unsere gute alte Muttersprache.

Recht häufig ist in den letzten Tagen der großartige Begriff *binationale Ehe* zu vernehmen. Wer es lieber staatsrechtlich hat, kann seinen Sprachschatz um *jus sanguinis* und *jus sole* erweitern, wenn es um die Frage geht: Wann bin ich richtig deutsch? Zählt das Recht des Blutes oder des Bodens? Wobei Blut und Boden in diesem Zusammenhang doch eher vorsichtig zu verwenden wären. Salopp gesprochen scheint derzeit folgendes Modell *parteiübergreifend* die meisten Anhänger zu finden. Wer es als Kind ausländischer Eltern schafft, in Deutschland geboren zu werden und das achtzehnte Lebensjahr zu erreichen, ohne mit fünfzehn ausgewiesen zu werden, der kann. Aber er muß nicht. Wenn er will. Für alle anderen gilt: Deutsch ist, wer so aussieht!

Kindergeld

Vor einem großen Walde wohnten einmal viele Eltern mit zwei Kindern, die hatten wenig zu beißen, aber ziemlich viel zu brechen, denn voller Neid und Mißgunst schauten sie auf Hänsel und Gretel, die wohnten hinter den sieben Bergen bei den sieben Zwergen und hatten auch zwei Kinder, aber weil Hänsel und Gretel nicht verheiratet waren wie die Eltern vor dem großen Walde, kassierten sie Kindergeld und Steuervergünstigungen, daß es nur so pfiff, und lebten darob in Saus und Braus.
Eines Tages sagte eine böse Stiefmutter zu ihrem Mann »Weißt du was, Mann, wir wollen morgen in aller Früh die Kinder hinaus in den Wald führen, dort wo er am dicksten ...«. Denkste, böse Stiefmutter! Erstens gibt es kein »am dicksten« mehr im Wald (Umwelt!), und zweitens hätten die Kinder einfach eine ihrer fünfzig Märchenkassetten aus der Hülle gespult und so ganz einfach den Weg zurückgefunden und gefragt: »Stiefmutter, Stiefmutter, warum hast du denn darauf bestanden, daß unser Vater dich heiratet? So ist die schöne Rente von deinem verstorbenen Mann flötengegangen, und wir müssen darben, statt mit goldenen Löffeln aus goldenen Tellern unsere Suppe zu essen.«
Nun geschah es aber, daß eine gute Fee in Karlsruhe das Elend nicht länger mit ansehen konnte und beschloß, daß verheiratete Eltern fortan genauso im Geld ertrinken sollten wie Hänsel und Gretel, die sich auch ohne Trauschein auf die Nerven gingen. Das hörte der böse Zwerg in seinem Schloß am Rhein, der täglich darauf sann, wie er den Menschen noch mehr Geld aus der Tasche ziehen konnte.
Weil es aber schwierig war, das so direkt zu sagen, fraß er einen Eimer Kreide und sagte irgendwas anderes. Währenddessen machten Hänsel und Gretel einen Ausflug zur Oma, die von allen nur liebevoll Hexe genannt wurde. Hänsel zündete sich vom vielen Kindergeld mit Fünfzigmarkscheinen eine Zi-

garre an und überlegte, wie sie diesmal Oma Hexe dazu bringen konnten, ihnen das Haus schon zu Lebzeiten zu überschreiben, von wegen Erbschaftssteuer.
Oma Hexe verstand aber nur Lebkuchenzeit und führte die Verwandtschaft ums Haus, weil sie ihre neueste Errungenschaft zeigen wollte. Ein lieber Nachbar hatte ihr – selbstverständlich schwarz – das Dach mit Lebkuchen gedeckt und die Fensterrahmen mit Zuckerguß bestrichen. »Süß, gell?« fragte Oma Hexe, und brach sich ein wenig vom Dach ab. Vater Hänsel bedauerte derweil, daß die Zeit der großen Märchenöfen durch die neumodische Mikrowelle abgelöst worden war. Die Kästen in allen Ecken mit Perlen und Edelsteinen nahm er gar nicht wahr, weil er selbst durchs Kindergeld so reich geworden war, daß er mit Vergnügen jeden Tag das Croissant wegwarf, welches am Vortag von seinen Kindern zum Frühstück nicht gegessen worden war.
Mein Märchen ist aus, dort läuft eine Maus, und wer zwanzig Kinder hat, zahlt gar keine Steuern mehr.

Lauschangriff

Was bedeutet es, wenn wir in der Zeitung lesen: Der Bundestag hat den Lauschangriff beschlossen? Sollte dieses Gesetz den Bundesrat noch passieren, dann darf in Zukunft unsere gute Stube abgehört werden, außer wenn darin gerade ein als Priester verkleideter Rechtsanwalt einem Arzt die Beichte abnimmt oder so ähnlich. Natürlich sind viele jetzt verunsichert. Stehen wir vor dem Überwachungsstaat? Müssen wir noch mal genauer bei Orwell nachlesen, um für die abendliche Diskussionsrunde in der Kneipe gewappnet zu sein? Beruhigung ist angesagt! Zum einen kann uns bereits der Begriff selbst, »Lauschangriff«, zufriedenstellen. Lauschangriff – das klingt sanft, beschwichtigend, versöhnlich. Wer schon mal einen Sturm- oder Überraschungsangriff erlebt hat, der wird für den wilden Lauschangriff direkt dankbar sein.

Zudem wird ein nahezu der Vergessenheit anheimgefallenes Verb wieder unserem aktiven Sprachschatz zugeführt: Lauschen. Wer lauscht noch, in einer Zeit, in der keiner mehr zuhört? Manch einem aus der »Golf Generation« wird der Begriff »lauschen« gar nicht mehr geläufig sein. Dem Rauschen der Blätter zu lauschen – das ist nur möglich, wenn das Gehör nicht bereits durch hundertachtzig beats per minute irreparabel geschädigt wurde.

Nur ungern verlassen wir an dieser Stelle die rein sprachliche Ebene, eben jenes lauschige Plätzchen, von welchem aus wir die Lauscher in eine längst vergangene Zeit richten konnten, und wenden uns dem Problem von seiner staatsbürgerlichen Seite zu. Auch hier kann Entwarnung gegeben werden.

Angst vor versteckten Mikrofonen kann nur haben, wer bisher ohne das Spitzeltum in seiner perfektesten Form gelebt hat: Nachbarn! Schon mal den Satz gehört »Gestern abend sind Sie aber spät nach Hause gekommen«? Schon mal morgens am Kiosk begrüßt worden mit den Worten: »Seit wann haben Sie denn den Zwodreißiger«? Dann haben Sie es noch mit dezenten Mitbürgern zu tun, die es im Ungefähren lassen, was sie alles mitbekommen. Die nächste Stufe teilt Ihnen am Papiercontainer mit: »Wenn Sie im Bad sind, versteh ich jedes Wort.« Eigentlich ein beneidenswerter Zustand in Zeiten, in denen die meisten sich selbst nicht mehr verstehen. Dies ist also der richtige Zeitpunkt, allen die Angst vor Mikrofonen, versteckten Kameras und dergleichen zu nehmen. Das wichtigste Utensil bei der Bespitzelung verdächtiger Subjekte bleibt nach wie vor das Sofakissen, welches ins Fenster gelegt zwei Rentnerellbogen komfortablen Halt garantiert.

Keine noch so moderne Kamera kann bewirken, was zwei Rentneraugen leisten, die das Einparken in eine enge Lücke beobachten. Kameras haben keine schwarze Seele und deshalb auch keinen bösen Blick, der das Einparken nicht nur beobachtet, sondern darauf wartet, daß es kracht. Kameras tragen auch keinen grauen Anorak.

Deshalb sei an dieser Stelle ein klares JA zum Lauschangriff vermeldet, wenn es gleichzeitig erlaubt ist, neugierige Senioren einfach an den Beinen anzuheben und aus dem Fenster zu kippen.

Vorwärts

Nun, da sich die erste Aufregung gelegt haben dürfte – wir erinnern uns, Minister L. trat von allem zurück –, sollten wir uns den Blick in die Zukunft gönnen, um zu sehen: Es war schon immer so.

Die Jüngeren unter uns, die sich noch an Bundeskanzler Dr. K. erinnern, werden bestätigen, daß dieser etwa sechsundachtzigmal vor seinem sicheren politischen Ende stand. Mal war es ein Putsch in der eigenen Partei. Mal drehte der Koalitionspartner durch, wieder ein anderes Mal standen Wahlen an – Ergebnis: Sechzehn Jahre im Amt.

Nun also ein erstes kleines Testbeben für den aktuellen Amtsinhaber mit der Aussicht, bestens für die Zukunft gerüstet zu sein. Wie lange wird es dauern, bis man sich nur noch mühsam an jenen elften März erinnert, als Minister L. sich aus der Politik verabschiedete? Wird es in den Jahresrückblicken '99 noch eine der bedeutenden Meldungen sein? Oder wird der neue Finanzminister Eichel bis dahin schon zur Kultfigur (!) avanciert sein, weil er zwei geradezu sensationelle Eigenschaften in die aktuelle Regierung einbringt: Ruhig (1) und besonnen (2) orientiert er sich an Zahlen, die er bis auf zwei Stellen hinter dem Komma genau kennt. Wahnsinn! Deutet sich hier ein neuer Trend an, blitzschnell von sämtlichen Medien aufgegriffen und verbreitet? Achtung: Hier kommt einer, der ist sensationell unauffällig. Auf geradezu coole Weise bieder. Hat vor kurzem verloren, obwohl er dazugewonnen hat, trat darauf selbstverständlich von allen Ämtern (!) zurück, und jetzt so ein Comeback. Wahrlich ich sage euch: Diejenigen unter euch, welche von allen Ämtern zurücktreten, können gerettet werden. Hier muß es übrigens erlaubt sein, den amtierenden Kanzler und designierten Parteivorsitzenden sanft zu korrigieren. Kürzlich verriet er der *Welt am Sonntag* sein Lieblingszitat aus *Faust:* »Wer immer strebend sich bemüht / den werden wir erlösen.« Hier sieht sich der Oberlehrer in uns genötigt, darauf zu verweisen, daß es nicht *werden* heißt, sondern *können.* 'N bißchen Risiko bleibt immer.

Ansonsten aber sind die Aussichten für Gerhard Schröder geradezu riesig. Man muß kein Otto Wiesheu sein, um mustergültig zu formulieren: Gleichzeitig Deutschland regieren und die Partei zu führen, das haben bisher nur wenige geschafft. Blühende Landschaften sind in greifbare Nähe gerückt, auch weil des Kanzlers Gegner sich unmittelbar nach Verabschiedung dem Agrarierdasein zuwenden. Nicht nur, daß Ex-Minister L. mit einem Bauernhof und Rinderzucht in Verbindung gebracht wird, auch Schröders Vorgänger in Niedersachsen, Ernst Albrecht, weilt ja schon seit geraumer Zeit bei den Hirten auf dem Felde.

Wenn der Kanzler cool bleibt, dann kann er seinen Siebzigsten echt im Amt feiern. Wobei auch in naher Zukunft die Probleme nicht geringer werden: Sechs Millionen Arbeitslose bei gleichzeitigem Sprung des DAX über 7500 – das erfordert viel Basisarbeit in den Ortsvereinen. Auch der Wechsel von Joseph formerly known als Joschka Fischer an die Spitze der UNO macht schnelles Handeln notwendig: Beim Bemühen, eine »deutsche Madeleine Albright zu finden«, kommt es zu einer Kampfabstimmung zwischen Kerstin Müller und Antje Radke. Es gewinnt Rezzo Schlauch. Im Herbst 2000 droht SPD-Star Peter Struck mit dem »Verzicht auf alle Ämter«. Per E-Mail aus dem Kanzleramt wird ihm mitgeteilt, daß er seit dem Frühjahr keine mehr hat. Und dann der Ärger mit der FDP. Bei den Koalitionsverhandlungen nach der nächsten Bundestagswahl fordern der Parteivorsitzende Westerwelle und sein Generalsekretär Möllemann sechs Ministerien. »Bei 5,00000001 Prozent steht uns das zu«, so Möllemann. Eigentlich war die FDP schon raus, aber dann hat Hans Eichel, der mittlerweile »beliebig viele Stellen vor und nach dem Komma berechnen kann«, das Ergebnis korrigiert. Im Saarland nichts Neues.

Wahlkids

Hey Kids! Diese Ansprache soll bereits zeigen: Hier wendet sich das montägliche Jugendmagazin ganz speziell an euch. Also: Am 27. September 1998 sind doch diese absolut irren Bundestagswahlen.

Echt fett. Voll Party. Und viele von euch können zum ersten Mal hingehen. Und jetzt der Gigahammer: Es ist voll wichtig, daß ihr da hingeht. Bingo? Ich weiß, ich weiß: Null Bock auf diese Politiker, eh wurscht, wer da dran ist, reden alle nur Blech – Hauptsache, wir haben Fun und jede Menge Party.

Dazu solltet Ihr aber folgende megacoole Insiderinfo mal zur Kenntnis nehmen: Damit Ihr weiter Party machen könnt und voll Fun haben, ist es total wichtig, daß der Laden läuft. Leicht vereinfacht gesagt, braucht's für die Party Peace und Knete. Bestimmt kennt Ihr doch vom Weghören Länder, in denen es momentan nicht so supertoll läuft. Eher weniger Peace und Knete schon gar nicht. OK. Und damit ihr total happy und irre gut drauf auch im nächsten Jahr der Loveparade GmbH wieder die Kassen vollmachen könnt, braucht ihr doch zum Beispiel so was wie Straßen und Autos und Züge und Flughäfen. Die Schlauen werden sagen: Na und? Sind doch sowieso da! Stimmt. Irgendwo. Aber irgendwie können die auch mal weg sein. Wie zum Beispiel im Staat formerly known as Jugoslawien. Und diesen Zeitpunkt wollen wir doch gemeinsam möglichst lange rausschieben, wg. Party und so. Dazu brauchen wir a) Leute, die arbeiten gehen und Steuern zahlen, und b) Leute, die nicht arbeiten gehen, aber trotzdem keinen Streß machen. Sag ich mal. Wir brauchen weiter VW, Daimler-Benz, Siemens, Deutsche Bank und so.

Denn jeder von euch hat doch sicher schon mal einen deutschen Punk am Geldautomaten Schlange stehen sehen. Na also. Und ohne unser SYSTEM keine Kohle aus dem Automaten, und am Ende muß der Punk noch zu Hause ausziehen.

Deshalb: Wer schon darf, soll am 27. September wählen gehen. Unser schönes, kuscheliges System stabilisieren. Wen ihr da wählt, ist übrigens wirklich egal. FAST!!!
Man will ja nichts vorschreiben, aber in der Bundesliga gibt's auch die Bayern, Dortmund, Stuttgart, Leverkusen und Schalke. Und Lautern. Die will man sehen. Der Rest kommt und geht. In der Politik sollte er gar nicht erst kommen.

Daily Bill

Es könnte die größte Daily Soap werden, die jemals über die Bildschirme ging: Guter Bill – Schlechter Bill. Geliebte Praktikantinnen. Oder gleich ganz direkt: »Verbotene Liebe«.
Wir sollten uns deshalb an dieser Stelle nicht länger mit der Frage aufhalten, hat er oder hat er nicht (Sex und Meineid), sondern die Vorgänge um den 42. Präsidenten der USA als das betrachten, was sie sind: Ein Geschenk des Medienhimmels. Zeitungen und Nachrichtensendungen, Magazinen und skrupellosen Late-Night-Moderatoren – allen ist hier eine Story zugefallen, die keinen Pfennig in der Entwicklung kostet, die perfekt besetzt ist und lückenlos anschließt an Di, Titanic und König von St. Pauli. Wann dürfen wir die erste Fotomontage Di/Clinton sehen, mit der Frage: Was hat das Schicksal gegen sie?
Sämtliche Medien klären auf, was das Bettzeug hält. Dabei haben sich die Wertigkeiten bereits erfrischend verschoben. Bisher ging es bei Miß Paula Jones darum, ob sie vom ehemaligen Gouverneur sexuell belästigt worden ist. Das wäre sozusagen noch o.k. gewesen. Jetzt bietet ein eventueller Meineid die Möglichkeit, die ganze Geschichte größer, länger und finanziell viel lohnender auszubauen. Motto: Sex mit Monica wäre irgendwo noch akzeptabel – aber Meineid, pfui Deibel. Niemand kann ernsthaft wünschen, daß die Angelegenheit allzuschnell erledigt ist. Ein publizistisches Traumthema wäre dann verschenkt. Großartige Menschen wie Chefermittler Starr und die total nette Monica-Freundin Linda Tripp (die mit dem Tonband) wären dann wieder in der Versenkung verschwunden.
Und welche Details würden uns aufrechten Demokraten entgehen: Wann ließ Clinton die Hosen runter? Kam er schon nackt ins Büro? Wußte Moni nichts von Hillary? Ist der US-Präsident wirklich ein eiskalter Meineidbauer? Immer schneller erreichen uns die Schlagzeilen: Clinton beim Sex im Kino erwischt! Wann werden wir von einer »engen Vertrauten« oder

»ehemaligen Sekretärin« erfahren: Clinton – sogar Sex mit Hillary. Bitte, liebe Amerikaner, gebt uns interessierten Verbündeten noch lange die Gelegenheit, fundierte Gespräche über die angebliche Doppelmoral der Amis zu führen. Und noch länger zu grübeln: Warum gibt es so was Tolles nicht bei uns?

Oral

Die Seriosität dieses Buches erzwingt folgende Formulierung: Laut Umfragen unter leicht alkoholisierten Männerrunden entwickelt die deutsche Otto Normalverbrauchergattin leicht phobische Tendenzen in Sachen Fellatio. Mit anderen Worten: Die deutsche Mutti ... nein, hier endet der Satz, denn um diese Zeit lesen auch noch viele Kinder das Buch.
Schon wird das Dilemma sichtbar, in welchem sich die Öffentlichkeit seit einiger Zeit befindet. Der amerikanische Präsident sieht sich nicht nur dem Vorwurf ausgesetzt, Sex mit einer Praktikantin gehabt zu haben inklusive anschließendem Meineid, nein, Frl. Lewinsky (das Opfer) soll auch geklagt haben, immer nur oral zum Zuge gekommen zu sein. William Jefferson Clinton hingegen soll an anderer Stelle geäußert haben, oral sei kein Vollzug und somit auch kein Ehebruch. Manche werden bei derartiger Argumentation schwer zu schlucken haben, denn nicht nur sehen wir uns mit Ehebruch als solchem konfrontiert, es geht auch gleich um eine Sexualpraktik, die weite Kreise unserer Bevölkerung nie zur Kenntnis genommen hätten, gäbe es nicht schon Talkshows am Vormittag.
Andererseits, glaubt man dem einschlägigen Fachpersonal, wäre der Bordellstandort Deutschland ernsthaft gefährdet, sollte Mutti sich zu dem herablassen, was für so manche Praktikantin in Washington angeblich zum Job gehört. Überhaupt ist es erschreckend zu hören, wie sich tolerante, junge Frauen in Deutschland über Frl. Lewinsky äußern: Dieser Pummel, diese Scheißfrisur, dieses Pfannkuchengesicht. Sind denn Äußerlichkeiten wichtig, wenn jemand seinen Job gut macht? Kenner haben nicht versäumt, darauf hinzuweisen, daß es bei Präsident Clinton sehr darauf ankommt, genau zu hören, was er sagt. Erinnern wir uns an den Beginn seiner Amtszeit. Da wurde Mr. Clinton gefragt, ob er schon mal Marihuana geraucht habe. Antwort: Geraucht schon, aber nicht inhaliert.

Muß nun die interessierte Leserschaft bekifft sein, um eine lockere Verbindung zwischen Marihuana und Sex aus Sicht des amtierenden US-Präsidenten herzustellen? Juristisch brillanter gefragt: Kann jemand, der Marihuana raucht, ohne zu inhalieren, nicht auch Sex haben, ohne Ehebruch zu begehen? Müssen wir gar schon bald erfahren, daß beides gleichzeitig stattfand? Nach dem Motto: Inhaliert haben immer die anderen.

Der Präsident

Er hatte nie eine Sex-Affäre. Er hat nie einen Meineid geschworen oder andere zum Lügen unter Eid aufgefordert. Wahrscheinlich gibt es in seiner Umgebung keine einzige Praktikantin.
Wenn er mal eine Zigarre raucht, dann geht sie ohne Umwege direkt aus der Kiste in den Mund. Er telefoniert viel, aber falls er dabei einschläft, dann ist bestimmt nicht Telefonsex der Grund. Sonn- und Feiertage verbringt er bei seiner Familie und nicht in fensterlosen Nebenzimmern seines Büros. Weil er sportlich ist, hat er keine Probleme mit dem Rücken und muß sich nicht zur Linderung gegen den Rahmen der Badezimmertür lehnen. Es ist nichts bekannt über Frauen, die von ihm befleckte Kleider aufbewahren. Warum also ist DFB-Präsident Egidius Braun in Schwierigkeiten?
Weil die Welt schlecht ist. Und Deutschland undankbar. Ein Dreiundsiebzigjähriger soll verjagt werden, der nicht nur ein Herz für kranke Kinder und arme Waisen hat, sondern der auch noch die letzte verbliebene Weltmacht souverän durch schwierige Zeiten steuert: Den DFB, sechskommadrei Millionen Mitglieder, hallo Schweiz!
Während andere ehemalige Supermächte wie die USA oder »der Russe« am Abgrund stehen und ihre Präsidenten am liebsten aus dem Amt jagen würden, steht der DFB blühend da wie nie zuvor und kann sich dank solider Finanzen sogar zwei Trainer leisten. Müssen wir am Ende bald einen Sonderermittler befürchten, der sechsunddreißig Kisten mit Beweismaterial wegen vorzeitiger Abreise bei internationalen Turnieren und überhöhter Tagesspesen wegen Nichtverlassens des Hotelzimmers ins Internet bringt? Wird die legendäre Figur des »Chefanklägers« beim DFB reaktiviert wie anno dazumal der unvergessene Hans Kindermann? »Herr Braun, ich kann nicht mehr.« Diesen Satz hörte der DFB-Präsident nicht von

einer verträumten Praktikantin, sondern von seinem ab dann ehemaligen Bundestrainer. Ja ist es denn die Schuld von Herrn Braun, wenn sein leitender Angestellter mitten im Neuaufbau aus der harten Fußballwelt in den mentalen Obstgarten flüchtet? Muß er da nicht jeden anrufen, der überhaupt noch abhebt? Herr Braun sagt: »Ich stehe dafür, daß der Fußball nicht total kommerzialisiert wird.«

Damit weiß er die große Mehrheit der Bundesliga hinter sich. Vor nichts graust Hoeneß und Co. so sehr wie vor der totalen Kommerzialisierung des Fußballs. Soll Herr Murdoch doch einen Klub einfach kaufen. Herr Braun hat andere Visionen. Welche, das verrät er dem Fußballvolk demnächst beim DFB-Bundestag. Herr Braun, bitte machen Sie weiter. Mindestens bis zum Freundschaftsspiel Nationalelf gegen Schneeweiß Bethlehem.

Berlin-Marathon

Berlin ist der Wahnsinn. Sagen alle. In Berlin geht demnächst so was von die Post ab, daß man es sich nicht leisten kann, nicht da zu sein. Immer mehr Kreative in der alten Republik brechen ihre Altbauwohnungen ab und machen rüber. Sprechen von Prenzlberg, so wie sie schon immer berlinert haben, wenn se nochn Zacken mehr kreativer wurden, als se eh schon waren. Keene Karten mehr jekriegt, wat jetrunken, tierisch uffjeregt. Berlin hat'n Pulsschlag aus Edelstahl und ist irgendwie viel zu modern, um ständig auf Koks zu sein. So gesehen könnte Berlin musikalisch das Bochum der kommenden zehner Jahre werden. Es war in Schöneberg, im Monat Mai, als icke det letzte Mal in Berlin war. Wie ich noch so im Hotelbett liege, höre ich draußen auf der Straße ein regelmäßiges Klatschen. Regen kann es nicht sein, denn det Wetter ist einsame Spitze, und im Garten vom Café Einstein tragen die Männer strohrote Seidenschals um die Stirn. Ich also aufgestanden und sentimental geworden beim Gedanken an die Zeit, als im Hotelzimmer das Fenster einfach noch uffjemacht werden konnte. Nach einer Weile war aber auch dieses Fenster geöffnet, ohne die Alarmanlage auszulösen, und ich sehe, woher das Klatschen kommt: Vereinzelt stehen Menschen am Straßenrand, die vorbeilaufenden Hobbyathleten applaudieren. Marathon in Berlin. Ist ja super, denke ich, und gehe frühstükken. Wenig später stehe ich auf der Straße, wo gestern die Taxis waren. Die sind heute aber nicht da, weil ja Marathon ist. Also mache ich einen auf Hannes Wader und gehe zum Ku'damm Ecke Tauentziehn, wo aber gesperrt ist, weil ist ja Marathon. Macht nüscht, denke ich, ich hab noch einen Koffer in Berlin, und zwar in meiner Hand, und mit dem gehe ich die Tauentziehn hoch in die andere Richtung. Weil Berlin so schwer im Kommen ist, mach' ich es wie in London oder New York und stelle mich auf die Straße mit Arm raus, damit

ein Taxi hält. Hält aber keins, weil keins kommt. Wer will schon in politisch schwierigen Zeiten kurz nach dem 1. Mai mit rechtem Arm raus mitten in Berlin auf der Straße stehen? Ich nicht, also weiter. Plötzlich hält ein Taxi, der Fahrer raucht und hat ein -vic am Namen, wie ich auf dem Armaturenbrett lesen kann. Er sieht aus wie jemand, der schon seit mehreren Tagen ohne Schlaf unterwegs ist. Eine Zeitlang fahren wir neben Marathonläufern her. Vom optischen Eindruck her ist es oberer Mittelstand auf dem Weg zur Selbstverstümmelung. Keuchend, trampelnd, humpelnd, Sonnenbrand auf dem Rükken, in Zitronen beißend, torkeln sie die Straße des 17. Juni (?) entlang. Der Taxifahrer schreit das geläufigste internationale Schimpfwort auf deutsch mit einem Akzent, den ich noch vor wenigen Wochen als »Cevapcici« bezeichnet hätte.
Mittlerweile traue ich mir solche ethnische Präzision nicht mehr zu, auch nicht bei den drei südländischen Herren, die uns in einer engen Seitenstraße im roten Golf auf der Flucht vor dem Marathon entgegenkommen und zwecks Stau in einen Disput mit dem Taxifahrer geraten. Wird hier ein Konflikt nach Deutschland getragen, mit mir im Taxi? 90 Minuten später bin ich auf dem Flughafen, und der Fahrer und ich sind Freunde geworden.

MEDIEN oder: Against Interpretation

Natürlich stehe ich den Medien kritisch gegenüber.
Nein, das ist eine Floskel. Worauf es ankommt, ist ein zeitgemäßer Umgang mit den Medien. Auch eine Floskel, aber durchaus modern. Mal ganz banal gesagt, stehen Sie, verehrte Herrschaften, zwölf Kapitel vor Buchende. Da ist es doch an der Zeit zu fragen: Warum habe ich das Werk so hastig durchgeblättert? Sollte ich nicht manchen vorausgegangenen Text noch mal lesen (vielleicht das erste Mal?). Vielleicht sogar das Buch mit eigenen Ideen weiterschreiben?
Wäre vielleicht sogar ein Anreiz für ein weiteres Taschenbuch. Einfach loslegen!

Die Themen

Es gibt Montage, da stellt die Entscheidung für ein bestimmtes Thema an dieser Stelle ein fast unlösbares Problem dar. Diesmal war die Auswahl schon so gut wie sicher auf »Die fünfte Republik ist nicht Vichy« gefallen, ein zugegeben leicht boulevardesker Titel von breitem Interesse, der die Situation unseres großen Nachbarn und das deutsch-französische Verhältnis ohne großes vichy-waschi analytisch brillant auf den Punkt gebracht hätte.

Gerade will der Eröffnungssatz aus dem Füller fließen, da fragt mich eine innere Stimme: »Verdient nicht die Situation der beiden Judoka (endlich kann ich diesen Plural mal benutzen) Martin Grasmück und Udo Quellmalz einmal genauere Beachtung?« Wohl wahr. Schon wäre fast die Formulierung »Grasmück und Quellmalz im Hinblick auf Sydney« zu Papier gebracht worden, da springt mich die Frage »Tritt Kohl im Herbst 1997 zurück?« an. Doch gab es nicht schon viele Herbste, die dieser Kanzler angeblich politisch nicht überleben würde? Wird es nicht eher dem total loyalen Wolfgang Schäuble gelingen, den Herbst aufs Frühjahr zu verschieben, welcher dann im Interesse der Rentner, Postler und Bastler gleich mit dem übernächsten Sommer zusammenfällt?

Während ich noch so vor mich hin überlege und mir dabei durch den Kopf geht, ob Madeleine Albright nicht irgendwie doch ein ganz anderes Kaliber ist als unser Klaus Kinkel, da streifen meine trüben Linsen eine Schlagzeile, die mich nicht nur vom Hocker reißt, sondern mir gleichzeitig das Blut in den Adern gefrieren und eine Haut auf dem Milchkaffee bilden läßt: »Für Vladimir Kadannikov hat Avtovaz-Lada nie Konkursantrag gestellt.«

Das ist ja wohl ein echter Hammer, eine Supernews vom sympathischen Autobauer aus Togliatti an der Wolga. Das hätte man sich doch gleich denken können, daß bei Lada alles Spitze läuft, im Gegensatz zum Club Med, wo die Zahlen mittlerweile so rot sind wie ein Sonnenuntergang im Robinson-Club. Dabei sah die Philosophie von Clubgründer Trigano einmal vor, »wenig begüterten Menschen Vergnügungen im Kollektiv zu ermöglichen«, was ja irgendwie auch nach Lada klingt. Könnte Rettung aus dem Osten kommen? Goofy im Lada? Schließlich soll der bisherige Chef von Euro-Disney beim Club Med das Kommando übernehmen.

P.S.: Warum wird Gerd S. nicht in die FOCUS-Kantine durchgestellt?

Fritz J. Eleganz

Lange (zu lange?) hat man nichts mehr von ihm gehört, doch justament zur Hitzewelle meldet er sich auf Seite 34 in Ausgabe 33 der ZEIT zurück: Fritz J. Raddatz über »Eleganz«! Wow! Das haut rein! Bereits im zweiten Abschnitt erwischt es Oscar Wilde. Begriffe wie »Dünnlippigkeit« und »angelecktes Kamelhaar« muß sich der arme Ire gefallen lassen. Das hat eine Wucht, als hätte Wilde den guten Raddatz hinter einem x-beliebigen Bahnhof zugunsten eines »Zeitungsburschen« oder »Marktjungen« versetzt. Doch FJR muß gleich weiter in den Park, wo bereits Jean Genet auf ihn wartet.

»Sie haben wohl Angst vor mir?« fragt der geile Franzose den Hamburger Rauschebart, als dieser seinen Schritt beschleunigt. Was Eleganz bedeutet, haben wir bis hierhin immer noch nicht ganz kapiert, ist aber auch wurscht, denn es fallen die Namen Pierre Bourdieu, Franz Marc, Bach, Heino, Proust und endlich wieder ein »Araberjunge in seiner Dschellaba«, natürlich mit Roland Barthes.

Das nächste Opfer heißt Truman Capote (schon wieder ein Schwuler?). Laut Raddatz ein »Parvenue«, der ebenso abgestraft wird wie Andy Warhol. Uff, denken wir, findet denn gar keiner Gnade vor dem strengen Fritz? Doch! Nach all den Tunten, Schwuchteln und Rauschgiftsüchtigen endlich mal jemand, der den Raddatzschen Ansprüchen genügt: Hildegard Hamm-Brücher. Doch nicht etwa ihre »Cerruti-Schuhe imponierten«, sondern – und jetzt bitte anschnallen: »daß sie meiner Sekretärin die Teetassen hinaustrug«. Wir verneigen uns vor Fritz J. Raddatz, der es wagt, solche Sätze zu Papier zu bringen. Kein Wunder, daß sich die Großen nach seiner Nähe drängen.

Cioran (»mein Freund«) oder Harold Brodkey, letzterer todkrank auf der Terrasse des »Monaco« in Venedig. Noch immer fragen wir uns, was denn nun elegant ist und was nicht. Aber wäre Fritz J. nicht ernstlich böse, gar gekränkt oder verletzt (siehe Auster/Perle) ob solcher Pedanterie? Ist das Thema nicht erfrischend gleichgültig, wenn ein solcher Weltgeist zur Feder greift? Vielmehr sollten wir dem geistigen Erben eines Heine und Tucholsky dankbar sein, daß er uns ungeschützt Einblick in sein Innerstes gewährt. Man stelle sich vor: Einmal war es Fritz J. unmöglich, die eigene Wohnung zu betreten. Warum? Aus »Wutkummer«. Schon mal gehört, das Wort? Wutkummer – vorne Wut und hinten Kummer. Chaplin? Picasso? Frances Bacon? Wer könnte helfen, diese Wortschöpfung auch den Anhängern einer »widerwärtigen Klassensexualität« verständlich zu machen? Kein Zweifel – Fritz hat unseren Sommer bereichert. Am Schluß wird er leider ganz armselig. Eleganz gleich Kultur: »Fremd den Medienmogulen, Popstars, Models oder Dallas-Berühmtheiten«. Neidisch, Fritz?

Medienberater

Ein ehrenwerter Berufsstand ist wieder verstärkt ins öffentliche Interesse gerückt: der Medienberater. Irrtümlich könnte bei naiven Gemütern vielleicht der Eindruck entstehen, vornehmste Aufgabe des Medienberaters sei es, in Zeitungen und Zeitschriften mehr Artikel über sich selbst als über seinen Kunden zu plazieren. Dies ist ein Irrtum! Aufgabe des Medienberaters, der sich selbst unterordnet und bescheiden seinen Platz als Dienstleister einnimmt (»der Kanzler und ich«), ist es, seinen Klienten zu dessen (des *Klienten)* Vorteil im oftmals grellen Licht der immer bösen »Medien« erscheinen zu lassen.
Nun könnte Otto Normalverbraucher oder Lieschen Serienstar genau wie der kleine Talkmaster auf der Straße das mediale Motto des Hauses Windsor (»Never explain, never complain«) beherzigen und auf gut deutsch sagen: »Mir doch wurscht. Schreibt doch, was ihr wollt.«
Dies wird jedoch zunehmend schwieriger in einem Land, in dem weite Kreise der Bevölkerung bereits eine eigene Talkshow moderieren und der Rest in diesen auftritt. Die Crème der Medienberater hat es bereits zu einem beträchtlichen Vermögen gebracht und verdingt sich deshalb als sogenannter »One-Dollar-Man« umgerechnet etwa 50 Mille pro Beratungsmonat. Sicher, das ist spottbillig, dennoch nicht für jedermann erschwinglich. Abhilfe schaffen kann hier unser kleines Medienbrevier mit den wichtigsten Antworten auf überraschende Journalistenfragen.
Toll daran: Die Antworten passen immer, unabhängig von den Fragen.
1. »Meine Familie ist das Wichtigste.« Nur empfehlenswert, wenn Sie noch zu Hause wohnen, sonst sind Negativ-Schlagzeilen zu befürchten. In diesem Fall empfiehlt sich Antwort
2. »Meine Frau und ich bleiben Freunde« bzw. »Wir haben uns auseinandergelebt«.

Achten Sie bitte in solchen Fällen darauf, daß zwischen letzter Homestory und Foto mit aktueller Freundin mindestens zwei Werbeflächen liegen.
Bei kurzfristig auftretendem Zorn auf Journalisten beherzigen Sie bitte den Rat, welchen einst Franz B. dem ehemaligen Bayern-Trainer Otto R. mitzugeben versuchte (»Mei, san halt a Menschen«).
Sollten Sie sich im harten Politbusiness bewegen, empfiehlt sich regelmäßiges Ablichten in Kindergärten, beim Umarmen von Bergleuten (keinesfalls von Kindern im Bergbau!) sowie bei volksnahen Tätigkeiten wie Holzhacken, Anzapfen (Faß, nicht Telefonate) und Tiere tätscheln. Dazu paßt immer ein Satz wie »Ich lasse mich nicht verbiegen«.
P.S.: Im Bedarfsfall gilt für alle Hinweise das Gegenteil.

Mit Füller und Krawatte

Unter deutschen Intellektuellen gab es Anfang 1998 ein brandaktuelles Trauma: Nicht um einen Nachruf auf Ernst Jünger gebeten worden zu sein. Manch einer hätte schon was in der Schublade gehabt, irgendwo zwischen »er war kein Nazi« und »stilistisch zwar brillant, aber doch auch den Krieg verherrlichend. Irgendwo.« Schnell noch »Stahlgewitter« und »Marmorklippen« untergebracht – hätte sich doch wirklich komfortabel irgendwo drucken lassen. Manches im Werk des kürzlich Verstorbenen mag somit rätselhaft bleiben, ein Geheimnis jedoch ist gelüftet: Warum wurde Ernst Jünger fast 102 Jahre alt? Aufklärung schafft ein gewisser David Blieswood in seiner Lebensart-Kolumne, natürlich in der Welt am Sonntag: »Er aß nie richtig schwer zu Abend. Nur Punkt 18 Uhr eine heiße Suppe.« Mahlzeit. An gleicher Stelle erfahren wir übrigens auch, daß Wiens Kardinal Franz König abends nur einen süßen Bratapfel ißt, »damit der Körper nachts nicht nach Zucker schreit«. Gut, sagen wir da. Aber schreit der Körper nicht eher selten nachts nach Zucker und dafür doch häufiger nach so was wie Sex?

Wäre es da nicht ein Kardinalfehler, nur einen Bratapfel parat zu haben, ungewöhnliche sexuelle Vorlieben jetzt mal außen vorgelassen?

Und dann lesen wir bei Herrn Blieswood einen wunderbaren Satz: »Ernst Jünger schrieb täglich an seinem Tagebuch, natürlich mit Füller und Krawatte (manchmal mit Rollkragenpulli).« Wer kennt nicht die Fotos, auf denen der greise Schriftsteller die Krawatte übers Papier geleiten ließ, einen eleganten Füller um den Hals gebunden, ehe er sich mit dem Rollkragenpulli Notizen machte. Steigen wir also aufs Dach des Hotels Raphael, ein Glas Burgunder in der Hand, in welchem Erdbeeren schwimmen, und rufen: »Prost, Herr Blieswood!«

Monikas Sicht

Es ist an der Zeit, eine Autorin schärfer zu focussieren, welche unter dem Titel »Die WM aus meiner Sicht« ihre Gedanken für die »Welt am Sonntag« zu Papier bringt: Monika Vogts, Ehefrau unseres Bundestrainers Berti und Mutter des gemeinsamen Sohnes Justin.

Die literarischen Miniaturen der ehemaligen Flugbegleiterin sind in mehrfacher Hinsicht beachtenswert, könnten sie doch einerseits auch andere Frauen prominenter Männer zum Schreiben ermutigen, und weisen sie andererseits auch noch charmant darauf hin, daß der Schulaufsatz als literarische Form vor einer Renaissance zu stehen scheint. Nicht nur, daß in Monikas Welt die harmonische Sicht auf die Dinge absoluten Vorrang hat, vor allem haben Adjektive in ihrer Sprache noch ein Zuhause. Der freundliche Herr, der richtige Weg und der gute Witz – sie alle tummeln sich in den Zeilen, wo auch der unscheinbare Bungalow nicht fehlen darf. Auch Verben, welche ihre Blütezeit parallel zu der von Borussia Mönchengladbach erlebt haben müssen, werden von Monika Vogts sozusagen nachnominiert. Der Hund tollt, der Wein wird verköstigt, und die Zeitschrift wird hervorgekramt.

In ihren schreiberisch stärksten Momenten reicht Monika Vogts fast an Peter Hahne heran. Allerdings nur fast. Ein bißchen fehlt die moralphilosophische Dimension des ZDF-Stars, dafür läßt uns die Korschenbroicherin an den emotionalen Phasen teilhaben, welche ihr Gatte am Tag nach einer – selbstverständlich wunderbaren – (ZDF-)Gala durchläuft. Heißt es anfangs noch »Mein Mann ist schweigsam«, so »teilt mir mein Mann« gegen Textende »ganz am Rande mit: Der Bundeskanzler kommt uns besuchen!« Nahezu abrupt wechselt die Stimmung: »Ich bin mit meinen Gedanken allein. Soll ich mir etwa zutrauen, einen Saumagen zuzubereiten?« Und wir erfahren, was es bedeutet, wenn der Bundestrainer im Sommer 98 »wir« und »uns« sagt:

»Der Bundeskanzler möchte die Mannschaft und mich besuchen.« Da gilt es viel aufzuarbeiten, wenn »wir« und »uns« nicht mehr »wir« und »uns« bedeuten. Mißverständnisse leuchten am Horizont, Bundestrainer und Regierungssprecher werden für einen Hauch der Ewigkeit austauschbar. Monika Vogts läßt uns in diesem Moment nicht allein, sie deutet nur an, was möglich wäre, bemächtigte sich ein Wortzauber unserer schönen Muttersprache. Ein Schmunzeln legt sich auf unser Antlitz, und wir schließen mit ihren Worten: »Viel Glück, Berti!«

Senf?

Der amerikanische Late-Night-Moderator Conan O'Brien vermutete kürzlich in seiner Show, im Jahr 2000 werde sich herausstellen, welcher Art die Flecken auf Monica Lewinskys Kleid sind: Senf. Senf aus dem Penis von Bill Clinton.

Es ist soweit. Heute muß der Präsident, der seine Wahl überwiegend den amerikanischen Frauen verdankt, per Live-Übertragung vor der Grand Jury aussagen. Juristisch ebenso einwandfrei wie politikwissenschaftlich brillant sei deshalb an dieser Stelle noch einmal der aktuelle Stand der Dinge resümiert. Die meisten Amerikaner scheinen nicht daran zu zweifeln, daß Mr. President sich mehrfach in der kleinen Bibliothek neben dem Oval Office einen hat, also, daß er, zwar nicht richtig, aber, also daß Monica das gemacht hat, was viele deutsche Ehemänner in »die Arme« von bezahlten Liebesdienerinnen treibt, weil Mutti sich davor ekelt.

Hier wird ein kurzer Exkurs notwendig, denn viele politisch bewußte deutsche Frauen stellten in sommerlichen Biergärten wiederholt die Frage: »Was findet er denn an diesem Pummel?« Liebe Akademikerinnen mit perfekter Handhabung der Dreifachbelastung Beruf, Mutter und Sexsymbol: Nicht nur ist die Reduzierung auf eine gewisse Körperfülle, welche zu anderen Zeiten dem Schönheitsideal sehr nahe gekommen wäre, sehr frauenfeindlich, auch solltet ihr folgende Weisheit aus den Tiefen der Männerseele einfach mal schlucken: Wenn zwischen Haushaltsdebatten, Irakkrise und Whitewater die kleine Geilheit zwischendurch kommt, ist es relativ wurscht, wer Abhilfe schafft. Ist es vielleicht sogar denkbar, daß die allzeit verfügbare und anbetungsbereite Praktikantin im marineblauen Cocktailkleid sexuell um so stimulierender wirkte, wenn die eigene Gemahlin zeitgleich in einem anderen Flügel des Weißen Hauses für die größte Gesundheitsreform aller Zeiten kämpfte? Wie gesagt, dies sind Vermutungen, und dafür ist an dieser seriösen Stelle kein Platz. Es geht also um die Klärung der Frage: Tappte der Präsident von der Venus in die Meineidfalle? Und bläst ihm das – politisch gesehen – den Kopf weg? Demnächst mehr von – wie Talkmaster Jay Leno sagt: Bill – hope – it's – secret sauce – Clinton.

Sommerloch

Nein, von einem Sommerloch, jener in Fachkreisen auch gern mit »Sauregurkenzeit« titulierten Phase der Ebbe im Themenmeer, von einem Sommerloch kann in diesem Jahr beim besten Willen nicht die Rede sein.
Es herrscht sozusagen eine derartige Themenfülle, daß es geradezu notwendig erscheint, einzelne Megathemen zu einer einzigen Überschrift zusammenzufassen. »Busenwunder steuert im Ufo auf Hongkong zu«. Oder: »Lothar Matthäus bestellt geheime Pro-7-Aktien«. Warum nicht auch »Bianca Illgner bummelt mit Ronaldo durch Mailand«? Wann könnten Männer besser einen Orgasmus vortäuschen, wenn nicht im Sommerloch? Wäre es nicht eine mindestens dreifolgige Miniserie wert zu analysieren, warum unser Kanzler sowie Monsieur Chirac sich weigerten, auf dem original Westernempfang des lieben Freundes Bill Cowboystiefel zu tragen? Wäre Helmut Kohl im Westernlook nicht die coolste Erscheinung seit Hoss Cartwright? Leicht irritierend könnte einem die Überschrift »Fünf Jahre nach Rio« erscheinen. Verbannung? Hauptgewinn einer Reiseshow? Reisedauer mit Billigfluggesellschaft? Falsch! Eine andere Dimension war gemeint. Was hatte sich fünf Jahre nach dem ersten Umweltgipfel von Rio geändert? Wissenschaftlich fundierte Antwort: Nichts. Trotzdem kann die Forderung des Bundeskanzlers, »die Gegensätze zwischen Nord und Süd abzubauen« (vor allem in Deutschland), nur unterstützt werden. Verständlich wird vor allem seine Sorge angesichts der »Zerstörung der Wälder, insbesondere der lebenswichtigen tropischen Regenwälder«, wenn man bedenkt, daß aus dem ehemals dampfenden Dschungel zwischen Dresden und Rostock mittlerweile eine blühende, aber regenwaldfreie Landschaft geworden ist.
Warum machen es die Damen und Herren von der Presse nicht einfach wie die vom Fernsehen? Sommerpause von Juni

bis September, und rein mit den Wiederholungen. Vorbildlich auch hier die ARD: Demnächst wiederholt sie den »Internationalen Frühschoppen« mit Werner Höfer. Jede Wette: Themen, Statements und Prognosen unterscheiden sich nur marginal vom heutigen Presseclub. Außerdem wurde damals noch ordentlich gebechert und gequalmt, Klamotten und Frisuren sind sowieso megatrendy – die Quoten von Ekel Alfred könnten, sollten, dürften, müßten in Gefahr sein.

Sudden death

Die beiden Sportidole Berti Vogts und Michael Schumacher haben durch bemerkenswerte Äußerungen den Diskurs um eine mögliche Strafrechtsreform bereichert.
Angesichts der Gewalt deutscher Hooligans in Lens (Frankreich) äußerte Herr Vogts die Sorge, »Rechtsverdreher« könnten diesen Hooligans möglicherweise zu nicht wünschenswerten juristischen Vorteilen verhelfen. Herr Schumacher überraschte mit einer Parallele aus dem Tierreich, wo mißratene Exemplare bekanntlich »eingeschläfert« werden. Da stellte sich für den Gewinner von Magny Cours die Frage, ob ein Hooligan vielleicht eher dem Tierreich zuzuordnen sei und welche Behandlung dann einer präziseren Analyse bedürfe.
Sofort wurden die Denkanstöße der beiden Niederrheiner von unserer Presse mal wieder madig gemacht, statt das Positive herauszustreichen. Und davon gibt es genug. Wenn man sich als traditionsbewußter Sportfan zum Beispiel mal im Mittelalter umsieht oder im Alten Testament, kommt man rasch zur Erkenntnis: Es geht auch anders. Prügelstrafe, öffentliche Hinrichtungen, Scheiterhaufen und Löwen (Rom, nicht 60er) – einen gewissen Variantenreichtum kann man der Justiz nicht absprechen. Nun sind die Vorschläge von Vogts und Schumacher eindeutig von liberaler Rechtsauslegung geprägt. Der Bundestrainer fordert ja nicht, daß Gladiatoren, welche den Kaiser oder auch nur das gemeine Volk langweilen, von Löwen zerfetzt werden sollen, er legt lediglich die Überlegung nahe, ob es in jedem Fall der Unterstützung durch einen »Rechtsverdreher« bedarf. Braucht denn jeder einen langen Prozeß?
Eine verständliche Frage für einen, der seinen (bisher?) größten Erfolg einem Golden Goal verdankt. Daß Vogts andererseits ein Anhänger der Gruppenspiele auch nach der Vorrunde ist, in denen den Nieten, Versagern und von der Natur Benachteiligten elendig lange die Möglichkeit gegeben würde,

fußballerisch in Berufung zu gehen, zeigt die diffizile Ambivalenz seiner Denkweise.

Ähnlich verhält es sich beim Ferrari-Piloten. Werden ungewollte Kätzchen nicht immer noch ersäuft oder im Jutesack als kompletter Wurf gegen die betonharte Stallwand geschleudert? Dagegen spricht Michael von »einschläfern«. Human, gerade im Tierreich. Eine gewisse Ungenauigkeit läßt er in der historisch heiklen Frage erkennen, ab wann der Mensch als Tier zu betrachten ist. Hier könnten Fernsehzuschauer, die beim Anblick von zeltenden Schumi-Fans am Hockenheimring von fern den dumpfen Ruf »einschläfern« hören, unschön mit ihren Zweifeln allein gelassen werden. Ansonsten aber sollten wir unseren Medien verbieten, leichtfertig die Idole der Jugend zu kritisieren und runterzuschreiben. Wir haben echt andere Probleme.

Stahnke 99

Überraschung im *Januar!* Kaum hat das neue Jahr begonnen, da erklären es Kofi Anan und der Papst gemeinsam zum Susann-Stahnke-Jahr.

Der blonden News-Lady werden gute Chancen eingeräumt, in New York die Freiheitsstatue zu ersetzen sowie »irgendwo im Großraum Lourdes« (so Stahnke-Manager Thomas G.) ein eigenes Wallfahrtscenter zu erhalten. Kaum sind die fantastischen Zwei Thomas G. und Susann S. von einem Blitztrip aus L.A. (»wir lieben diese Stadt«) ins nicht nur klimatisch kalte Deutschland zurückgekehrt, erfährt die Öffentlichkeit eine echte Sensation. Frau Stahnke spielt in einer mindestens Zweihundert-Millionen-Dollar-total-echten-Hollywoodproduktion nicht wie ursprünglich geplant Karin Göring, sondern Hitlers Schäferhund *Blondie.* Bei der Tagesschau ist man verunsichert.

März. Deutschland im Stahnke-Fieber. Fast alle Fernsehsender reißen sich um das noch-deutsche Multitalent. In der ARD startet die Samstagabendshow *Stahnke-Stadel* sowie die neue weekly *Stahnkestraße.* Bei RTL sollen im Sommer ebenfalls zwei Formate auf Sendung gehen: Die Sitcom *Gute Stahnke – schlechte Stahnke* sowie die Comedyshow *7 Stahnkes – 7 Köpfe.* Pro 7 plant gemeinsam mit Walt Disney das TV-Movie für die ganze Familie *101 Stahnkes.* SAT. 1 ändert den ursprünglich geplanten Titel *Dahnke, Stahnke* in *Stahnke – blutjung auf dem Nachrichtenstrich geschändet.*

Überraschungskonter im ZDF. Peter Hahne liest in einem Schäferhundkostüm die heute-Nachrichten. Rekordquoten. Die Tagesschau wird langsam nervös.

Schock für die beliebte Künstlerin im *Mai.* Bei den Vorbereitungen zur Hochzeit rutscht Susanns Manager und künftiger Gemahl im *Stahnke-Palace* in Las Vegas auf einer Tube Selbstbräuner aus. Während er im Krankenhaus untersucht wird, dichtet die deutsche Boulevard-Presse Susann eine schmutzige Affäre mit einem Tiger von Siegfried und Roy an. Susann Stahnke ist empört und droht, nie mehr in Deutschland arbeiten zu wollen, Zeichen von Erleichterung bei der Tagesschau. Es wird Sommer, und der Broadway schreit nach –? Richtig! Susann Stahnke! In einer geplanten Bühnenversion von *Vom Winde verweht* soll sie Mamie, das schwarze Küchenmädchen spielen. Keine Einwände seitens der Tagesschau. Im September erscheint das mit großer Spannung erwartete Sonderheft einer Illustrierten: *Stahnke-Gala.* Deutschlands begehrteste Frau ist darin fotografiert als Marilyn Monroe, Susan Hayworth, E.T. und Forrest Gump. Sie führt außerdem Interviews mit Bill Clinton und der Queen, ist als Managerin des FC Bayern im Gespräch und soll *Wetten, daß* ...? übernehmen. Ihr Manager und Demnächst-Ehemann erscheint in einer Hamburger Illustrierten unter der Rubrik *Was macht eigentlich* ... Von der *Tagesschau* ist zu hören, daß man Deutschlands erfolgreichste Nachrichtensendung auf sechzig Minuten ausbauen will, um »Frau Stahnke mehr Platz für ihre zahlreichen Talente einzuräumen«.

Im Dezember spielt die zweiwöchige ARD-Wohltätigkeitsgala *»Ein Herz für Stahnke«* mehrere Milliarden ein. Die Tagesschau wird umbenannt in Boulevard Susi, Gerhard Schröder bietet Frau Stahnke einen Platz im Kabinett an. Anonyme Anrufer sollen die Amerikaner um Luftangriffe gebeten haben. Wir berichten weiter.

Wanted: Deutscher Ted

Great. CNN-Gründer Ted Turner will den Vereinten Nationen in den nächsten zehn Jahren eine Milliarde Dollar spenden, laut eigenen Angaben sein Gewinn aus Aktien während der vergangenen neun Monate. Amerika, du hast es besser. Zum einen haben wir in Deutschland keinen milliardenschweren Medienmogul, dem komplette Fernsehsender gehören und der während der vergangenen Monate eine Milliarde (und sei's auch nur in Mark) an der Börse gemacht hätte. Ich kenne jedenfalls keinen.

Zum anderen wäre auch der gemeine Telekom-Aktionär kaum bereit, seine gigantischen Gewinne seit Einführung der volkstümlichen Erfolgsaktie zu spendieren. Geld fließt bei uns eher im 10-Mark-Bereich, eingetrieben von traditionellen Wohltätigkeitsorganisationen wie BILD und ARD während der klassischen Spendenzeiten, welche das Kirchenjahr vorgibt. Die Gutmenschen mögen verzeihen, wenn an dieser Stelle darauf hingewiesen wird, daß die Europäische Union ihre Unterstützung für die Opfer des Oderhochwassers gestoppt hat, weil die Verwaltungskosten für die Verteilung krankhafte Pegelstände erreicht haben. Doch zurück zum Anfang unserer von allen Floskeln und Worthülsen freien Analyse. Warum haben wir in Deutschland keinen Ted, der Jane Fonda die Tränen in die Augen treibt, wenn er ihr in einem Hotelzimmer zuflüstert: »Honey, die nächste Milliarde geht an die Armen«? Weil der kleine deutsche Milliardär auf der Straße bei uns nichts gilt. Verschämt sitzt er mit seinen neun Nullen hinten dran in irgendwelchen exotischen Winkeln wie Österreich, Schweiz und Karibik, weil ihm daheim nur Neid und Finanzamt drohen.

Allerdings kann es am Finanzamt so direkt auch wieder nicht liegen, denn der soeben von der politischen Weltbühne verschwundene Henning »ich bin traurig« Voscherau hat noch rechtzeitig darauf hingewiesen, daß etwa 50 Prozent der Ham-

burger Millionäre (3 Nullen weniger) sowieso keine Steuern bezahlen.
Ganz legal, versteht sich. Vielleicht tun wir unseren Milliardären aber auch unrecht. Vielleicht sind sie nur nicht so laut wie der Cowboy Ted. Vielleicht spenden sie mehr im stillen, aus Angst vor negativen Schlagzeilen. Erinnern wir uns doch an jene unglückliche Bonner Landschaftspflege, als die erfreuliche Zusammenarbeit zwischen Parteien und Kapital von unserer Presse in den Schmutz gezogen wurde. Klar, daß einem da die Lust vergeht. Deshalb: Wer von euch ohne Quittung ist, der werfe den ersten Scheck.

X-mas

Gibt es noch eine Zeitung, die Weihnachten in vergleichbarer Konsequenz als X-mas bezeichnet wie die Welt am Sonntag? WamS-Leser scheint das Fest des Herrn vor echte Probleme zu stellen. Zum Shopping nach New York geht zum Beispiel irgendwie nicht mehr.

Boston ist angesagt. Die Outlets dort scheinen der schiere Wahnsinn zu sein. Warum nicht gleich nach Metzingen? Dort ist gleich der ganze Ort Outlet. Vielleicht trifft man dort auf Lebensart-Kolumnist David Blieswood, kürzlich preisgekrönt und enttarnt. David (on first name ist doch o.k., oder?) frühstückt im Hotel nicht mehr am Buffet (zu teuer), sondern am Pool (gesünder). Nur Kaffee und Croissant. Auch noch billiger. Er traf gar einen Topmanager (Namen, bitte!), der aus dem Kofferraum einer Limousine mitgebrachte frische Äpfel frühstückte. Chapeau! David hat schon kurz nach dem Sommer auf X-mas hingewiesen und persönlich bereits seit geraumer Zeit mit dem Shopping begonnen. Out: Schmuck. In: Jede Art von High Tech. Und dann ein Highlight, ein Schmankerl, ein Must: David Blieswood empfiehlt *für den Print-Fan:* Die Essais von *Michel de Montaigne.* Kann im X-mas-Streß schon mal passieren, daß dem Print-Fan bei *Michel* ein a mit reinrutscht. Sorry, Mike. Aber ansonsten kann man die Empfehlung nur voll unterstützen. Jede Menge Buchstaben, exquisit angeordnet, erlesene Gedanken und absolute First-class-Kapitel. Mein Tip: Der coole Print-Fan kauft die *Essays* von *Manuel de Montanara* oder so jetzt auf Halde. Zum Subs ... zum Supp ... also halt noch billiger, für 98 Mark statt 148 ab April '99.

Der blaue Leineneinband gehört unbedingt in die neue S-Klasse. Kleine News für den Apéro in einem unserer Spitzenhotels! Otto Kern ist jetzt von Kaiserslautern nach München gezogen und wohnt so, wie man sich's vorstellt (»puristisch für die Kunst, gemütlich für die Familie«). Wir blättern weiter und lesen ein Interview mit der Schauspielerin Jessica Stich. Sie feiert in Salzburg Triumphe in der *Rocky Horror Show.* Ist es da verwunderlich, daß ein megaheißes Gerücht sie demnächst als Buhlschaft im *Jedermann* sieht? Dem wichtigsten Spiel bei den Salzburg Open? Auf Holz und ohne Pause, mit gleich viel Oberschiedsrichtern, die *Jedermaaaaann,* das *quiet, please* der Theaterliteratur von den Türmen rufen. Frau Stich wird sich demnächst mit Gérard Mortier treffen, der jede Menge Fun und Action in die Mozartstadt gebracht hat. Sie selbst sieht diesem Gespräch auch in der pre-X-mas-time gelassen entgegen, so wie beim Zahnarztbesuch, wo man auch erst mal abwartet, »ob er lieb bleibt oder den Bohrer rausholt«. Advantage Jessica: Monsieur Mortier bleibt lieb, *während* er den Bohrer rausholt. Demnächst mein X-mas-special: Slips von *manufactum* – zuviel der guten Dinge?

Championsleague

Ist der Kauf der Championsleague für tm3 nur von Interesse für Fernsehschaffende, oder interessiert sich auch der normale Zuschauer dafür? Ist es dem Fan nicht wurscht, wo Fußball übertragen wird, solange er den Sender nur findet? Ist dem Fan nicht eigentlich auch die Championsleague wurscht, wenn nicht der FC Bayern spielt? Können nicht all diese Fragen Rupert Murdoch wurscht sein, solange der das Geld hat, das zu kaufen, was er will? Was bisher geschah: Mittwochs war immer Championsleague bei RTL. Mit Günther Jauch und Kaiser Franz und Marcel Reif. Jetzt hat Herr Murdoch aus Australien mehr Geld geboten als Herr RTL aus Köln oder Gütersloh, und jetzt darf er die Championsleague zeigen, und zwar wo er will.
Motto: Wer zahlt, schafft an. Kennt jeder vom Autokauf oder aus dem Baumarkt. Entweder zeigt Herr Murdoch den Fußball jetzt bei tm3 (gehört ihm mehrheitlich), oder er verkauft ihn weiter (z.B. an RTL, gilt aber als eher unwahrscheinlich). Theoretisch könnte er ihn auch einfach gar nicht zeigen, er hat ihn ja bezahlt. Kennt man auch vom Autonarr, der den Wagen nicht aus der Garage holt, wegen Kratzern und Sauwetter. Rechtlich kann jetzt an dieser Stelle nicht geklärt werden, ob der Kauf der Championsleague auch zur Ausstrahlung verpflichtet, aber es wäre ja denkbar, daß einer nicht will, daß täglich irgendwo Fußball läuft und auch noch mit Mannschaften wie Hertha. Ein wichtiges Wort in diesem Zusammenhang (welchem?) heißt: Refinanzierbarkeit. Wenn jemand pro Spiel 10 Mark bezahlt, dann muß die Werbung 12 Mark einbringen, damit er 2 Mark verdient hat. Was aber auch noch nicht stimmt, denn die 10 Mark hat er nur für die Erlaubnis bezahlt, den Fußball übertragen zu dürfen, dazu kommt noch Geld für Scheinwerfer, Stromkabel, Kameras, Anreise des Fernsehteams eine Woche vorher (nach Barcelona) oder am selben

Nachmittag (nach Kiew) und viel Geld für Delling und Netzer. Wer also 13 Mark zahlt, aber nur 8 Mark einnimmt, macht im Volksmund 5 Mark Verlust. Kann aber sein, daß einem das wurscht ist, weil er sagt: Ich verdien' zwar nix dran, aber ihr habt ihn nicht mehr, den Fußball. Erschließt sich jetzt kaufmännisch nicht auf Anhieb, kann aber im Fernsehen manchmal nicht falsch sein. Für RTL stellt sich jetzt die Frage: Was senden wir statt Fußball? Für tm3 stellt sich die Frage: Was senden wir außer Fußball? Vorher brutzeln und nachher basteln, da hält man uns ja für VOX (gehört eigentlich auch Herrn Murdoch). Sogar von einem Vollprogramm ist die Rede. Mit Nachrichten, Talkshows, TV-Movies, Daily Soaps und allem, was es sonst noch zu kaufen gibt.
Vieles will man allerdings schon jetzt nicht sehen. Dann doch lieber Heimwerkertips und Kochsendungen. Damit der Fußballfan beim Nageln nichts anbrennen läßt.